M

Papel certificado por el Forest Stewardship Council®

Primera edición: enero de 2026

Travessera de Gràcia, 47-49. 08021 Barcelona
Imágenes de los interiores: iStock

Printed in Spain – Impreso en España

ISBN: 978-84-10396-76-0
Depósito legal: B-19.615-2025

Compuesto en Compaginem Llibres, S. L.
Impreso en Liberdúplex
Sant Llorenç d'Hortons (Barcelona)

GT 9 6 7 6 0

MIA MALLEN

DEL ODIO AL *amor* SOLO HAY UN *favor*

Montena

Para la niña que fui, la que soñaba
con este momento sin saber si llegaría.
Gracias por no rendirte.

1

MARTINA

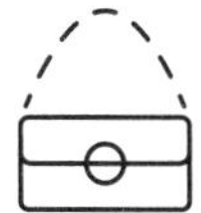

Nada más cruzar la puerta, lo primero que hago es tirar el bolso encima del sofá sin importarme lo más mínimo que Víctor esté tumbado en él.

—Pero ¡¿qué haces?!

—Lo siento, no te he visto.

Me hago la loca y me dirijo hacia la cocina sabiendo perfectamente que no se ha tragado mi excusa barata. En cuanto he abierto la puerta he sabido que estaba ahí tumbado. La primera pista me la ha dado la tele encendida; la segunda, la notificación que le ha llegado, y ver sus pies por encima del respaldo del sofá ha sido la tercera y definitiva.

—¿Ya te han tocado las narices en el curro? —dice, bajando las piernas del respaldo e incorporándose un poco para mirarme por encima de él.

—No, me las estás tocando tú ahora mismo después de haber estado trabajando… —me paro para calcular rápidamente cuántas horas he hecho hoy en el centro comercial— diez horas.

Me lo invento, porque no pienso tardar más de dos segundos en calcular algo. No quiero darle ese material a Víctor para que pueda usarlo en mi contra. Por suerte, lo pillo desprevenido, porque no me hace ningún comentario.

—Mi día de fiesta ha ido muy bien, la verdad. Gracias por preguntar.

Pongo los ojos en blanco. Este chico tiene el don de sacarme de quicio.

Ha aprovechado su día de fiesta para no hacer ni el huevo en casa. No le pregunto a qué se ha dedicado durante toda la mañana, tengo asumido que soltará la primera mentira que se le pase por la cabeza. Prefiero dirigirme directamente hacia donde está el cesto de la ropa sucia y lo veo tal como lo he dejado hoy antes de irme a trabajar. También me da por mirar el lavavajillas. En qué momento. Tampoco se ha dignado a sacar los platos limpios. Y por supuesto el aspirador está por pasar. De eso me doy cuenta porque una bola de pelo de Flusflis pasea por el comedor como si esto fuera el viejo Oeste.

—¿En serio no has sido capaz ni de pasar el aspirador?

—Por si todavía no te has enterado, hoy ha sido mi día de fiesta.

—Sí, me he enterado. —Me acerco de nuevo al sofá y le tiro a la cara un cojín que pillo de una de las esquinas—. Pero eso no significa que no puedas hacer nada en casa.

—Es que tengo una regla, ¿sabes?

Quiero decirle «sorpréndeme», pero lo hace antes de que yo sea capaz siquiera de tentarle.

—Tengo como norma no hacer nada en mis días de fiesta.

—¿Y has llegado a esa conclusión porque…?

—Porque, si no, el «día de fiesta» no existe.

—Claro, es mejor que en tu «día de fiesta» te coma la mierda, ¿no?

—A mí no me come nada. —Le doy un golpe en la pierna para que las encoja y yo pueda sentarme en el sofá. Después de diez horas de pie y una larga cola de clientes insoportables, necesito reposar el culo—. El piso tampoco está tan mal.

—Claro, porque luego vengo yo y hago todo lo que hay que hacer.

—Martini…

Le cojo el pie por el tobillo con fuerza y lo amenazo con mi uña.

—No te atrevas.

—Martinit...

Pero no puede terminar la frase, porque le rasco la planta del pie con mi uña extralarga y extrapuntiaguda, y él se retuerce de cosquillas, soltando carcajadas que ponen en alerta a Flusflis. La gata viene a la velocidad de la luz y se sube al sofá, más concretamente encima de Víctor.

—¡No tengo suficiente con Doña Uñas, que ahora tiene que ponérseme encima la gata de las narices!

—Eh. —Lo amenazo ahora con hincarle la uña—. Un respeto a Flusflis.

—Se llama Perla.

—Perdona, ¿qué dices? —Le clavo un poco la uña y pega un salto que hace que se incorpore del todo—. No te he escuchado bien.

—No puedes llamar a un gato Flusflis... —Termino por clavarle la uña por completo, sin llegar a profundizar dentro de su carne, evidentemente—. ¡Martina!

Sonrío orgullosa a la Martina de hace dos semanas, que decidió hacerse las uñas de esta forma.

—¿Quién la adoptó? —dice. Es una pregunta retórica, claro. Dejo de apretar, no vaya a ser que le haga daño de verdad. No quisiera, encima, tener que llevarlo a urgencias—. Yo. ¿Quién tiene el derecho de decidir el nombre? Yo también.

—Vale, decide lo que quieras, pero me niego a llamarla Flusflis.

Me levanto del sofá y vuelvo a la cocina. Nada más salir del trabajo, las tripas me han rugido. Hacer el descanso a las tres del mediodía y llegar a casa cerca de las once de la noche hace que tenga un hambre voraz. Me habría ido derechita a la nevera si Víctor no me hubiese tocado las narices nada más entrar en casa. De hecho, ya ni me acordaba de que me estaba muriendo de hambre. No ha sido hasta que las tripas me han vuelto a rugir que me he acordado de lo primero que quería hacer nada más llegar: comer.

—Parece que alguien tiene hambre.

Decido ignorar el comentario que ha soltado con la esperanza de encontrar algo hecho en la cocina.

Para sorpresa de nadie, no hay nada. Ni en la encimera, ni en el microondas, ni en la nevera. Lo único que encuentro medio hecho es un paquete de Heura sazonada. Suspiro. Ni la compra se ha dignado a hacer.

—¡Oye! —grita Víctor levantándose del sofá y acercándose a la cocina—. Yo tampoco he cenado.

—No sé con qué intención has dicho eso, pero yo me niego a prepararte nada para cenar.

—Y lo dirás en serio.

Me mira mientras acaricia a Flusflis.

—Muy en serio.

Saco el paquete de Heura de la nevera y una sartén del horno. Enciendo la vitrocerámica y dejo que se caliente el chorrito de aceite que he vertido antes de poner al fuego la proteína vegetal. Sé que Víctor no ha comido nada más que guarrerías aparte de la ensalada de pasta que hice anoche para llevarme hoy al curro y de la cual decidí dejarle un poco, pensando que tendría el detalle de, al menos, preparar la cena.

La sorpresa me la llevo cuando para de acariciar a Flusflis y se acerca sigilosamente a mí por la espalda. Casi doy un salto cuando noto sus brazos alrededor de mis hombros.

—Venga, Martinita…

—Llamándome así no me convencerás para que haga un poco para ti —digo, tratando de que no me tiemble la voz ni se me acelere la respiración ante el inesperado contacto físico por su parte—. Y aléjate. No seas pelota.

—Martina…

Giro la cara pensando que me lo encontraré un poco más lejos de lo que está en realidad; es decir, a escasos dos centímetros de mi cara. Bueno, realmente, lo que me encuentro es su cuello. Víctor no es mucho más alto que yo, pero sí lo suficiente como para tener que alzar un pelín la vista si lo que quiero mirar son sus ojos.

El corazón me comienza a latir más rápido de la cuenta en cuanto huelo su perfume fresco y especiado, con un toque de ámbar y cítrico que yo misma le compré para su cumpleaños. Es el mismo que lleva usando desde que se lo regalé por primera vez, en su decimosexto cumpleaños. Nada más olerlo, por mi mente pasan a la velocidad de la luz miles de escenas que hemos vivido juntos desde entonces: unas que conservo en mi mente y otras que anhelo olvidar. No sé qué tiene ese aroma tan suyo que me dispersa de la realidad y me teletransporta mágicamente a cuando éramos tan solo dos adolescentes que pasaban los veranos juntos.

—Eso se te va a quemar.

«Que todo el mundo se compre este perfume, el olor es tan intenso que es capaz de eclipsar la peste a chamusquina. Palabrita».

Vuelvo a dirigir la mirada a la sartén a la vez que me doy cuenta de que sí, he estado a punto de quemar la cena. Con el hambre que tengo no me lo hubiese perdonado jamás.

—Puedes volver al sofá.

—Oh, ¿vas a llevarme la cena en una bandeja como a un marajá?

—Despierta del sueño que estás teniendo, anda. Esto es para mí. No vas a probar bocado.

—¿Todo eso te lo vas a comer tú sola? —dice señalando la sartén que contiene todo el paquete de Heura. Tanto él como yo sabemos que no. No porque yo no coma mucho, nada de eso; más de una vez que hemos pedido comida a domicilio me he esperado a que él no pueda más para terminarme su ración de patatas fritas. Patatas fritas, todas las que quieras, pero Heura… Me cuesta más no aborrecerla.

—¿A ti qué te importa?

—Pues que tengo hambre. Ya me podrías dejar aunque sea la mitad.

—En tus sueños, Pardo.

Intento esconder la sonrisa que aparece en mis labios. Primero, porque no quiero que se declare ganador antes de tiempo; segundo, porque cuando he volcado el paquete en la sartén lo he hecho sabiendo que le iba a ofrecer compartir la cena. Soy así de buena o de tonta, depende de cómo se mire.

Mi táctica surte efecto, porque Víctor bufa a mi espalda y abre el armario donde guardamos el pan de molde, galletas y bollería diversa. Saca la bolsa de pan de molde y un tarro con crema de cacahuete. Sí. Víctor es la clase de persona que se come un bocadillo de pan de molde con mantequilla de cacahuete. ¿Existe combinación más empalagosa? Yo digo que no, pero él no piensa lo mismo.

—Por tu bien, espero que no me pidas ni un bocado de esta delicia.

—Créeme, no lo haré.

Víctor le da un bocado a su sándwich sin poder impedir que se le enganche en el paladar, y yo me pongo de puntillas para coger dos platos del armario que tengo justo encima de la cabeza.

—Tampoco me pidas ayuda para que te alcance nada, guapa.

—No contaba con ello, después de que te has pasado el día rascándote los huevos.

Alcanzo dos platos a duras penas y reparto el preparado en ambos. Yo me echo un poco más, obviamente. Quien reparte se lleva la mejor parte, dicen. Aunque, viendo la situación en la que estamos, Víctor no se merece ni probar bocado.

Pillo el plato que tiene más, abro otro armario para sacar una bolsa de patatas fritas y me dirijo al sofá, donde pienso zamparme la cena viendo un capítulo de *Aquí no hay quien viva*.

—No me lo comeré todo —digo sabiendo que Víctor me está mirando desde la cocina ojiplático mientras intenta tragar lo que lleva dando vueltas en su boca más tiempo de lo normal—. Se pondrá malo si nadie se lo come.

—¿Esto es para mí?

Está al lado del plato que he dejado, pero sin tocarlo, como si le fuera a dar calambre.

—No, eso es lo que no me voy a comer.

Suelta una carcajada, coge el plato y deja el sándwich en la encimera.

—Me siento un poco perro comiéndome tus sobras, pero me la suda. —Se deja caer a mi lado en el sofá con el plato y un tenedor—. Por cierto, tengo que pedirte un favor.

Lo miro con las cejas alzadas. Cualquier «tengo que pedirte un favor» que venga de Víctor no puede ser nada bueno. Por eso decido dejar de comer hasta que lo suelte. No me gustaría atragantarme.

—¿Qué quieres?

—Mis padres van a inaugurar dentro de poco el restaurante ese del que te hablé el otro día. —Sigo mirándolo, sin saber dónde entro yo ahí—. Y para la inauguración tengo que llevar acompañante.

Menos mal que he dejado de comer antes de escuchar esas palabras salir de su boca. Porque, aunque ahora me haré la loca para ver si a él le da pereza ser más claro, ya sé por dónde está yendo el favor que quiere que le haga.

—¿Y?

—Pues que necesito que me acompañes.

—¿Que necesitas que yo qué?

—Ya lo has escuchado, Martina, no me hagas repetírtelo, por favor. Me hace la misma gracia que a ti tener que pedírtelo.

—Es que no lo he entendido del todo bien. —Empiezo a comer porque si no la cena se me enfriará y no estoy dispuesta a levantarme del sofá para calentarla. Y la comida fría no me gusta—. ¿Le estás pidiendo a alguien a quien odias que te acompañe a la inauguración del restaurante de tus padres? No tiene mucho sentido. ¿Por qué no se lo pides a la chiquita esa rubia que trajiste a casa el otro día? Seguro que al tenerla a tu lado no te entra urticaria.

Literalmente, eso es lo que me dijo un día cuando me acerqué más de la cuenta a él. «¿Te puedes alejar? Me das urticaria». Desde entonces no dejo de recordárselo cada vez que tengo ocasión. Que yo lo odie y no lo quiera cerca, vale. Él se lo buscó hace años y merecido se lo tiene. Pero ¿que él me trate así a mí? ¿Qué le he hecho yo? ¿Lamerle el culo más de la cuenta? Me enrabio nada más pensarlo. Menudo imbécil. Si lo sé, me pongo toda la Heura en mi plato.

—Vamos, Martinita, no te odio. —Tuerzo la cabeza y frunzo los labios—. Bueno, al menos no siempre. Es que a veces eres mazo insoportable, chica.

—Vaya, si ya tenía pocas ganas de acompañarte, ahora es que no las encontrarás ni cavando con una pala.

—Joder, tía, es que no me entiendes. No es que quiera que vengas conmigo, es que necesito que vengas conmigo. Tienes que ser mi acompañante sí o sí. Mis padres te adoran, y, cuando me dijeron que tenía que llevar acompañante, en realidad lo que querían decir era «ven con Martina». —Sigo masticando sin hacerle el más mínimo caso. Tengo clara mi respuesta y, por más que adore a los padres de Víctor, a él lo detesto. Y ese sentimiento es mucho mayor que el amor que tengo por sus padres—. No puedo llevar a la tía a la que me estoy follando, Martina.

—Pues búscate a otra a la que no te folles. Yo ya te he dicho que no.

—Venga, Martina… Contigo no follo.

Abro los ojos como dos platos.

—Que no, Víctor.

Resopla y se da por vencido, dejándome a mí más trastocada que nunca con ese comentario que ha soltado. No sé por qué se me ha acelerado un pelín el pulso. Bueno, no. Sí que lo sé. Lo sé muy bien y detesto que se me seque la boca al imaginarlo a él… Basta. Se acabó. No puedo darle tanta importancia a tres palabras que han salido de su boca y que, para él, no han tenido tanta magnitud.

Qué rabia.

Lo que podía haber sido un «Martina Avellaneda 1 – Víctor Pardo 0» ha terminado siendo un «Martina Avellaneda 1 – Víctor Pardo 1», aunque él crea que he sido yo quien ha ganado esta batalla.

2

VÍCTOR

Estoy tirado en el suelo, mirándole los bajos al coche que tengo encima, cuando Cristóbal entra por la puerta del taller. En realidad, más que puerta es un trozo de plástico colgado del techo, así que cualquiera puede colarse como Pedro por su casa. Sé que es él porque su voz resuena por encima de la música que sale del altavoz.

—¡¿Qué pasa, tío?!

Saco la cabeza por un lado del coche y veo que viene con una bolsa y dos cafés en la mano. En otro momento hubiese sabido que llegaba por el olor a cruasán, pero ahora mismo solo huelo a grasa y gasolina. Salgo de debajo del coche y me limpio las manos en el trapo que cuelga por un lado de mis pantalones.

—¿Tú no me dijiste que hoy empezabas temprano?

Cristóbal y yo trabajamos juntos en el taller, somos compañeros de curro y de vida, prácticamente. Es mi mejor amigo desde que nos conocimos en el curso de Mecánica, y desde entonces somos inseparables. Ser igual de desastres para la puntualidad es lo que más nos une, aparte del amor hacia las bujías y los carburadores.

—¿Es que no es temprano?

Se mira el reloj que lleva en la muñeca, convencido de que lo es. Será cabrón… Temprano, dice, cuando yo llevo más de una hora aquí.

—Si son las nueve y media, mamón. —Me acerco a él y le arrebato uno de los cafés de la mano, mientras que con la otra abro la bolsa de papel que lleva para ver que dentro hay un par de cruasanes—. Te lo perdono por esto.

Saco un cruasán de la bolsa y le pego un mordisco tras beber un poco de café. Dios, esto sabe a gloria. Hace días que no tomo café porque Martina se niega a comprarme leche normal. No es porque se niegue a que yo me convierta en consumidor de bebida de avena. Simplemente dice que no le da la gana comprármela porque soy un vago de narices incapaz de ir al supermercado. Así que el café o me lo tomo solo o… no me lo tomo. ¿Y a quién le gusta el café solo?

—Así que lo que te faltaba era café —dice, refiriéndose al microcabreo que he pillado al verle llegar tarde cuando me dijo, específicamente, que hoy llegaría pronto.

—Es lo que tiene llevar días sin una gota de él en el cuerpo.

—¿Martina te tiene vetada la cafetera?

—Qué va —digo con la boca llena de cruasán—. Es que tengo que ir a comprarme leche, y bueno… —Me termino el cruasán y, cuando voy a chuparme los dedos, me lo pienso mejor y me limpio en los pantalones—. En fin, no me menciones a Martina. Vamos a currar.

—¿Qué te pasa con la chavala?

—Me pasa que necesito que me ayude con una cosa y se niega rotundamente.

—¿Con qué cosa? —pregunta, intrigado de verdad.

Una de las características de Cristóbal es que no te escucha cuando le hablas. Le habré explicado una decena de veces lo del restaurante de mis padres, que quieren que vaya acompañado y que quieren que esa compañía sea Martina. Ante la sorpresa de nadie, ninguna de todas esas veces me ha estado prestando atención. Por eso lo repito sin cabrearme. Ya sé cómo es Cristo y tampoco descarto la opción de tener que repetírselo unas cuantas veces más.

—Dentro de dos fines de semana es la inauguración del nuevo restaurante de mis padres y tengo que ir con alguien.

—Pues llévame a mí, cabrón, ya ves tú el problema.

—Quieren que vaya con Martina. ¿De verdad me haces tan poco caso cuando te hablo?

El muy capullo asiente con la cabeza, como si no fuese realmente preocupante.

—¿Ya me has contado esto?

—Unas cuantas veces.

—¿Estás seguro? —Frunce el ceño. Tira la bolsa donde estaban los cruasanes al cubo de basura y luego vuelve a ocupar el lugar en el que estaba.

—Más seguro que de que Martina me odia. Pero más me odiarán mis padres si no aparezco en la inauguración con ella agarrada del brazo. Sé que si voy con otra persona se cabrearán. Y últimamente están muy majos conmigo. No me conviene tenerlos a malas.

—Por lo que tengo entendido, Martina también adora a tus padres, ¿no? Pensé que eso sería motivo suficiente para ceder.

—El odio que me tiene a mí supera al cariño que les tiene a ellos. Palabras suyas. —Me defiendo alzando los brazos.

—¿Se lo has pedido por favor?

—Casi se lo pido de rodillas. Menos mal que me lo pensé dos veces antes de hacerlo. No le voy a dar ese placer. Prefiero que mis padres me odien antes que arrodillarme delante de ella.

—Pues o le haces mucho la pelota estas dos semanas que faltan para la inauguración, o vete buscando una buena excusa para tus padres, porque un «no ha venido, porque me odia y no me soporta» no creo que les vaya a servir. Más que nada porque tengo entendido que ellos están de su parte. ¿O me equivoco?

—No eres de gran ayuda, ¿sabes?

Cristóbal se encoge de hombros y se sienta en una silla para terminarse el café. Yo, mientras, sigo con el coche con el que estaba. No me paso más de diez minutos trabajando cuando unos zapatos aparecen delante de mis narices acompañados de una voz irritante que solo puede ser de una persona.

—¡Necesito tu coche! ¡Ya!

Cierro los ojos y me tomo dos segundos para coger aire y expulsarlo muy lentamente. No descanso de ella ni en el trabajo.

Salgo de debajo del vehículo, me limpio las manos en el mismo trapo de antes y la miro de arriba abajo. Comienzo por sus zapatos, los mismos que he visto desde debajo del coche. Sigo por los tejanos negros ceñidos. Subo más y veo que hoy ha decidido ponerse una camisa blanca con un lazo en el cuello. Llego a su cara poniendo una mueca de «¿dónde vas con esa pinta de niña buena?», pero, al ver que lleva el pelo recogido en una coleta y no hay ni rastro de sus pecas debajo del maquillaje, decido decirle:

—¿Dónde vas con esas pintas?

—¿Estás sordo? ¡Necesito tu coche! —Está desesperada y a mí me encanta sacarla de quicio. Mala combinación—. Y lo necesito ya.

Cristóbal se ríe desde detrás de un coche.

—Cálmate, porque no te lo voy a dejar.

—¡¿Qué?!

—Puedo repetírtelo, pero no creo que te haga gracia escucharlo dos veces.

Mientras termino de pronunciar la frase, noto cómo sus mejillas se van encendiendo poco a poco y sus labios se van juntando hasta formar una sola línea. Es en ese momento, justo en su mirada, cuando veo que está más cabreada de lo que lo ha estado en mucho tiempo. No me hace falta demasiado para saber que Martina Avellaneda va a estallar en tres…, dos…, uno…

—Mira, Pardo, se me ha estropeado mi coche. He ido a por él y… no arranca. No sé qué le pasa, pero tampoco tengo tiempo para averiguarlo. Tengo una entrevista de trabajo y… —mira el reloj de su muñeca— he de estar ahí en menos de una hora. Es en el centro, así que, obviamente, en transporte público no me da tiempo. Ya sabes las malas combinaciones que hay desde aquí. Así que, por lo que más quieras, déjame tu coche.

Espero cruzado de brazos a que deje de contarme todo el rollo. Cuando se calla y se queda mirándome ojiplática, esperando una respuesta, decido alargar mi silencio un poco más. Solamente para crisparla.

—Que no te lo voy a dejar —digo calmado.

«Otro día te piensas lo de soltarle un "no" tan rotundamente a tu compañero de piso cuando te pide un favor», quiero decirle. Pero no hace falta que lo verbalice. Ella es lo bastante lista como para saber que lo estoy pensando.

—¿Va en serio, Víctor? Te estoy diciendo que tengo una entrevista de trabajo… ¡¿y no me quieres dejar tu coche porque te dije que no te acompañaría a lo de tus padres?!

Asiento lentamente sin decir nada más. ¿Veis? Martina Avellaneda es la tía más lista que conozco.

Ni borracho le dejaría el coche nuevo a Martina. Solo hace unos meses que saqué el Cupra León del concesionario y no me apetece correr el riesgo de quedarme sin él. Ella siempre está diciendo por ahí que es una excelente conductora, pero si se viese desde fuera… Es una kamikaze al volante. Por no hablar de cómo aparca. El sensor que tienen los coches nuevos, para ella no existe. Parece que le va más el rollo de jugar al *pinball* hasta que consigue encajarlo. Todos estos motivos junto al «no» que recibí anoche forman el cóctel perfecto para, por supuesto, no hacerle el favor.

—No te voy a prestar mi coche, Martina. Deja de intentarlo.

—¡¿Se puede saber por qué?!

—Porque no te pienso prestar mi coche nuevo y punto. Y menos si tienes que ir al centro de Madrid. Estás chiflada.

Estoy por ponerme de nuevo a trabajar porque, sintiéndolo mucho, no hay más que hablar. Además de que no tengo ni el coche aquí. Que, de tenerlo, tampoco se lo dejaría, ojo. Esta mañana he venido en moto —normalmente siempre vengo en coche; prefiero evitarme la media hora que tengo caminando desde casa y tardar solo cinco minutos. O dos, como hoy, si en vez del coche cojo la moto—, pero me gusta demasiado sacarla de sus casillas. Estoy a punto de agacharme de nuevo bajo el coche cuando dice:

—Vale, pues, si no me piensas prestar tu coche, llévame tú.

—Estoy trabajando. —Es la mejor excusa que puedo encontrar ahora mismo. La mejor y única. ¿Cuánto tiempo pasará hasta que descubra que no hay coche que valga porque está aparcado en casa?

—Pero ¡necesito que me lleves! —Da un pisotón en el suelo y automáticamente vuelve a tener doce años, edad en la que nos conocimos. Ya entonces supe que era una mimada. Solo me han hecho falta diez años más para corroborarlo—. Joder, Víctor, eres el puto dueño de este sitio y nunca te pido nada. Es más, ¡siempre estoy haciendo cosas por ti! Por una vez que necesito tu ayuda… Es para algo importante de verdad. —Hace énfasis en la palabra «importante», ante lo que no puedo evitar reírme—. ¿De verdad pretendes dejarme tirada?

—¿De verdad pretendes dejarme tú tirado a mí delante de mis padres en la inauguración del Sensaciones?

—Vale… Ya lo entiendo. Todo esto es por la maldita fiesta de inauguración, ¿no? Eres un puto rencoroso y un egoísta de mierda, Pardo.

—Yo de ti no insultaría a la única persona que te puede llevar ahora mismo a esa entrevista. ¿O es que acaso tienes a alguien más que pueda hacerlo?

—¿Te crees que si lo tuviese estaría aquí suplicándote? ¡Pues claro que no, Víctor! Eres mi única opción.

Al ver que no estoy dispuesto a dar mi brazo a torcer, está a punto de girarse y dar media vuelta. Antes de que lo haga veo a Cristóbal por detrás de la carrocería del coche con el que está liado abriendo los ojos como platos y gesticulando con los labios algo que soy incapaz de entender. Achino un poco los ojos y me esfuerzo por tratar de averiguar qué me está queriendo decir cuando Martina comienza a caminar hacia la puerta de salida. Por suerte, no tardo demasiado. «Aprovecha, tío, llévala», entiendo.

Que Cristo haya tenido que hacerme ver la oportunidad que tengo delante… Gracias a él, se me ha encendido la bombilla. No hay favor que no se cobre con otro favor…, ¿no?

—Vale —suelto.

Martina, que prácticamente está a punto de salir del taller, se detiene en seco y se gira para mirarme.

—¿Vale qué, Víctor? No tengo más tiempo para tus tonterías. Si he de coger el metro para intentar llegar a la entrevista, debería…

—Que vale. Que sí. Que te llevo.

Sin dejar que responda, me saco el trapo lleno de grasa de los pantalones, lo dejo sobre una estantería y voy hacia la habitación que usamos como vestidor. Allí agarro mi casco y el que tengo de reserva por si acaso. Salgo con ese colgando del brazo y el otro a medio poner cuando la voz de Martina vuelve a sonar.

—¿Qué haces?

—¿No querías que te llevase?

—Bueno, prefiero que me dejes el coche. Pero, puestos a no dejármelo, con que me lleves me conformo. Pero en coche. Aquí nadie ha hablado de motos, ¿sabes? —Se cruza de brazos cuando yo ya tengo el casco puesto—. Mira, Víctor, no estoy para bromas. El tiempo pasa y la entrevista no va a esperarme. ¿Puedes, por favor, dejar de hacer estupideces y coger las llaves del coche?

La veo a través de la visera negra, pero decido levantarla para verla mejor.

—Creo que queda claro que no he venido en coche.

Ya, vale. Cada día vienes en coche y hoy, casualmente, has venido en moto. Deja de vacilarme.

—No te estoy vacilando.

Señalo con la cabeza hacia mi derecha. Mi moto lleva aparcada dentro del taller toda la mañana. Martina la ha tenido a prácticamente dos metros de distancia desde que ha entrado aquí, pero ni se ha dado cuenta. Eso es lo que pasa cuando estás tan enfadada, que el cabreo te nubla hasta la visión. Si se hubiera molestado en mirar un poco más allá de sí misma, no hubiese perdido toda esta cantidad de tiempo.

—Esto es lo que hay —declaro como ultimátum, señalándole el casco—. ¿Lo tomas o lo dejas?

—¿Se puede saber por qué has decidido venir hoy en moto?

—¿Siempre vas a ser una entrometida de narices en asuntos que ni te van ni te vienen? —Me mira con las cejas alzadas y los brazos cruzados. Repiquetea en el suelo con la punta del zapato, cosa que me pone de los nervios. Está perdiendo tiempo y yo mi oportunidad—. Sabía que vendrías a pedirme que te llevase en coche y, para joderte, he venido en moto. —Inclina ligeramente la cabeza hacia la izquierda—. En serio, Martina, ¡¿y yo qué sé por qué he venido en moto?! Qué más da. Bueno, ¿qué? ¿Te vas a poner el casco o me lo quito yo? Me está comenzando a pesar la cabeza.

—¿Tú crees que voy vestida para ir en moto?

—Lo que creo es que el tiempo corre y que estás desesperada porque necesitas que alguien te lleve a esa entrevista. Y de los dos —digo señalando a Cristóbal con el dedo y luego a mí mismo— soy el único que puede hacerlo. Ahora mismo deberías conformarte hasta con un patinete eléctrico. Alégrate de que disponga de una moto que te pueda llevar al centro de Madrid en apenas veinte minutos.

Martina se acerca a mí y me quita el casco del brazo. Se deshace la coleta, se acomoda un poco el pelo y se coloca el casco sobre la cabeza. No puede evitar tambalearse un poco al ponérselo y me río ligeramente al verla.

—Ni te atrevas.

—Tarde, guapa.

Cojo dos chaquetas y le tiendo una para que se la ponga.

—No recordaba que odiase tanto ir en moto.

—¿Es que hay algo que no odies, Martina?

—Pues claro. —Se pone la chaqueta. Noto que le va un poco grande, pero no tanto como para que no la proteja bien—. Pero ni tú ni nada que tenga que ver contigo entráis en esa lista. Sigue habiendo mucho odio para ti en exclusiva. ¿Nos podemos ir ya, por favor?

Sonrío aprovechando que ella no me ve.

—Así me gusta. Caprichosa y consentida, pero educada.

Nos despedimos de Cristóbal, al que dejamos liado con el coche que estaba arreglando, y saco la moto del taller. La enciendo, haciéndola rugir, y no puedo evitar lanzarle una mirada a Martina. Por supuesto, ha puesto los ojos en blanco y la cabeza se le mueve de un lado a otro. Me río para mis adentros. Todo lo que otras chicas aman de mí, ella lo detesta. Por eso nuestra relación lleva en pie más de diez años. Es más fácil cansarse del amor que del odio.

—Verás como se me rompan los pantalones. —Consigo escuchar por encima del rugido de la moto.

Decido ignorar su comentario porque la única respuesta que se me ocurre es «no le eches la culpa a la moto del culo que tienes». Y, evidentemente, se pensaría que lo digo a malas cuando no es para nada así. Sería un halago hacia su culo, pero también sería el odio quien escuchase por ella, cosa que no me conviene. Por eso decido quedarme calladito.

Cuando ya está subida en la parte de atrás de la moto rodeándome el cuerpo con sus piernas, le cojo las manos que tiene puestas en mi espalda y se las coloco en mi abdomen.

—¿Tienes miedo a tocar?

Tras darle gas a la moto para hacerla rugir, pongo primera y arranco de golpe haciendo que Martina se agarre bien fuerte a mí, y nos ponemos rumbo al centro de Madrid.

—¡Tremendo imbécil!

—Agárrate fuerte.

3

MARTINA

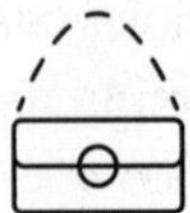

Camino a través del vestíbulo del hotel Príncipe Pío entre palmeras, como si estuviese en las mismísimas islas Fiyi. Mis zapatos resuenan por el suelo brillante que hay bajo mis pies y en el cual se refleja absolutamente todo. No es el hotel más caro ni el más lujoso de todo Madrid, pero en el centro de esta ciudad hasta el hotel con menos estrellas es más lujoso de lo que te puedes llegar a imaginar. Bueno, todos todos no. Hay excepciones, claro, como en todo. Recuerdo aquel hotel de mala muerte que visitamos Gala y yo una noche en la que no éramos capaces de volver a casa ni de subir a cualquier vehículo sin vomitar. Aquel día no se nos ocurrió buscar reseñas ni opiniones. Eran las tantas de la madrugada y dábamos gracias por mantenernos de pie. No estábamos como para comparar hoteles, así que nos metimos en el primero que encontramos y aprendimos que antes de pasar la noche en un hotel siempre hay que buscar las opiniones de otras personas que hayan hecho lo mismo. Nunca habíamos estado en un antro tan… cutre. Por llamarlo de alguna manera.

El hotel Príncipe Pío es de lo mejor al lado de ese hotel. Y yo acabo de tener una entrevista para ser recepcionista.

Salgo del edificio con la esperanza de ver la moto de Víctor justo donde me ha dejado antes. De hecho, si cierro los ojos y me esfuerzo mucho, puedo verla aparcada y a él apoyado en ella. Evidentemente, no es lo que me encuentro cuando salgo por la puerta del hotel. Solo hay gente que va y viene y unos cuantos guiris que le hacen fotos a absolutamente todo lo que ven.

Me río de mí misma, sintiéndome ridícula, por pensar que Víctor seguiría ahí plantado esperando a que saliera. Quizá lo pensaba porque yo sí lo habría hecho. Por esa razón o porque sigo teniendo esperanzas en que Víctor algún día deje de ser un jodido chulo que no mira más allá de su propio ombligo.

El quid de la cuestión está en que siempre aparece una parte de mí que de normal tengo guardada bajo llave, y que es la que se compadece de Víctor. En estos momentos está martilleándome la cabeza mientras yo camino directa hacia la boca de metro de Príncipe Pío. «Pobrecito —me dice—, ¿cómo se te ha podido ocurrir que podía estar esperándote? Por favor, Martina, ha dejado de trabajar para traerte. No seas tan egoísta». Intento dejar de pensar en ello al momento y vuelvo a encerrar en el cajón a esa versión de mí que tan poco me gusta. Si está demasiado tiempo fuera, es capaz de ganarme la batalla.

Lo peor de todo es que Víctor sabe que, haga lo que haga, siempre se saldrá con la suya. Tiene ese poder sobre mí. Ha sido él quien ha creado esa versión de mí misma que siempre suelo tener bajo llave. Cuando nos conocimos gracias a nuestros padres, nuestra relación era normal y corriente. Éramos los hijos de unos padres que se adoraban. Nuestras madres eran mejores amigas de toda la vida. Nuestros padres se cayeron de maravilla cuando se conocieron. La vida los llevó a los cuatro por caminos separados hasta que, varios años después, se reencontraron. Ahí fue cuando nosotros nos conocimos. Éramos dos críos destinados a crecer juntos. Yo era una niña de doce años que seguía jugando con las muñecas Barriguitas. La ventaja de dos años que me sacaba Víctor era suficiente como para ir haciendo conmigo lo que le daba la gana. «Víctor, cuida de Martina», decían siempre mis padres. «Víctor, llévatela contigo y tus amigos a la bolera. Nosotros nos vamos a cenar fuera», decían los suyos. He sido una aguafiestas para él durante toda la vida. Víctor se ha ocupado personalmente de hacérmelo saber desde el principio. Y eso que pasar tiempo con él era lo último que yo quería. Nunca quise ir a la bolera con él y sus amigos, y mucho menos que cuidase de mí. Pero ¿qué va a decidir una niña de doce años?

Desde entonces, su odio hacia mí no paró de crecer. Ojalá pudiera decir que el mío hacia él también fue en aumento, pero estaría mintiendo. El primer día que lo conocí me fijé en sus ojos verdes. El segundo, en sus pecas —aunque menos que yo, él también tenía algunas sobre el puente de la nariz—. El tercero me hizo gracia cómo me miraba por encima del hombro, creyéndose de verdad superior a mí por tener catorce años en vez de doce. El cuarto me desperté sobresaltada soñando que íbamos a la tienda de chuches de Loli de la mano. Ahí fue cuando todo comenzó a desbordarse. Porque, a partir de ese momento, no pude dejar de mirar a Víctor con otros ojos. Hasta que llegamos a cumplir dieciséis y dieciocho años, yo estaba completamente enamorada de él, y a él no se le ocurrió otra cosa que jugar con mis sentimientos con la ayuda de todos sus amigos.

No cabe duda de que yo era una niña, al fin y al cabo, y quizá en ese momento estaba confundiendo las cosas. La Martina de ahora diría: «¿En qué momento pensaste que le podías gustar de verdad?». La Martina de entonces le respondería que por qué no. Él y sus amigos realmente se esforzaron mucho en hacerme creer que Víctor estaba colado por mí. Si yo me esfuerzo un poco, todavía puedo ver su cara de sobrado cuando me dijo: «Pobre Martinita, ¿de verdad pensabas que me gustabas? Con esa cara pecosa y ese pelo naranja estilo Pipi Calzaslargas… Eres más bien mi mono Amedio, el que siempre va enganchado a Marcos allá donde va». Menudo gilipollas. Le retiré la palabra en cuanto pasó todo aquello, como no podía ser de otra manera.

Me tiré días encerrada en mi habitación, fingiendo dolor de estómago. Por suerte, él y sus secuaces no iban al mismo colegio que yo, y en mi cole no sabían de qué iba el asunto, pero estaba dolida. Me sentía como una basura. También me pasé muchas tardes llorando a escondidas en mi habitación. Solo contaba con el consuelo de Gala. Ella fue la única persona que se enteró de lo que me pasó con Víctor y quien me sacó del pozo de humillación y mierda en el que me había metido. Por supuesto, mis padres no sabían nada. Mucho menos los suyos. No quería sentirme tan humillada. Por eso tuve que seguir viéndolo los fines de semana como si nada hubiese pasado. Verlo cada fin de semana fue lo que hizo que no quisiera estrangularlo cada vez que me lo encontraba. Puede parecer irónico, pero si una cosa es cierta es que el tiempo lo cura todo.

Los años fueron pasando, yo fui creciendo y Víctor también. Ese odio abismal que sentía por él fue disminuyendo poco a poco al ver que el mundo no se terminaba en la broma de mal gusto que me gastó. ¿Que fue una putada increíble para la Martina de dieciséis años cuando él era la primera persona de la que me enamoraba? Sí. Pero no era el fin del mundo. Lo superé, conseguí tolerar a Víctor y compartir espacio con él sin degollarlo, y seguí con mi vida a la vez que compartía días con él y su familia.

Durante el trayecto a casa no dejo de pensar en Víctor ni un momento. Recordar todas las cosas que he vivido junto a él —tanto las buenas como las malas— hace que sienta la cabeza a punto de explotar y que el pecho se me quede sin oxígeno. Porque, aunque no acabo de entenderlo, por más que pase el tiempo y por más que se haya ganado el puesto número uno al más odiado, Víctor Pardo sigue removiéndome las entrañas.

Entro en casa con el corazón agitado, y eso que he usado el ascensor para subir. Por suerte, no hay ni rastro de Víctor. Ni en el sofá, ni en la cocina, ni en ninguna parte de la casa. No me hace falta recorrerla para averiguarlo. Los cincuenta metros cuadrados del piso tienen cosas malas y otras buenas. Una de las buenas es que puedes saber quién hay en casa nada más abrir la puerta de la entrada.

Me dirijo a la cocina tras haberme quitado los zapatos. Flusflis aparece de la nada, tan sigilosa como lo es siempre, y llena la casa de maullidos, reclamando su dosis de mimos.

Tras acariciarla durante un rato —hasta que ella decide que es suficiente y se larga por donde ha venido—, me pongo a prepararme la comida que tendré que engullir antes de marcharme al trabajo.

Decido hervir un poco de pasta para después juntarla con espinacas crudas y un chorro de aceite. Sin siquiera cambiarme de ropa, como lo que he preparado de pie en la encimera de la cocina. No tengo tiempo ni de sentarme a comer tranquilamente. Todo porque mi coche ha decidido estropearse en el peor momento posible: cuando he decidido dejar de trabajar en la tienda de perfumes del centro comercial para por fin buscar un puesto en algún hotel de Madrid y sacarle provecho a la carrera que hice.

Me meto una hélice de pasta con una hoja de espinaca en la boca cuando oigo cómo la puerta se abre. Y no puede ser otra persona que Víctor. Me sorprendo al notar cómo se me acelera el corazón al verle aparecer en la cocina con la ropa del taller llena de grasa.

—Hola, guapa —me saluda con su estúpida manía de llamarme «guapa» mientras va hacia el fregadero para lavarse las manos—. Qué buena pinta tiene eso. Parece muy sano. ¿Qué es? —Alzo las cejas con la boca llena. ¿De verdad eso es lo único que tiene que decirme? Como si fuese un mago capaz de leer mentes, antes de que le responda vuelve a hacer de nuevo otra pregunta—. ¿Cómo ha ido la entrevista? ¿Te han cogido?

—No lo sé, Víctor —hablo mientras mastico—. Las cosas no van tan rápidas. Me dirán algo en unos días.

—Genial. —Abre el microondas y luego el horno, buscando algo que, desde luego, no va a encontrar—. ¿No has preparado un poco de eso para mí?

—¿Desde cuándo te gustan las espinacas?

—Desde que tengo un hambre que me muero. ¿No le has preparado nada de comer al mejor chico del mundo que ha sido el mismo que te ha llevado a la entrevista de trabajo a la que, sin su ayuda, no hubieses llegado ni de coña?

Me quedo mirándolo con las cejas todavía alzadas.

Termino de comerme lo que tengo en el plato antes de responderle:

—Pensé que no vendrías hasta la noche —digo recordando que me dijo, no sé cuándo, que tenía una cita—. ¿No era hoy cuando tenías una cita con no sé quién?

—Sí. Al final será verdad que me escuchas cuando te hablo. —Fuerzo una sonrisa dejando el plato para lavar. No tengo tiempo ni de darle un agua. Paso directamente a prepararme un café para llevármelo a la tienda—. Me ha pedido que si podíamos atrasar un poco la cita. Hemos quedado para merendar.

Me río ante lo crío que suena Víctor ahora mismo. «Quedar para merendar». ¿Desde cuándo él queda para merendar?

«Desde que se la quiere merendar a ella», pienso para mí misma, lo cual me hace muchísima gracia y no puedo evitar reírme en voz alta. En primer lugar, porque ha sido muy bueno. En segundo, para disimular un poco el pinchazo que he sentido dentro de mi cuerpo. A pesar de haber pasado seis años, hay cosas que nunca desaparecen del todo.

—¿Se puede saber de qué te ríes? —dice.

—De nada. Cosas mías.

Me mira juzgándome con la mirada y se abre una lata de albóndigas precocinadas. Quiero vomitar en cuanto la lata hace clic.

—¿Vas a comer eso? —le pregunto.

—No tengo tiempo para comer nada más. Es esto o el plátano pocho que lleva días ennegreciéndose en el frutero. Y creo que prefiero esto.

No le respondo porque, bueno, si tiene prisa, es verdad que no le dará tiempo a mucho más. Yo he pasado de prepararle algo de comer porque, sí, no voy a mentir, me ha dado rabia que no estuviera esperándome cuando he salido de la entrevista. Realmente, esa es la única razón verídica de por qué no he hecho un poco más de comida para él, aunque la versión de «ay, pensaba que tenías una cita y no vendrías a casa» es de ser menos rencorosa.

—Bueno, yo me voy. Tengo unos cuantos metros y un bus que coger.

—¿Ya te vas? ¿Tan pronto? —Veo que mira el reloj del microondas mientras se calienta las albóndigas en una sartén—. No entras hasta dentro de dos horas, ¿no?

—Sí, y ese es el tiempo que tardo en llegar, tomarme un café y mirar un rato Instagram antes de empezar a trabajar. —Salgo de la cocina metiendo el termo en la bolsa de tela que llevo colgada en el hombro, perdiéndolo de vista—. ¡Ah! Y, si puede ser, hazme un hueco en el taller para arreglarme el coche. No se me ha podido estropear en peor momento... —Esto último lo digo en voz baja, quejándome.

Cuando acepté el trabajo en el centro comercial, no se me pasó por la cabeza el pequeño inconveniente de que algún día podría quedarme sin coche y tendría que usar el transporte público para llegar. Más que nada porque el centro comercial está en Usera, y llegar hasta allí es algo complejo desde donde vivo. Bueno, realmente llegar a cualquier parte desde Rivas-Vaciamadrid es complejo. Pero no seré yo quien le diga que no a un techo gratis, aunque esté en el culo del mundo.

Llego a la tienda con el tiempo justo. Es más, si no hubiera corrido desde la parada del último bus hasta aquí, hubiese llegado tarde. Desventajas de perder el primer metro y, en consecuencia, todos los transbordos que le seguían. No me ha quedado más remedio que optar por aparecer en la tienda con el pelo hecho un desastre y la respiración agitada para no escuchar a mi jefe recriminarme que no me paga para que llegue tarde cada día. Teniendo en cuenta que sus «cada día» pueden referirse a cada día de verdad o a una vez al año, que en este caso es lo que sería.

—¿Qué te pasa? Parece que acabes de atracar un banco y hayas salido huyendo —dice Gala, mi mejor amiga, mientras se termina de colocar bien la identificación como empleada.

—Pues más o menos. Solo que me he dejado la pasta en el camino.

Gala se ríe mientras yo abro la taquilla y meto en ella mis cosas a toda prisa.

Conocí a Gala en el instituto. Allí fue cuando nos comenzamos a volver inseparables y ahora no me imagino la vida sin ella. Cuando terminamos bachillerato, las dos entramos en la misma carrera: Turismo, y conseguimos mantener la amistad que teníamos a pesar de las hormonas tan revolucionadas de la postadolescencia. Ahora las dos estamos trabajando en la misma tienda de perfumes, donde ella me enchufó cuando yo estaba desesperada por encontrar cualquier trabajo que me ayudase a pagar mi parte de la compra. Gala siempre ha sido mi única salvadora.

—¿Está Julián?

Niega con la cabeza. Yo no puedo hacer otra cosa que respirar aliviada.

—Está de vacaciones.

—Él y nosotras.

Las dos reímos y salimos sin demorarnos mucho más. Julián no está, pero sí está Ángela, la mano derecha de nuestro jefe. Y a ella tampoco le hace gracia que nos retrasemos. Eso sí, si alguna vez nos tiene que llamar la atención, lo hace un millón de veces mejor que Julián.

—¡Hola, chicas!

—¿Qué hay? —saluda Gala y yo me limito a sonreír—. ¿Ha llegado mucho género?

—No os hacéis una idea...

Suspiro, agobiada. Después del día que llevo —solo he parado el ratito que he estado en casa para hacerme la comida y comer lo más rápido que he sido capaz—, me apetecía tener una tarde tranquila. Pero no todo sale siempre como una quiere.

La tarde transcurre con bastante tranquilidad, para mi suerte.

Vamos dejando la tienda impecable a medida que van pasando las horas, y hasta logramos cerrar cinco minutos antes. Normalmente, eso nunca pasa porque casi siempre entra mucha gente en el último momento y nos lo dejan todo patas arribas. Así que después nos toca a nosotros dejarlo todo listo para el día siguiente y así terminamos saliendo más tarde.

Todo son risas hasta que recuerdo la combinación infinita de buses y metros que tengo que coger para llegar a casa. Pero entonces se me enciende la bombillita.

—Gala, una pregunta: por casualidad…, ¿no habrás venido en coche?

—¡Sí! Lo tengo aparcado a dos calles de aquí. ¿Por qué? ¿No tienes el tuyo?

—Qué va. El muy cabrón ha decidido abandonarme hoy. Cuando he ido a cogerlo esta mañana…, no arrancaba. —Agarramos nuestras cosas y, después de cerrar las taquillas, salimos del vestuario para encontrarnos con Ángela fuera, esperándonos para cerrar la persiana metálica—. Por eso he venido corriendo.

—Joder, tía. ¡Haberme dicho que te pasase a recoger!

Sí, lo podría haber hecho, pero no se me ocurrió. Víctor muchas veces me nubla el pensamiento, y hoy no es que me lo haya nublado, es que me lo ha puesto negro directamente.

Ángela termina de cerrar con llave la persiana y caminamos hacia la calle.

—Me conformo con que me acerques a casa, si no es mucha molestia.

Gala vive a quince minutos de mí, en Arganda del Rey, con su novio Ale. Ella no se ha movido del barrio en toda la vida. Aun así, no le cuesta lo más mínimo acercarme a mi casa. Me lo deja claro con el movimiento de mano que hace mientras salimos.

Ya en la calle, mientras Ángela se enciende un cigarrillo, escucho un rugido de moto. Uno que, desgraciadamente, conozco muy bien y que, ahora mismo, es lo último que quiero oír.

—¿Qué pasa, Martinita?

Otra vez ese dichoso apodo que se ha tomado la licencia de usar. Aunque, ahora que lo pienso, no sé cuál es más terrorífico si ese o el dichoso «guapa» que me saca de quicio.

—¿Qué haces tú aquí?

Víctor está en la puerta del centro comercial, subido en su maldita moto, con el casco puesto y la visera negra subida. Parece el mismísimo diablo.

—Pensé que no te apetecería mucho ir a casa en transporte público.

Gala lo está mirando con la boca abierta. Pero es que la cara que tiene Ángela es de otro mundo. Los ojos están a punto de salírsele de las cuencas y la baba ya le baja por la barbilla.

—No iba a ir en transporte público. Gala me iba a llevar. ¿A que sí?

—Eh…

Le lanzo una mirada de «amiga, ayúdame y di que sí para que se pire» a la que se supone que es mi mejor amiga, porque subirme a la moto de nuevo es lo último que me apetece. Solo que o a Gala no le llegan las señales o se hace la tonta, porque no dice nada más.

—No querrás molestar a tu amiga haciendo que te lleve a casa estando yo aquí, ¿no? Porque mira qué casualidad, voy a la misma calle que tú. Incluso al mismo edificio. Qué cosas…

Miro a mis compañeras, esperando que alguna salga en mi defensa o que, por lo menos, digan algo. Pero no tendré esa suerte. Están calladas contemplando la situación como si la cosa no fuera con ellas. Gala no hace nada y Ángela se ríe, evidentemente, porque a cualquiera le hubiese hecho gracia el comentario de Víctor, teniendo en cuenta que vivimos juntos. Pero a mí me hace de todo menos gracia.

—Preferiría ir en metro.

—Sí, pues deja de preferir tanto y sube.

Decido ignorar sus palabras y me giro hacia mi amiga.

—Gala, di algo. ¿A que no te importa llevarme?

Mi amiga —o a partir de ahora mi enemiga— mira su móvil fingiendo ver algo superimportante de lo que ya no se acordaba y exclama:

—¡Ay, Martina! Se me había olvidado… He quedado con Ale para ir a cenar. ¡Es nuestro aniversario!

La miro con la ceja alzada. No es su aniversario. Su aniversario es en diciembre, y aún queda mucho para eso. Lo sé porque cada año me da la turra con el tema. Será posible… Ten amigas para esto.

—Gala…

—¡Adiós!

Se va corriendo —literalmente— hacia donde tiene su coche aparcado. Parece un pollo sin cabeza.

Será mala víbora.

—A mí no me mires —dice Ángela cuando se da cuenta de que he dirigido mi mirada hacia ella como última, ultimísima, opción—, he venido caminando.

«Estupendo. Aquí descansa Martina Avellaneda, imán para la mala suerte y para tíos insoportables y repelentes como Víctor Pardo. Espero que el camino de vuelta sea leve».

4

VÍCTOR

Me despierto con el puto sonido del aspirador retumbando en mi cabeza. Ni la puerta cerrada puede amortiguar un poco el ruido. Cojo la almohada de debajo de mi cabeza y me tapo la cara con ella para ahogar un grito.

—Me cago en… —Me aparto la almohada de la cara y la lanzo contra la puerta—. ¡¿Se puede saber qué cojones haces?!

Menos mal que me he tapado con la sábana, al menos hasta el estómago, porque estoy en pelotas y Martina abre la puerta sin pensárselo dos veces. Entrecierro los ojos al notar la luz del salón colarse en mi habitación, hasta ahora totalmente a oscuras. Pero ¿esta tipa?

—¡Tía, la puta luz!

—Qué mal hablado eres de buena mañana, Pardo —dice, creyéndose la mar de graciosa—. A ver si te voy a tener que pasar el aspirador por la boca.

Me incorporo ligeramente mientras mis ojos se acostumbran a la luz. O lo intentan.

—¿No hay horas en el día, que tienes que putolimpiar de buena mañana?

—Víctor…, son las diez de la mañana.

—¡Pues eso! Hostia, Martina, que solo hace tres horas que pillé la cama.

—Problema tuyo. No haber trasnochado.

Sale de mi habitación dejando la puerta abierta, claro.

—¡No es justo que pagues conmigo no haber salido anoche! ¡Amargada!

En ocasiones como esta, odio compartir piso con Martina. La cabrona se lo montó bien cuando fue a entrar en la universidad y se quedó sin la última plaza que quedaba libre de la residencia donde pretendía vivir. Porque evidentemente no podía permitirse un piso, aunque fuese compartido. Siempre pienso en la suerte que tiene de ser la persona favorita de mis padres. Es increíble, pero la prefieren a ella más que a mí, lo que hace que a veces acabe pisándome como a un gusano.

Que no se malinterpreten mis palabras; no la odio. O no del todo. A veces, como ahora, me llego a plantear lo de odiarla. Pero tengo excusa. Joder, ¿qué coño hace pasando el aspirador a las diez de la mañana? ¿No tiene horas durante todo el día para hacerlo? Total, si su vida no es que sea de lo más entretenida.

Me levanto de la cama y, con los pantalones del pijama como única prenda de ropa y el móvil en la mano, salgo de la habitación.

—¿Qué tal anoche? ¿Te lo pasaste bien? —dice, tratando de iniciar una guerra.

Me río al recordar la juerga que me pegué.

Mientras currábamos ayer, Cristóbal me invitó a una fiesta que hacía no sé quién en su casa por la noche. Ese no sé quién resultó ser el novio de una ex de cuando estaba en el instituto, y la verdad es que me lo pasé de puta madre. Perdí la cuenta de los cubatas que me bebí y de las canciones que bailé encima del sofá. No sé en qué momento me marché de allí, ni con quién, claro está. Lo único que recuerdo fue que cuando llegué al portal de casa eché la pota en la maceta que hay en el rellano. Lo siento, vecinos.

—No te pongas celosa, Martinita, que no me enrollé con nadie.

Paso por su lado dirigiéndome a la cocina y no puedo evitar revolverle el pelo.

—¿Te crees que me importa? —Me sigue y se queda mirándome desde el marco de la puerta mientras me preparo un café. Con tal de que siga con ese cacharro parado…, que mire lo que quiera. Perla no tarda mucho en aparecer al lado de su dueña. Se sienta junto a ella, envolviéndose las diminutas patas con su cola—. Tienes que poner una lavadora, fregar el suelo y quitar el polvo del salón.

Me pierdo después de escuchar la palabra «fregar».

—¿Qué?

Me giro y la veo ahí de pie sonriendo.

—Lo que has oído.

—¿Y tú?

—Yo he recogido la cocina y he limpiado el baño.

Pero ¿a qué hora se ha levantado esta piba?

Resoplo, harto de que me dé la turra de buena mañana y sigo preparándome un café. Por cierto, ya tengo leche con la que tomármelo. Cuando Martina llegó al piso hace años, decidimos que la compra la haríamos conjunta. Pero, claro, cuando entró no sabía lo que era convivir conmigo. Una vez que lo aprendió, dijo que debíamos repartírnoslo todo, incluso las baldas de la nevera. Esto de la convivencia es horrible, no me extraña que muchas parejas se divorcien tras convivir apenas unos meses. Estoy planteándome hacerlo de Martina y ni siquiera estamos casados.

—¿Me has escuchado?

—Que sí, Martina.

No sé lo que le da más rabia: si que la ignore o que le responda con un «que sí, Martina». No soporta que no le haga caso, pero que la trate con condescendencia la saca de quicio... La miro disimuladamente por encima del hombro y veo que tiene los labios fruncidos y resopla por la nariz.

Ante su mosqueo, decido, ahora sí, ignorarla. Más que nada para terminar la jugada lo más redonda posible. Desbloqueo el móvil y entro en un grupo de WhatsApp para leer los mensajes por encima, sin prestarles mucha atención. Repito: no es que me interese lo que estoy haciendo, es simplemente que quiero sacarla un poco de quicio. Por eso luego abro el chat que tengo con Cristóbal, sorprendido al encontrarme todo el material tan valioso que guarda. Un montón de fotos y vídeos en los que aparezco como protagonista, haciendo el ridículo en unos niveles altísimos.

Martina se me acerca por la espalda y se pone de puntillas para ver lo que estoy mirando con tanta atención que ni siquiera me he dado cuenta de que el chorrito de café ha dejado de salir de la cafetera.

—Por Dios, ¿ese eres tú?

—¿Conoces a otro tío así de divertido?

La miro de reojo y veo que tiene las cejas alzadas.

—Qué vergüenza das, Víctor.

—Da gracias entonces de no haber sido invitada a esa fiesta tan molona.

—Créeme, no sabes cuánto lo agradezco.

Dejo el móvil sobre la encimera de la cocina y cojo la taza de café con leche. Odio tanto el café solo que beberlo con leche es un placer. Después de esto tendré que tomarme una aspirina. Es como si un millón de monos estuvieran chocando platillos en mi cabeza. Y limpiar el piso es lo último que me apetece ahora mismo.

—Oye —digo girándome y encontrándomela de frente—, ¿y si limpio mañana?

—¿Quieres ver cómo te prohíbo al acceso a la cocina, al baño y a todo lo que yo haya limpiado?

—No te… —Me paro un momento y pienso en que esta piba está en mi casa como si fuese verdaderamente la suya—. Qué narices, ¿por qué estoy negociando contigo? Es mi piso, tía. No pagas ni el alquiler de tu habitación. No tienes derecho a imponer tus normas.

—Cállate, que tú tampoco pagas una mierda.

—Mira, no tengo la cabeza como para aguantarte. —Salgo de la cocina y me siento en el sofá poniendo los pies sobre la mesita que hay enfrente, justo delante del mueble de la tele—. ¿No tienes nada que hacer hoy? ¿Irte por ahí con Gala o… ir a ver a quien sea?

—No. ¿Y tú? ¿No tienes ninguna fiesta a la que ir? —Me da un manotazo en los pies, y suelto un quejido—. Y los pies fuera de la mesa, que la acabo de limpiar.

Perla aparece de nuevo, tan silenciosa como siempre, y se sube a la misma mesa donde Martina no me deja colocar los pies.

—¿A la gata sí la dejas subir y a mí me echas la bronca del siglo por apoyar las piernas?

—Exacto.

Suspiro, cansado de tener que aguantarla día tras día. Mientras, Martina no hace otra cosa que acariciar a la gata, que comienza a soltar pelos sobre la mesa.

—Hay que joderse, Martina. ¿Puedes coger y pirarte de una vez? Eres peor que un grano en el culo. ¿Gala no tiene ninguna habitación libre?

—Cuidadito con lo que dices, no vaya a ser que llegue a los oídos de tus papis.

Siempre juega con su carta de chantaje favorita: mis padres. A pesar de que son *mis* padres, a veces parece que Martina es más hija suya que yo. Desde que la conocieron pasaron a sentir por ella una especie de devoción. Todavía no entiendo por qué. Martina no tiene nada de especial. O al menos eso es lo que me obligué a pensar en cuanto pasé de ser su amigo a su enemigo sin siquiera yo quererlo. Me vi arrastrado y hundido hasta el cuello en un juego al que yo no quería jugar. Pero, una vez que estás metido en algo, lo único que puedes hacer es continuar hacia delante. Así que eso hice, soltando mentiras por mi boca que lo único que hicieron fue herir a Martina como nunca nadie la había herido. Y, a pesar de ello, ella jamás le contó nada a mis padres. Quizá por eso me da tanta rabia que la quieran tanto. Porque, a pesar de la gran putada que le hice, no quiso poner a mis padres en mi contra. Y eso dice mucho de ella. Y lo que yo hice también dice mucho de mí, pero malo, claro. Poco después de eso, sus padres se mudaron a Australia; una oferta de monitores de buceo que no pudieron rechazar. Desde entonces, el amor que mis padres tenían por Martina se convirtió en la necesidad de cuidar de ella. Hasta el día de hoy.

—¿Siempre has sido tan bocazas? —Me termino el café con leche de un trago, saliendo del trance en el que estaba sumergido y me levanto del sofá. Así no hay quien comience el día con calma—. Espera, se me olvidaba, ya conozco la respuesta*: sí.*

—Vale, pero limpia lo que te he dicho antes de comer.

—¿Ya has pensado qué cocinarás?

—Pero ¿tú te has caído de un quinto? —Deja el aspirador, que todavía no había soltado, apoyado en el sofá—. No te pienso cocinar nada. Y, si se me ocurriera cocinarte algo, lo condimentaría con salfumán.

—Será posible. —Cojo de nuevo el móvil y me lo pego a la boca como si estuviese hablando con alguien—. Agentes del FBI, espero que hayáis oído eso. Martina Avellaneda quiere asesinarme.

Ella suelta un gruñido, deja el aspirador tal cual lo ha soltado y desaparece cabreada para encerrarse en su habitación. Es entonces cuando yo respiro aliviado. Después de recordar lo que le hice y tras volver a sentir los demonios recorriéndome todo el cuerpo, lo único que quiero es sentir un poco de tranquilidad.

—Fue una puta pasada lo de anoche.

—Para pasada, la obsesión que tiene Martina con la limpieza. —Cristóbal me mira por encima de la pajita del batido que se está tomando—. Por casualidad, no tendrás una habitación libre para mí, ¿no?

Se relame los restos de nata del bigote.

—Yo sí. Pero ¿vas a dejarle tu casa a Martina? Te recuerdo, *tu* casa.

—Es que es de lo más pesada, tío.

—A ver, sí que es verdad que la chavala es un poco intensa para... todo. Pero ¿de qué te quejas? Te limpia la mitad del piso, a veces hace comida de más para que puedas comer y evita que tus padres estén cada dos por tres en tu apartamento comprobando que todo esté en orden. Párate a pensarlo; no es tan horrible.

Vale, Cristo tiene razón. Puede que convivir con Martina tenga más cosas buenas que malas, pero es que hay veces en las que su sola presencia me molesta. Y recordemos algo, es mi apartamento, no el suyo. Lleva dos años viviendo bajo mi techo por la puta plaza de la residencia que perdió. Pero es que ya no está en la universidad, y ya trabaja, y ya puede…

—¿Y si le digo que se busque otro apartamento? —suelto tras terminarme el batido de chocolate—. Bueno, ya lo he hecho esta mañana, pero no creo que me haya tomado muy en serio.

—Créeme, tío, no te interesa eso. —No le respondo porque no sé qué decirle. Lo malo de no decir nada es que le doy tiempo a su mente de pensar otras cosas, otras cosas que, normalmente, no me hacen ningún tipo de gracia—. Oye, ahora que pienso… ¿Seguro que te molesta Martina por lo pesada que es y no por…?

—Ni se te ocurra decirlo en voz alta.

—Tranquilo, fiera —dice entre risas por mi repentina alteración—, simplemente estaba contemplando una posibilidad. Puede ser que no quieras a Martina cerca porque…

—¿Podemos dejar ya el temita? No quiero a Martina cerca porque no me deja vivir tranquilo como me gustaría vivir en mi propia casa, pero la necesito para que mis padres no me toquen las pelotas. Punto.

Cristóbal alza las manos en señal de «me rindo, tú ganas» y yo me siento satisfecho. Lo conozco desde hace muchos años y sabe bien cómo ha sido y cómo es mi relación con mis padres, y que por ello tener a Martina en casa siempre será un punto positivo para mi relación con ellos. Pero también sabe lo que pasó con ella. Y, por eso, se creó una opinión muy clara al respecto. Una que, cada vez que me la intenta decir, termino por callarlo antes de que pueda pronunciar media palabra que yo no quiera oír. Porque si para algo me han servido todos los años que llevamos siendo amigos es para conocerlo tan bien que no hace falta que diga nada para saber qué está pensando.

Media hora más tarde, ese pensamiento sigue rondando por mi cabeza. Incluso tras aparcar la moto y subir a casa con el casco colgando del brazo.

Cuando abro la puerta, no escucho a Martina ni la veo por ninguna parte. Perla se acerca a mí y se contonea alrededor de mis piernas para que la acaricie. Así que eso es lo que hago mientras busco algún atisbo de Martina por alguna parte. ¿Se habrá pirado de verdad de casa? Por un momento se me detiene el corazón. ¿No es demasiado pronto como para que ya esté durmiendo? Me acerco lentamente y como puedo —porque Perla no me lo pone nada fácil— a su habitación y abro la puerta con cuidado. Achino un poco los ojos para buscarla en la oscuridad. Al final la encuentro durmiendo en su cama, tapada hasta las orejas y sin hacer el menor ruido.

Vale, no se ha ido.

Por un momento siento cómo el alivio me recorre el cuerpo. Me engaño a mí mismo pensando que es porque, de haberse ido, mañana tendría a mis padres a primera hora del día acribillándome a llamadas para pedirme explicaciones. Algo que no ocurrirá porque Martina sigue aquí.

Cierro la puerta y me dirijo a la cocina. He cenado con Cristo en un bar de tapas después de tomarnos un batido en la heladería que hay al lado del curro, pero el cuerpo me pide un vaso de leche con Chocoflakes. Entro en la cocina y cuando voy a meter el vaso de leche al microondas me encuentro con un plato de guisantes con unas hamburguesas de berenjena. Lo saco de allí y, al colocarlo sobre la encimera, veo que en el cajón de los cubiertos hay un pósit.

Me ha sobrado esto de la
cena, por si vienes con hambre.
Yo me voy a dormir, que
mañana tengo una entrevista
en un hotel muy temprano.
¡Buenas noches, Victor!

Se me olvida el vaso de leche sin calentar en el microondas. Saco un cuchillo y un tenedor del cajón de los cubiertos y, apoyado en la encimera sobre mis codos, me como los guisantes y la hamburguesa fría. No tenía hambre hasta ahora. Que tampoco es que me rujan las tripas, pero... Martina ha pensado en mí y en mi estómago hambriento. ¿Cómo voy a tirar esto a la basura? Es impensable.

Ceno por segunda vez, en esta ocasión solo en la cocina, mientras recreo en mi mente la imagen de Martina tumbada en su cama durmiendo plácidamente. Algo se revuelve o se encoge en mi interior. No sé descifrar cuál de las dos cosas siento en realidad.

Estoy a nada de dejar el tenedor en la encimera para ir de nuevo a su habitación y comprobar que está bien, que no corre peligro. De hecho, estoy a punto de hacerlo. Pero me contengo. Agarro el tenedor con todas mis fuerzas para no soltarlo y dejar que mis piernas caminen solas hasta su cuarto. Probablemente, Martina no querrá ni verme. Que me haya dejado algo de cenar no significa que hayamos firmado un acuerdo de paz. Se necesitaría mucho más que un plato de comida. Tampoco significa que yo le importe. Realmente no me sorprendería que me siguiera odiando. En verdad, creo que es muy probable que sea así porque estoy haciendo muy bien mi trabajo.

El primer verano que pasamos juntos después del «acontecimiento», en la casa que tienen mis padres en Mallorca, me dije a mí mismo que la única forma de no volver a sufrir por ella nunca jamás era esforzándome al máximo para que Martina me siguiera odiando. Porque, una vez que me había metido en el meollo de la mentira, no podía echarme atrás por más que me doliese verla pasándolo tan mal.

Fueron las peores vacaciones de mi vida. Mientras pasamos esos días soleados en cala Bóta, me di cuenta de lo que sentía por Martina. Había permitido que entrase en mi vida para luego echarla de golpe y sin previo aviso, y la había dejado destrozada, pero yo también lo estaba, y mucho. El problema era que admitirlo era demasiado peligroso y complicado; me resultaba más fácil aceptar que era un gilipollas al que le importaban una mierda los sentimientos de otra persona. Cuando dejamos las islas Baleares atrás y volvimos a casa, tomé la decisión que pensé que sería más adecuada: olvidarme de Martina y hacer como si nunca hubiese sentido nada por ella. Ese mismo día comencé a fingir que la odiaba y me juré a mí mismo que ese iba a ser mi *modus operandi* a partir de ese momento.

Así yo nunca sufriría por ella, a pesar de que ella sí lo hizo por mí.

Cierro los ojos y me doy cuenta de que estoy apretando el tenedor con más fuerza de lo normal. ¿Qué me está pasando? Pongo el plato vacío en el fregadero, junto al tenedor y el cuchillo.

Dejo atrás la cocina y todo lo que he recordado mientras cenaba por segunda vez hoy: la imagen de Martina en bañador, de Martina negándome la palabra… Haría lo que fuera para poder olvidar todo lo que ocurrió, pero, como eso es imposible, me limito a fingir que no sucedió. Por suerte, desde entonces Martina me ha estado ayudando sin ella saberlo. Porque ya no hay ni rastro de la chiquilla pecosa que olía a *aftersun* y a coco, la que hacía que se me acelerase el corazón con tan solo mirarme. De esa Martina solamente quedan las pecas, en las cuales intento no fijarme demasiado para no volverme loco de nuevo. La Martina de ahora, la que vive bajo mi mismo techo, lo único que consigue es sacarme de quicio, cabreándome e irritándome. Y eso es justamente lo que necesito.

5

MARTINA

Me levanto sin necesidad de oír el despertador.

Con los ojos aún cerrados me dirijo a la cocina a prepararme algo que me despierte. Apenas ha salido el sol y yo ya estoy encendiendo la cafetera para prepararme un café. Y todo porque el coche lo tengo en el taller y aún no está arreglado. Jodido Víctor. Y eso que le dije que era urgente.

Mientras el café sale, meto dos rebanadas de pan en la tostadora y parto un aguacate por la mitad. ¿Es posible dormirse de pie? Porque creo que estoy a punto de hacerlo… Pero entonces alguien enciende la luz de la cocina de golpe.

—¿Qué pasa, Martinita? ¿Has decidido echarle una carrera al sol?

—Te he dicho que… —Suspiro, sin fuerzas para discutir con Víctor a las cinco de la mañana—. Mira, da igual, llámame como quieras.

—¡Genial! Después no digas que no lo has dicho.

—Que sí…

Sigo con el aguacate y, cuando el pan salta de la tostadora, lo unto con fuerza. Como para tener energía suficiente para subirme al tren, porque hambre, lo que se dice hambre, no tengo.

Le pego el primer bocado a la tostada, sentada en la pequeña mesa que hay en la cocina, cuando me doy cuenta de que Víctor está realmente despierto a las cinco de la mañana. Y con energía.

—Oye, ¿se puede saber qué haces despierto?

—Vi la nota que me dejaste. Por cierto, muy rica la cena. Gracias por hacer de más.

—No hice de más… —digo cansada—, solo me sobró porque no tenía apetito.

—Ya, vale, lo que tú digas. —Se deja caer en la silla que tengo enfrente con el café que se acaba de preparar y empieza a teclear algo en el móvil—. ¿Dónde es la entrevista esa que dices que tienes?

—En el centro. ¿Por qué?

—¿Calle?

—Joder, Víctor, tengo sueño. ¿No puedes ser impertinente luego, cuando ya sea algo más persona?

—Calla y dime la dirección, anda.

Suspiro y le digo la maldita dirección únicamente para que me deje desayunar en paz. Remuevo el café y le doy un sorbo en silencio, pensando que ya se habrá quedado contento y me dejará en paz, cuando vuelve a abrir la boca.

—¿A qué hora tienes la entrevista? Porque está a veinticinco minutos si no hay tráfico.

—Ya, Víctor, pero ¿te recuerdo que tengo el coche en el taller porque no te sale de los huevos arreglármelo?

—Ya te he dicho que me falta una pieza que me tiene que llegar. No puedo hacer milagros, niña. —Se termina el café de un trago y yo recojo las migajas del mantel de la mesa—. ¿A qué hora tienes la entrevista?

—A las siete.

—Pues tienes una hora y media para prepararte. Bueno, una hora y cuarto, mejor. No vaya a ser que cojamos tráfico, que a esa hora el centro de Madrid está lleno de peña yendo a currar.

—Víctor —digo intentando pillar por dónde está yendo—, ¿qué estás diciendo? No estoy para bromas…

—Joder, estás espesita recién levantada, eh. Que te llevo en coche.

—No es necesario.

—Igual no, pero no te vendrá nada mal.

Me levanto de la silla y recojo todo lo que he ensuciado. Víctor me pisa los talones y se pone a fregar su taza a mi lado, haciendo que nuestros codos se choquen constantemente.

—Ayer me dijiste que me pirase de aquí y hoy madrugas más que nunca con la intención de llevarme a una entrevista de trabajo. ¿Tú estás bien de la chota?

—No mucho, la verdad.

Suspiro y niego con la cabeza. Quien lo entienda, que se lo lleve, por favor.

Dejo el plato y la taza en el escurridor y me seco las manos. Víctor espera una respuesta por mi parte, pero después de dormir menos de cinco horas no estoy como para discutir con él. Por eso camino hacia la puerta de la cocina para ir directa al baño.

—Oye —dice, captando mi atención antes de que pueda salir—, espera. —Me detengo sin saber por qué. Quizá es simplemente porque pararme en seco es más sencillo y requiere menos esfuerzo que seguir caminando—. Solo quería pedirte perdón por lo de ayer.

¿Víctor pidiendo perdón? ¿Qué le pasa? O más bien… ¿qué quiere?

—Vale, hecho. Ya puedes volver a dormir.

—Martina… —Esta vez no solo me detengo por el tono de su voz, sino porque noto que me agarra el brazo con suavidad—. ¿Por qué eres así? Solo te quiero hacerte un favor.

—No necesito que me hagas favores. De hecho, no quiero que me hagas más favores. Puedo ir yo sola. Aunque, mira, sí que quiero que hagas una última cosa por mí. ¿Sabes lo que sí necesito de verdad? —Se queda callado esperando mi respuesta con las cejas alzadas—. Que me arregles el coche de una vez. Lo necesito, ¿sabes?

—Oído, capitana. Lo que, para la próxima, te aconsejo que te estires un poco y le eches gasofa de la buena.

—¿A qué viene eso ahora?

—Pues a que te has cargado el filtro del combustible por rata.

—Págame tú la gasolina y le pondré la mejor del mercado. —Hago una mueca con la poca energía que me ha dado el café—. Necesito el coche. No tardes demasiado.

—En cuanto me llegue el filtro, reina.

Suspiro, cansada de discutir tan temprano con alguien como Víctor Pardo.

Ignoro la mirada que tiene clavada en mí —la noto a pesar de que ya estoy de espaldas y de camino al baño— y lo dejo pasmado en la cocina, pero ahora no sé si tengo que darme prisa para arreglarme y coger una combinación infinita de transporte público o si realmente me llevará él a la entrevista.

Parece que Víctor ha adquirido superpoderes porque, justo antes de entrar en el baño, cuando tengo la mano sobre el pomo de la puerta, suelta:

—A las seis y media salimos de casa. ¡Procura estar lista!

Me meto en el baño sin responderle. Cierro la puerta de golpe sin importarme si he podido despertar a algún vecino y me apoyo en ella de espaldas. Vuelvo a suspirar, solo que esta vez me encuentro con una sonrisa imprevista.

«¿Y este chico?».

6

MARTINA

Es la quinta canción de Eladio Carrión que suena en el coche. Una más y me tiro por la ventana con el coche en marcha.

—Por Dios, Víctor…, ¿es que no tienes otra música?

—¿Qué pasa? ¿No te mola esta? —Aprovecha que el semáforo se ha puesto en rojo para mirarme—. Si está guapa.

—Sí, para cualquier momento en el que no sean las siete menos dos minutos de la mañana, estemos parados en un atascazo en medio de Madrid y, para colmo, esté llegando tarde a una entrevista.

—Pues por eso mismo es perfecta. Un poco de alegría, niña.

Me muerdo los pellejos de las uñas. Estoy nerviosa y no paro de moverme en el asiento. Menos mal que hemos salido cinco minutos antes de casa por si había tráfico. Porque, desde luego, hay mucho tráfico.

Miro el reloj de la pantalla táctil del coche y veo que son las siete menos cinco.

—No llegamos.

—Que sí, Martina, que estamos a nada.

Realmente no estamos «a nada»; de hecho, acabamos de entrar en el centro de Madrid. Si no calculo mal, y teniendo en cuenta el tráfico que hay, todavía nos quedan unos buenos diez minutos para llegar. Por no hablar de buscar sitio para aparcar.

—Date prisa, por favor.

—No me puedo dar prisa si los de delante no se ponen en marcha. ¿Ves cómo teníamos que haber venido en moto?

Por primera vez creo que tiene razón. Ahora mismo desearía estar subida en esa moto del infierno que tanto detesto. Hubiese sido la única forma de llegar a tiempo a la entrevista. Esa y...

—Si lo sé, cojo el transporte público.

—Martina, me estás poniendo de los nervios. Por más que te quejes, esto no irá más rápido —dice señalando el montón de coches, motos y buses que nos rodea—. Si quieres, bájate y ve caminando.

—¡Sí, claro!

Vuelvo a moverme incómoda en el asiento. Tengo la ropa cada vez más arrugada y el maquillaje se me está estropeando por momentos debido al estado de nerviosismo en el que me encuentro.

Me froto las manos en el pantalón negro de pinza. Entre el tráfico y la música que lleva Víctor, me va a dar un parraque. Ahora mismo está sonando «Si la calle llama». Lo sé porque la pantalla que tiene su coche —y que el mío no tiene— me lo ha chivado, no porque me conozca la canción de este hombre.

Me inclino hacia delante y paso la canción. Para mi sorpresa —y desgracia— suena otra del mismo artista. Esta vez se titula «Friends» y retumba por todo el coche. Parece que, en vez de molestar a Víctor, le hago un favor, porque comienza a mover la cabeza de arriba abajo como si de verdad no fueran las siete de la mañana.

—«Explosiva como cuando juega al *Call of Duty*, dale al R1» —canta, y durante un microsegundo me mira.

—¿Qué pasa cuando le das al R1?

—¿Te lo enseño cuando lleguemos a casa?

—¡No seas cerdo!

—Joder, Martina —dice mientras yo achino los ojos. Los bajos de este coche y de esta música están a punto de reventarme los tímpanos—, que no es nada guarro.

Suspiro y decido ignorarlo hasta que llegamos a la plaza del Carmen más tarde de lo que me hubiese gustado. Son y cuarto cuando Víctor logra aparcar el coche en doble fila para que yo pueda bajar y entrar en el hotel Thompson a toda prisa.

Nada más poner un pie dentro, el olor a lujo me invade. «Madre de Dios, ¿qué es esto?», pienso. Es cierto que no es la primera vez que paso por delante de este hotel. Me he hartado de pasar por su puerta e imaginarme trabajando aquí, pero nunca había entrado. Hasta ahora.

El suelo del vestíbulo es de mármol oscuro. Lo cruzo, acompañada de una ligera música clásica, en dirección al mostrador, donde hay una chica elegantemente vestida con una coleta alta muy apretada.

—Buenos días, señorita. ¿En qué puedo ayudarla?

—Vengo a hacer una entrevista.

La recepcionista saca una agenda de alguna parte de debajo del mostrador y comienza a pasar páginas y a ojearlas.

—¿Y su nombre es...?

—Martina.

—¿Martina...?

—Avellaneda. Martina Avellaneda.

Puedo notar cómo las mejillas se me van tiñendo poco a poco de rojo. Qué vergüenza. ¿Cómo puedo ser así?

Observo que la chica pasa el dedo por una hoja en concreto y se detiene en cuanto encuentra mi nombre.

—Martina Avellaneda, aquí está. Pero veo que llega casi veinte minutos tarde...

—Pero...

—Lamento decirle que se ha anulado su entrevista —dice sin dejarme hablar.

—Había mucho tráfico y no he podido llegar antes. Lo siento mucho, de verdad. ¿No se podría hacer...?

—Lo siento, señorita. Gracias por interesarse en el hotel Thompson.

Me dedica la sonrisa más bonita que he visto nunca.

Las manos me han dejado de sudar y las piernas de temblar. Ahora mismo, lo único que siento es un montón de rabia.

Me despido de la recepcionista —que, la pobre, no tendrá culpa alguna— y salgo del hotel a toda prisa pisando más fuerte de lo que hubiese deseado. Abro la puerta principal y busco el coche de Víctor. Lo encuentro justo donde me ha dejado hace unos minutos, a unos cuantos metros de la entrada del hotel. Está fuera, apoyado en una de las puertas.

—¿Ya está? ¿Tan rápido? ¿Te han cogido? —Me acribilla a preguntas.

—No, Víctor, evidentemente no me han cogido. Ni siquiera me han hecho la entrevista.

—¿Que qué?

—Pues eso.

—¿Cómo que no te han hecho la entrevista? ¡Si has venido hasta aquí! Bueno, ¡hemos venido hasta aquí! —Me encojo de hombros queriendo decir: «¿Y qué quieres que haga?»—. No pienso dejar que el viajecito y el madrugón no hayan servido para nada.

Antes de que pueda reaccionar y cogerlo del brazo, se aleja del coche, caminando a toda prisa en dirección al hotel.

—¡Víctor!

Salgo corriendo detrás de él sin importarme —visto que a él tampoco le importa— que su coche esté mal aparcado, porque Víctor está a punto de entrar en el hotel Thompson y lo conozco lo suficiente como para saber de qué es capaz.

—Víctor, por favor, ¡para! —chillo, tratando de frenarlo.

—No ha sido culpa tuya haber llegado tarde, tía. No te pueden hacer esto.

—De hecho…, sí pueden. Es un hotel de lujo y supongo que no les faltarán candidatos a los que entrevistar. No pasa nada, si no me han hecho la entrevista… es porque este sitio no es para mí.

Víctor no dice nada, pero al menos ha dejado de correr hacia la entrada. Se coloca bien la chaqueta y se mete las manos en los bolsillos del pantalón.

—Tengo una idea, vamos a desayunar. Invito yo.

Tuerzo la cabeza a la vez que me sujeto la tira del bolso que descansa sobre mi hombro derecho. ¿Quién es este Víctor y qué han hecho con el Víctor Pardo de siempre?

—¿Tan importante es que vaya contigo a la inauguración del restaurante? Sí que te lo estás currando.

—No te invito para que me acompañes a la inauguración. —Lo dice de una forma sincera, pero lo conozco demasiado como para saber que no me está diciendo la verdad—. Lo hago para que el madrugón no haya sido en vano. Qué menos que llenarme el estómago.

—Me pienso pedir toda la carta entera.

—Vale.

—Y litros de café.

—Vale,

—Y… *cupcakes* para llevar.

—Vale.

—Y seguirás invitando tú.

—Que sí, Martina —dice sin prestarme mucha atención, mirando el coche que está por detrás de mí—. Ahora vámonos antes de que venga la policía y me multe.

Me vuelvo y camino hacia el coche con Víctor pisándome los talones.

Esta vez no me molesta para nada la música rapera que se empeña en seguir poniendo; saber que voy a llenar mi estómago de azúcar hace que todos los males del mundo desaparezcan.

7

VÍCTOR

Echo el freno de mano tras aparcar en el aparcamiento que está más cerca del paseo de la Castellana. Empieza la última fase del plan «Convencer a Martina para que me acompañe a la inauguración».

—¿Dónde me llevas a desayunar? —dice ya fuera del coche—. ¿Al mejor restaurante de todo Madrid?

—Algo así —murmuro.

De verdad necesito que Martina me acompañe a lo de mis padres. Tengo que hacer todo lo que sea necesario para que me diga que sí, y el tiempo se me está agotando. Queda menos de una semana y mis padres están esperando una confirmación, y esa confirmación se la tengo que dar hoy. Así que sí, puede que le haya mentido un poco con lo de que esto no va sobre la inauguración, pero lo que no es mentira es que me apetece llenarme el estómago con algo rico y evitar tener la sensación de que el madrugón ha sido en vano.

Salimos del aparcamiento tras despedirnos del guardacoches y nos ponemos rumbo al lugar donde conseguiré mi «sí».

—Que yo me conformaba con unos churros con chocolate.

—Podrás pedírtelos, si quieres.

No hablo más, porque estoy nervioso de verdad. Martina no tiene ni idea de adónde estamos yendo y, cuando lleguemos, pasará a odiarme para siempre… Bueno, ahora ya me odia para siempre, pero a partir de este momento lo hará con más intensidad. No le gusta que la metan en compromisos y ahora mismo la estoy metiendo en uno bien gordo.

¡Cómo no! Víctor Pardo ganándose como de costumbre el odio de Martina Avellaneda. Un clásico que nunca falla.

Llegamos a la puerta de La Delicia y, cuando tenemos la cristalera delante, Martina me mira con la cara más llena de odio y confusión del mundo.

—¿Estás de coña?

—¿Qué pasa?

—Es la cafetería de tus padres.

—Te he dicho que te llevaría a desayunar. ¿Qué más da dónde?

—Eres una víbora, Víctor... Mira, hasta tu nombre comienza por la misma letra.

Cuando estoy a punto de responderle, a través de la cristalera de la cafetería veo que aparece mi madre con una sonrisa radiante.

—¡Chicos! —exclama nada más abrir la puerta acristalada.

Me abraza en cuanto me tiene delante y yo me engancho a ella disfrutando del olor a cruasán recién hecho que sale de dentro de la cafetería.

A pesar de que mis padres son los dueños de numerosos restaurantes de lujo de Madrid, mi madre también es la dueña, fundadora y empleada de La Delicia, una de las cafeterías mejor valoradas de la ciudad.

—Cuánto tiempo sin verte, Martina. ¿Venís a desayunar?

—Eso parece —suelta ella, enfadada como nunca, sin tratar de disimularlo ni delante de mi madre. Menos mal que no le he dicho que invitaba ella.

—¿Qué te pasa, cariño?

—Que tienes un hijo muy espabilado, Verónica —le responde Martina a la vez que me lanza una mirada de lo más matadora.

—¡Ah, nada nuevo, mujer! Anda, pasa que te pondré una magdalena de las tuyas y se te quitarán todos los males que te causa este petardo. —Se engancha a Martina, cogiéndola por el hombro, y las dos comienzan a caminar.

Están a punto de entrar en el local y cerrarme la puerta en las narices cuando mi madre se gira por una milésima de segundo y me dirige una mirada asesina aún más intensa que la de Martina. Acabo de ganarme dos miradas letales en menos de un minuto. Toma ya.

Llegamos a nuestra mesa de siempre. No es «nuestra mesa de siempre» porque vengamos mucho ni porque sea nuestra por nada en especial, sino porque es la que más cerca se encuentra del obrador y generalmente nadie se quiere sentar ahí porque el personal de la cafetería está pasando cada dos por tres. Además, es la única mesa que Martina acepta que compartamos. El motivo de ello siempre es Verónica Núñez, domadora de bestias como mi querida Martina. Con mi madre delante, Martina nunca alcanza su estado más álgido de cabreo. Quizá porque se llevan muy bien, quizá porque mi madre tiene una psicóloga dentro, o quizá simplemente porque es mi madre. Aunque puede que sea por las tres cosas. Yo creo, sin embargo, que es porque adora a mi madre. Por esa razón le pedí que me acompañase a la inauguración del restaurante de mis padres, porque sabía que era casi imposible que me dijese que no. Además, aparte de llevarse tan bien con mi madre, también adora a mi padre. Igual que él a ella, claro. Así que pensé que tenía el «sí» de Martina prácticamente asegurado. Pero, claro, hacerme un favor a mí, Víctor Pardo, su archienemigo, es lo más parecido para ella a hacer un pacto con el diablo. Bajo su criterio, claro.

—¿Qué os pongo? ¿Lo de siempre?

Martina me lanza una mirada de «prepárate, Víctor, pienso cumplir lo que te he dicho» y comienza a pedirse, literalmente, la mitad de la carta. Yo me pido un café con leche caliente y un cruasán con jamón y queso. Cuando mi madre ya lo tiene todo apuntado —de normal no usa la libreta para apuntar los pedidos, pero es que Martina se ha pedido media cafetería—, se marcha y nos deja a solas.

—¿De verdad tienes tanta hambre o solo lo haces para joderme?

—Madrugar me da hambre. Y las cosas de La Delicia están riquísimas. Otro día te lo piensas dos veces antes de meterme en un compromiso así.

—¿De qué compromiso hablas?

Mi madre llega con mi café con leche y con su té chai.

—Ahora os traigo todo lo demás.

Martina le sonríe y yo sigo mirándola fijamente, esperando una respuesta.

—¿Martina?

—No te hagas el sueco, lo sabes muy bien.

—No sé de qué me hablas.

—Me has traído aquí a traición para que ceda a acompañarte a la inauguración.

—¿De verdad crees que te he traído aquí por eso? —Me mira con las cejas alzadas. Le da un sorbo al té que humea y, tras relamerse los labios, asiente lentamente—. Entonces no me conoces.

—Más bien todo lo contrario. Si no te conociese, diría que te ha dado lástima que me haya quedado sin poder hacer una entrevista de trabajo en uno de los mejores hoteles de Madrid. Pero, como te conozco muy bien —dice haciendo énfasis en el «muy»—, sé que me has traído aquí para que tu madre me convenza de que sea tu acompañante, porque sabes que a ella no le puedo decir que no. Te saldrás con la tuya y, además, será tu madre quien te haga el trabajo sucio.

«Esa es mi chica —pienso—. La que nunca me falla. La que me conoce a la perfección». Le doy un sorbo al café con leche y dejo que me caliente por dentro para evitar mostrar la sonrisa que se me está formando en los labios.

—Simplemente tenía hambre y, como ha sido injusto que no te hayan querido hacer la entrevista, me ha apetecido tener un detalle bonito contigo. Si mi madre te intenta convencer de algo…, eso ya no es asunto mío.

Martina niega con la cabeza con una sonrisita en el rostro.

Al segundo aparece mi madre con mi cruasán relleno y los tres platos que se ha pedido ella. Cruasanes de tres tipos, magdalenas rellenas y con más glaseado de lo que cualquier estómago es capaz de digerir, galletas de todos los tamaños y una tostada con aguacate y queso vegano.

—Veo que alguien tiene hambre hoy —dice mi madre nada más colocar todos los platos sobre la mesa.

—Tu hijo me ha dicho que el desayuno corre por su cuenta y eso…, ya sabes, es un hecho que no sucede dos veces.

Mi madre se ríe ante el comentario de Martina. ¿Veis? A esto me refería con que a veces me pasa por encima. ¿Me denominé gusano? Más bien diría hormiga. Un ser más pequeño e insignificante.

En cuanto mi madre se va, no puedo evitar mirar todo lo que hay sobre la mesa. Luego miro a Martina.

—¿Te vas a comer todo eso?

—Me impresiona que aún no seas consciente de todo lo que soy capaz de comer. Sobre todo, si estoy cabreada.

—¿Estás cabreada?

—¿De verdad te atreves a preguntármelo?

Comienza a comer y yo hago lo mismo. En silencio. Verla comer siempre ha sido una de las cosas que más me gusta hacer. Se concentra tanto que da la sensación de que el mundo alrededor desaparece para ella. Me hace mucha gracia.

No sé cuánto tiempo más tarde, Martina ha conseguido acabar con todo menos con una magdalena rosa.

—Y eso ¿qué? ¿No te la piensas comer?

—Me la guardo para cuando lleguemos a casa.

—Pues guárdala bien, porque no quiero que me llenes el coche de migas.

—Menudo tostón eres, Víctor.

Estamos a punto de irnos con la cajita que le han dado para que ponga la magdalena que le ha sobrado y a la que insisten en llamar *cupcake* cuando mi madre por fin habla. ¡Gracias a Dios! Mi único propósito al traer a Martina a La Delicia era que mi madre la convenciera para que vaya conmigo a la inauguración y todavía no había dicho ni una palabra al respecto… Ya temía que no fuera a sacar el tema, aunque no sé por qué, la verdad. Era imposible que Verónica Núñez, mi madre, no dijera nada.

—Por cierto, Martina, no sé si Víctor te lo habrá comentado, pero…

—Mamá… —digo para disimular. Aunque Martina sepa a ciencia cierta que ha sido todo ideado y planeado por mí, necesito hacer ver que no quiero que mi madre saque el tema. A pesar de saber que no servirá de nada. Por suerte, mi madre me ignora y decide seguir hablándole única y exclusivamente a Martina.

—Este sábado celebramos la inauguración del Sensaciones y queríamos saber si Víctor te ha invitado.

Trago saliva, más nervioso de lo que nunca reconoceré estar.

—Sí, me pidió que fuese con él, pero…

—Martina está muy liada.

—¿Un sábado por la noche? Qué pena, con la ilusión que nos haría que vinieras…

Martina tuerce el gesto. Se lo está pensando. A mí me lanzó un «no» contundente y rotundo nada más preguntárselo, pero a mi madre está a punto de decirle un «sí» clarísimo.

—Es que yo…

—No te preocupes, cariño, no pasa nada. Entiendo que una chica joven como tú tenga planes un sábado por la noche. Pero eres una más de la familia; solo queríamos que compartieras con nosotros un momento tan especial como este. Además, no te voy a mentir, como asistirá gente del mundo de la hostelería también queríamos aprovechar para presentarte a ciertas personas que podrían echarte un cable para conseguir un puesto en algún buen hotel de Madrid. Si te parece bien, les pasaré tu número de teléfono igualmente por si quieren conocerte. Creo que sería una oportunidad estupenda.

Conozco a mi madre y esto último lo ha dicho con la clara intención de convencer a Martina, a la cual se le iluminan los ojos de golpe, sin darse cuenta de lo que está a punto de pasar.

Para que después se pregunten a quién he salido…

—A ciertas personas… ¿cómo quiénes?

—Como sabrás, Sensaciones será un restaurante de alto standing, con una de las mejores ubicaciones de todo Madrid. Vendrá gente de alto nivel, incluidos directores y directoras de varios hoteles, y pensé que sería un momento ideal para presentarte a alguno de ellos. —Los ojos de Martina están a punto de saltar de las órbitas—. De todas formas, si no puedes venir, pásame tu currículum y yo se lo daré a los que crea que pueden echarte una mano. «Será posible».

A Martina le brillan los ojos, tiene las mejillas sonrojadas y los labios se le acaban de separar ligeramente, a punto de formar una sonrisa. No dejo de mirarla, esperando que diga de una vez «sí». Si lo hace, habrá sido todo mérito de mi madre, y, si dice que no…, el mérito solo será mío.

—¿Este sábado, dices?

Mi madre asiente con la cabeza. Yo ya he quedado excluido de esta conversación, pero me da igual.

—Vale.

—¿Vale? —La pregunta sale disparada de mi boca sin que antes haya pasado por mi cerebro. Martina me mira durante un microsegundo, solo para después volver a fijar la mirada en mi madre.

—Iré.

Casi salto de felicidad.

Mi madre la abraza sin importar que lleve el delantal amarrado a la cintura lleno de harina y Martina se deja apretujar. Incluso yo me hubiese lanzado a Martina y la habría espachurrado entre mis brazos. Porque vendrá a la inauguración, lo que hace que yo haya dejado de notar el agua en el cuello.

Se acabó, ya no tengo que preocuparme más: Martina irá a la inauguración del Sensaciones conmigo. Ahora solo tengo que tratar de no hacer nada que la haga cambiar de opinión. Algo que no me resultará fácil. Soy un especialista en meter la pata con Martina.

Estamos camino de vuelta a casa y Martina no puede aguantarse las ganas de dejarme claro que lo de ir a la inauguración no lo hace precisamente por mí.

—Que te quede claro, Pardo. —Me apunta con el dedo, acusadora—. Voy, en primer lugar, por tus padres y, en segundo, por el puesto de trabajo que me saldrá en la cena. —Giro la cabeza durante una milésima de segundo para mirarla fijamente—. Ah, y que sepas que soy consciente de que todos estos favorcitos que me has estado haciendo estos últimos días han sido para que te dijera que sí.

—Pues mira tú por dónde, parece que todos mis esfuerzos han valido la pena.

—He aceptado por tus padres y por mi trabajo, no por ti, besugo. Además, el trabajo lo ha hecho tu madre, no tú. Si hubiese sido por ti... —Deseo que termine la frase, pero me deja con las ganas—. Durante toda la cena estaré lo más alejada de ti posible, así que te agradecería que me olvidases durante todo el tiempo que pasemos allí.

—Parece ser que el desayuno no te ha sentado demasiado bien, reina.

—El desayuno me ha sentado de maravilla. Lástima que no me haya pedido el doble de cosas.

—No te las hubieses podido comer. Es físicamente imposible.

—¿Sabes lo que también es físicamente imposible? —Estamos entrando en nuestra calle, justo donde está nuestro aparcamiento, cuando le dirijo la mirada—. Que seas tan insoportable. ¡Y aquí estás! Rompiendo los límites de «insoportabilez».

—Sabes que esa palabra no existe, ¿verdad?

—Y tú sabes que eso a mí me da igual, ¿no?

Me río y acciono la persiana metálica del aparcamiento con el mando a distancia que tengo dentro del coche. Me imagino cómo chirría la puerta porque con la música no oigo el ruido y desciendo la rampa hacia la planta subterránea.

Me pienso tumbar en la cama nada más llegue a casa.

8

MARTINA

Cojo el abrigo y me pongo las primeras zapatillas que pillo. No voy a mentir, llevo el pijama debajo del anorak negro. El frío en Madrid ha llegado de golpe y he tenido que sacar deprisa y corriendo toda la ropa de abrigo de las bolsas de debajo de la cama. Pero no hay frío que me impida ir al taller de Víctor a por mi coche. Por fin.

Ha sido la semana más larga de toda mi vida. Y eso que lo que tenía era una tontería. No quiero imaginar lo que Víctor hubiese tardado en repararlo si hubiera sido algo más grave. Aunque he llegado a la conclusión de que ha tardado tanto a propósito.

No sabía que tenía tanta dependencia de mi coche hasta que no lo he podido usar. Se acabó el tener que hacer todas esas combinaciones horrorosas de transporte público. Y sobre todo se acabó el tener que estar yéndole detrás a Víctor para que me arregle el coche de una vez. Eso es lo más importante.

Voy escuchando música por mis auriculares, sentada en uno de los asientos de atrás del autobús, y, cuando llego a la parada, me los quito rápidamente, pero no pasa mucho tiempo hasta que vuelvo a escuchar música. Solo que esta vez no proviene de mi móvil. ¿Es posible tener la música tan alta a esta hora de la mañana?

—¿Víctor? —pregunto nada más entrar en el taller.

Por supuesto, no obtengo respuesta. Dudo siquiera que me haya escuchado. Mientras trato de localizarlo, arrugo la nariz por el olor a grasa que he comenzado a percibir desde que he entrado por la puerta.

—¡Víctor! —Esta vez no dudo en gritar, pero, aun así, nada.

Busco el cacharro de donde sale la música y, cuando lo localizo, me acerco a él y le bajo el volumen hasta que no se oye nada.

—¡Eh! —Entonces es cuando Víctor asoma la cabeza por detrás de un coche—. Hostia, eres tú. ¿Qué haces aquí? ¿Y por qué has quitado la música?

—Porque no te enteras. Te estaba hablando. —Víctor alza las cejas y se limpia las manos en la ropa. Con razón luego la lavadora está llena de mierda.

—¿Qué quieres?

—Mi coche.

Se echa a reír y desaparece por una puerta que tiene justo detrás, donde está el despacho.

—Mira como para eso sí que vienes deprisa. —Oigo cómo rebusca algo y, segundos después, vuelve a salir—. Lo tienes aparcado fuera. Toma.

Se acerca para tenderme la llave, y cuando está lo suficientemente cerca de mí, me observa de arriba abajo y se echa a reír.

—No me jodas que llevas el pijama debajo del abrigo.

—No.

Le intento quitar la llave de la mano para ir a por mi coche y pirarme de allí lo antes posible, pero parece que Víctor no tiene suficiente faena en el taller y prefiere tocarme las narices. Antes de que yo pueda alcanzar la llave, él llega a la cremallera de mi abrigo y la baja por completo, sin que yo haya podido darle un guantazo o lo que sea para evitar que lo hiciera.

—¡Víctor!

Una vez más, ha logrado su objetivo: estoy en medio del taller con el abrigo desabrochado y el pijama ridículo a la vista.

—¿En serio no has sido capaz de vestirte?

—Hace frío, me daba pereza y he venido directa al taller. ¿Para qué narices me iba a vestir? Además, estás en medio de un polígono. No me voy a cruzar con nadie, ni a ver a nadie aparte de ti, así que no me hacía falta ponerme otra cosa.

—Madre mía, Martina…

Víctor se pasa la mano por la frente y, como era de esperar, se la deja manchada. Estoy a punto de decirle que se vaya a lavar la cara cuando decide volver a hablar.

—Dime que tienes algo elegido ya para la inauguración del restaurante de mis padres. Algo decente, vaya. Que no piensas ir en pijama, vamos.

—Oye, perdona, mi ropa es muy decente. Mucho más que la tuya, desde luego.

—Yo al menos no voy por ahí en pijama.

—Vas por ahí con unos chándales que son peores que mi pijama, Pardo.

—¿Qué te vas a poner?

Por primera vez veo desesperación en su mirada.

—Pues no sé, algún vestido que tenga por el armario. Aún no he pensado en ello.

—Pues hazlo cuanto antes, es importante.

—Que sí, Víctor. —Me vuelvo a abrochar el abrigo, porque suficiente rato lleva viendo mi pijama, y decido cambiar de tema—. ¿Me das la llave?

—Toma —dice, levantando un brazo y sujetándola delante de mí—. Recuerda echarle gasolina de la buena, que, si no, no tardarás mucho en volver a tener un tapón en el filtro. —Asiento con la cabeza, deseando perderlo de vista cuanto antes, pero sé que seguiré echándole gasolina de la barata. Cuando estoy a punto de irme, veo cómo sus labios se separan para volver a hablar—. Ah, y busca algo que ponerte. Esta noche quiero verlo.

—Joder, Pardo, ¿no te cansas de ser insoportable? He decidido acompañarte a la maldita inauguración, déjame en paz de una vez.

—Es algo importante. No puedes ponerte cualquier cosa.

Ya con la llave en las manos, me doy media vuelta, dispuesta a salir del taller, pero antes le suelto:

—¡Aplícate el cuento!

Abro la puerta sin recordar las palabras que me ha dicho Víctor esta mañana en el taller. Mi mente se ocupa de borrar lo antes posible todo lo que sale de su boca. Pero, para mi mala suerte, él mismo se encarga de recordármelas sin siquiera darme tiempo a dejar mis cosas sobre el sofá. Su voz me sacude como un huracán.

—¿Has buscado qué ponerte?

—Víctor, acabo de llegar a casa. ¿Me dejas, aunque sea, quitarme la chaqueta?

Cierro la puerta detrás de mí y dejo la bolsa sobre el sofá. Él está en la cocina preparando algo de… ¿cenar? Frunzo el ceño. ¿Desde cuándo cocina Víctor?

—¿Qué estás haciendo?

—La cena.

Asomo la cabeza por la puerta de la cocina y un delicioso aroma a soja me hace salivar de hambre. Doy un par de pasos para acercarme más a Víctor y veo algo que me deja con la boca abierta.

—¿Estás haciendo *gyozas*? —pregunto sin mirarlo.

Flusflis acaba de aparecer en la escena del crimen y empieza a frotarse contra mis piernas, así que no puedo hacer otra cosa que prestarle toda mi atención.

—Sí. De verduras.

Lo miro anonadada desde abajo, mientras sigo agachada acariciando a la gata.

—Tú nunca has hecho *gyozas*.

—Siempre hay una primera vez para todo, ¿no?

Me guiña un ojo con la espátula de madera en la mano y luego sigue removiendo las verduras con la salsa de soja que tiene en el fuego.

No le respondo. Me limito a dejarlo solo en la cocina para marcharme a mi habitación. Estoy muerta de cansancio, los zapatos me molestan y no veo el momento de ponerme el pijama. Así que cojo un par de prendas de ropa limpia y me voy directa al baño. Si no calculo mal, a Víctor aún le queda un buen rato para tener la cena lista —teniendo en cuenta que se tarda lo suyo en preparar la masa de las *gyozas* y darles forma. Sobre todo, si es alguien novato como Víctor—, así que voy a aprovechar el tiempo dándome una ducha.

—¡Voy a ducharme, Víctor!

—¿En serio, tía? ¡Ya podrías ayudarme con la cena!

—¡Ha sido idea tuya hacer *gyozas*!

—¡Otro día preparo salchichas!

Hago el sonido de vomitar y oigo que Víctor se ríe.

Cierro la puerta del baño y conecto el calefactor. En nuestro piso, el frío se nota antes que en otros porque es de los antiguos y no tiene calefacción. Por no hablar de que, en Madrid, el frío ha aparecido de golpe.

Me quito la ropa lo más rápido que puedo y me meto en la ducha. Dejo que el agua caiga sobre mí —al menos el agua caliente sale rápido— y me ducho a toda prisa. Tengo un hambre que da calambre y un cansancio que no me dejará mantenerme mucho más tiempo en pie. Una vez enjuagados el cuerpo y el pelo, me enrollo una toalla en la cabeza y me meto dentro del albornoz.

—¡Martinaaaaa! —grita Víctor al otro lado de la puerta del baño mientras la aporrea.

—¡¿Qué quieres?! ¡Me estoy duchando, joder!

—Ya no oigo el agua. —Se calla un microsegundo y yo suspiro—. ¿Cuánta agua tengo que poner para cocinar las *gyozas* al vapor? ¿Y cómo sé cuándo están hechas?

—A ojo, Víctor, a ojo. ¿Te importa que me vista?

—Qué remedio.

Sé que está guiñándome un ojo, a pesar de que tengo la puerta todavía cerrada, y me resulta imposible evitar que un escalofrío me recorra el cuerpo a pesar de tener todavía el calefactor enchufado. Pero es que Víctor es así; no me hace falta verlo para saber qué está haciendo. Llevo mucho tiempo conviviendo con él, y al final una se hace íntima hasta de su peor enemigo.

Me visto a toda prisa y me desenredo el pelo. Me echo mis productos preferidos en el cabello y luego me lo seco un poco para no congelarme al salir del baño. Después me lo recojo en una trenza, aunque todavía está algo húmedo, y salgo al salón tras desconectar el calefactor.

—¡Qué frío! —me quejo.

—Tampoco es para tanto, exagerada.

Decido ignorarlo y me voy directa a la sartén donde está la cena. Quito la tapa de cristal y un delicioso aroma me hace soltar un leve gemido de placer.

—¡Dios, qué bien huele esto! —La boca se me hace agua y con el rabillo del ojo veo la sonrisa más pícara que Víctor es capaz de poner. Pista: es una muy buena—. ¿Y tu cena?

—En el horno.

Me inclino hacia delante y asomo la cabeza por el cristal que hay en la puerta del horno. Evidentemente sabía que él no iba a cenar *gyozas*. Por alguna razón que no tiene ninguna explicación posible, no le gusta la comida japonesa. Ni la china. Ni la hindú. Él se alimentaría a base de pizzas y hamburguesas. Digamos que sigue una dieta norteamericana bastante estricta. Entrecierro un poco los ojos para fijarme en lo que hay dentro y no en mi reflejo y...

—¿Eso es una pizza precocinada?

—Sí, ¿qué pasa?

Lo miro con cara de «me estás vacilando».

—¿Te has puesto a cocinar *gyozas* caseras para mí y tú te comes una triste pizza precocinada?

—Es que me gusta más.

Ni me esfuerzo en llevarle la contraria. Víctor es tan raro que no me extrañaría que fuese verdad lo de que prefiere una pizza precocinada a una recién casera. Ni siquiera me hubiese enfadado si hubiese cogido esa oferta que encuentra por internet en el Domino's.

Cuando me dejo caer en el sofá, oigo a mis pies cantándome el «aleluya». De fondo también percibo los sonidos provenientes de la cocina y a Víctor sacando la pizza del horno.

—¡¿Soja dulce o salada?! —me grita, y yo le respondo que soja dulce a la vez que pienso que ojalá estuviera siempre así de simpático y no porque quisiera obtener algo a cambio. Y ojalá yo no pensase que lo hace para, de nuevo, burlarse de mí.

Devoro las *gyozas* en silencio mientras finjo escuchar la serie que ha puesto Víctor. La verdad es que tengo tanta hambre, estoy tan cansada y la cena está tan rica que no puedo dejar de pensar en que menos mal que ha hecho unas diez *gyozas*. Flusflis no me quita el ojo de encima durante toda la cena. Bueno, en realidad no me mira a mí, sino a lo que mojo en salsa y luego me meto en la boca. Desde pequeña ha husmeado en todos los vasos y cuencos posibles en busca de comida, y la cosa no ha mejorado con los años. Todo lo contrario. Sigue aprovechando cualquier oportunidad que tiene para robarnos comida.

—Estás muy callada —dice Víctor, llamando mi atención. Aún con la boca llena lo miro sin dejar de masticar—. ¿Están buenas?

Estoy con los ojos cerrados saboreando cada uno de los milímetros de la *gyoza*. Y, Dios mío, menuda delicia.

—Gran error, amigo mío. —Estoy noventa y nueve por ciento segura de que ha salido un trozo de verdura disparado de mi boca, pero Víctor no parece haberse dado cuenta, así que prosigo—. Están tan buenas que ahora me las tendrás que hacer cada semana.

—En tus sueños.

—En mis sueños sería cada día.

Víctor vuelve a mirarme de esa manera y a mí me entran los calores del infierno.

Terminamos de comer y yo siento que la tripa me va a estallar. Menos mal que llevo el pantalón del pijama y es elástico, porque si llevara puestos los tejanos ya tendría el botón desabrochado y la cremallera de la bragueta bajada.

—Ahora que ya hemos cenado, toca ver qué es lo que tienes pensado ponerte el sábado.

—¿No puede ser mañana? Créeme, ahora mismo nada me favorece.

Me paso la mano por la tripa y Víctor niega con la cabeza, mirándome fijamente.

—No digas tonterías. Quiero ver qué opciones hay. Y tiene que ser hoy. Ahora. —Se levanta del sofá y, dejando los platos en la mesita de centro, me tira del brazo hacia arriba para que yo también me levante—. Si lo dejamos para mañana, te escaquearás y correré el riesgo de que vayas a la inauguración con un pijama similar al que llevas puesto ahora mismo.

—Oye, ¿qué le pasa a mi pijama?

—Nada, si es muy bonito —dice mirándome de arriba abajo y de abajo arriba, parándose en alguna que otra ovejita blanca sobre el fondo azul—. Pero para meterte en la cama, no para la inauguración de un restaurante. Venga, espabila.

Dejo que me arrastre por el pasillo hasta llegar a la puerta de mi habitación, él agarra la maneta con la mano con la que no me está sujetando y abre. Flusflis se cuela dentro antes de que ninguno de los dos pueda entrar.

—Qué ordenado lo tienes todo.

—Algunos preferimos no vivir rodeados de mierda.

—Espero que eso no lo digas por mí.

Decido no contestar porque, para qué, si conoce perfectamente cuál va a ser mi respuesta.

Me deshago de su agarre y camino decidida hacia el armario. Tras abrirlo, busco en él algún vestido elegante que pueda ir bien para el evento. No puede ser ni demasiado informal ni tampoco demasiado serio. Yo tiraría por el mítico «sencillo, pero elegante» que siempre suele funcionar. Busco algo con esas características y, cuando doy con un vestido precioso, sonrío. Qué fácil ha sido.

—Siguiente —dice él en cuanto lo saco de la percha.

—¿Cómo que siguiente? Si ni siquiera lo has visto bien.

—No me hace falta ver más, créeme. Siguiente.

—¿No te gusta? —pregunto extrañada.

Es un vestido corto, con lentejuelas grises sobre un fondo negro que brilla como una bola de discoteca. ¿No es perfecto para la inauguración de un restaurante elegante como el de sus padres?

—No es que no me guste, es que no va con el dresscode.

Flusflis maúlla como si no estuviese de acuerdo él y se posicionara a mi favor, pero no acabo de estar muy segura de lo que opina. Su contoneo contra Víctor me confunde.

Aparto el vestido de delante de mí y me quedo mirándolo fijamente. ¿Víctor Pardo acaba de decir dresscode? Intento aguantarme la risa, pero no me resulta nada fácil. «No, no acaba de decir esa palabra. Y no, no ha sido lo más gracioso que he oído en todo el día», trato de convencerme. Pero ¿a quién quiero engañar? Sí lo ha dicho y sí es lo más gracioso que he oído en días.

Si se tratase de otra persona, no me extrañaría nada que dijera esa palabra, y más sabiendo de la clase de familia de la que proviene. Pero conociendo cómo es Víctor…, él jamás dice tecnicismos. A pesar de venir de una familia con clase, él carece de ella. Por eso la palabra «dresscode» suena tan graciosa saliendo de su boca. Y por eso no puedo aguantar más tiempo y estallo a reír.

—¿De qué te ríes?

—Víct… —digo entre risas—. Pero ¿qué…? —No puedo decir más de una palabra y media sin que las lágrimas rebosen de mis ojos y caigan por mis mejillas del ataque de risa que estoy teniendo.

—¿Te vas a calmar? ¿Qué es tan gracioso?

—Tú diciendo dresscode. —Vuelvo a estallar en cuanto pronuncio la palabra.

—¿Qué le pasa a dresscode?

—Que decirlo no te pega una mierda.

—¿Y qué me pega decir? —Se cruza de brazos.

—Lo que sea, menos eso.

Decido dejar el tema aparcado y guardo el vestido en el armario. Busco entre los vestidos largos para encontrar uno que encaje más con el dresscode del evento. Aunque ahora que lo pienso…

—Oye. —Aún con las manos dentro del armario, giro mi cabeza para mirarlo—. No me has dicho cuál es el dresscode.

—Elegante y colores neu…

Antes de que pueda terminar la frase, saco del armario un vestido largo precioso. Me lo pego al pecho a la vez que me doy la vuelta para que lo vea. Me llega hasta los tobillos, tiene una gran abertura lateral y el escote en pico.

—... tros —dice Víctor, terminando la frase—. Y esto no es muy neutro.

No, desde luego que no lo es. Es de un verde botella bastante intenso que resalta mucho el color de mis ojos.

—También queda descartado.

Bufo y lo vuelvo a colgar en el armario. Sigo buscando entre los vestidos más elegantes que tengo, pero... no hay ninguno de color neutro.

—¿No puedo llevar uno rojo burdeos? No es que sea muy neutro, pero...

—Cantarías como una bola de Navidad.

—Me encanta la Navidad —suelto.

Víctor ignora mi comentario. Se limita a darse la vuelta y a coger el pomo de la puerta con Flusflis paseándose entre sus piernas.

—No hagas planes mañana por la tarde. Iremos de compras.

—Querrás decir «iré de compras».

—No, he dicho «iremos», los dos. No te pienso dejar a ti sola eligiendo vestido viendo lo que, según tú, es «elegante y de colores neutros» —dice.

Entonces se detiene en seco y se gira para mirarme, cosa que hace que casi me choque con él.

—Vale, lo he pillado. Compraré un vestido de color neutro. No hace falta que me acompañes.

—Sí, claro que hace falta.

Ni su propia madre lo haría cambiar de opinión. Por eso no discuto más con él. Por eso y porque sale de mi habitación sin darme opción a decir nada más. Flusflis lo sigue allá adonde va, moviendo el culo y la cola gris con una elegancia sobrehumana.

«Podría llevarse a la gata a la inauguración y dejarme a mí en paz. Seguro que se comportaría con más elegancia que yo», pienso. Y parece que Flusflis me lee la mente porque, antes de girar la esquina del pequeño pasillo, se vuelve hacia mí y me lanza un último maullido.

9

MARTINA

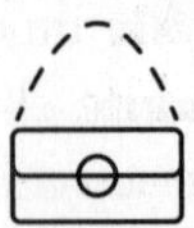

—¿Que vas a qué? —Gala casi me escupe la hamburguesa que se está comiendo del Five Guys.

—Míralo por el lado estratégico. Si voy a la inauguración acompañando a Víctor…, sus padres podrán echarme un cable con lo de encontrar trabajo en un hotel. ¿Tú sabes la cantidad de gente importante que habrá allí?

—¿Y tú sabes lo que significa ir de acompañante de Pardo? Por no hablar de lo de esta tarde…

—Fue idea suya, a mí no me culpes de sus idas de olla. Es lo último que me apetece hacer esta tarde. Pero se ha emperrado en que ninguno de mis vestidos van con el dresscode del evento y… —Me quedo callada cuando Gala se me queda mirando con las cejas alzadas y una sonrisa en la cara—. Sí. Víctor ha dicho dresscode por más increíble que te parezca.

Se echa a reír. No la juzgo, no es para menos. Cuando yo se lo escuché decir a Víctor, acabé partiéndome de risa. La razón es muy simple: Víctor es esa clase de personas que nunca jamás, ni en sueños, pronuncia palabras chic. Dice que él no tiene nada que ver con el tipo de gente que forma parte del círculo social de sus padres. Se empeña en ser diferente a ellos, separarse todo lo que puede de lo que significa tener un nivel económico por encima de la mayoría de los mortales. Todo comenzó cuando decidió no formar parte de los negocios familiares y estudiar Mecánica, para luego montar su propio taller.

—Dejando a un lado que Víctor haya dicho un anglicismo, te estás metiendo en la boca del lobo, Martina…

—¡Que no, Gala! De verdad. Es por beneficio propio, créeme.

—Si tú te lo crees…

Terminamos de comernos las patatas picantes y la hamburguesa, aunque ya no podemos más. Me introduzco en la boca el último bocado de hamburguesa corriendo el riesgo de vomitarlo después. Estoy tan llena que no sé cómo voy a ser capaz de enfundarme cualquier vestido en el cuerpo. Como anoche. Quizá debería haber comido un poco menos, teniendo en cuenta la cantidad de vestidos que me hará probar Víctor, pero llevaba toda la semana esperando venir al Five Guys y… las ocasiones se aprovechan.

Me despido de Gala tras ir al baño. (Beberse un litro y medio de refresco es lo que tiene). Con lo que me queda de bebida de frambuesa me dirijo hacia Gran Vía con paso lento y música en los auriculares. He quedado con Víctor en la puerta de Zara para luego ya decidir adónde vamos.

Camino entre el gentío con Natalie Jane sonando en mis auriculares. Ya es de noche y hace bastante frío. Odio que en noviembre oscurezca tan pronto. Voy embutida en un abrigo hasta las rodillas —el mismo que me puse cuando fui a recoger mi coche al taller de Víctor— y llevo una bufanda que apenas me deja los ojos a la vista.

Estoy en la puerta de Zara cinco minutos antes de la hora que habíamos acordado. Lo que no me espero encontrar al llegar es a Víctor esperándome apoyado en la pared del edificio fumándose un cigarro. No le quito la mirada de encima mientras me acerco a él. Mira el móvil despreocupado, como si el mundo ya no girase a su alrededor, mientras inhala del cigarro que sostiene con la mano que tiene libre. Contiene el humo dentro de su cuerpo durante un par de segundos y luego lo expulsa lentamente, poniendo los labios de esa manera tan suya. Me obligo a dejar de mirarlo cuando me doy cuenta de que estoy hipnotizada, a punto de que se me caiga la baba y con peligro de tropezar con una baldosa mal colocada y caerme de boca al suelo.

—¿Ya estás aquí? —digo una vez que he llegado a su altura, mientras me quito los auriculares. Me cuesta un poco mirarlo después de haber estado babeando por él hace un segundo.

—¿Tan impuntual crees que soy?

Sonríe y me recoloca la bufanda, que, supongo, tendré torcida.

—Pareces un *cupcake* de esos que te comiste en la cafetería de mi madre —dice fijando sus ojos en mí más tiempo de lo normal entre nosotros. Aparto la vista cuando comienzo a sentirme aún más incómoda, recordando cómo lo acabo de devorar con la mirada.

—Eh… ¿Vamos?

Necesito cortar ya de ya esta situación tan rarengue. Esto no es normal entre nosotros dos.

—Sí —responde ya con la mirada alejada de la mía—. ¿Dónde te apetece ir primero?

—Eeeh… ¿A Zara mismo?

Víctor asiente, apaga el cigarrillo en el soporte metálico que hay para ello y entra en la tienda. Yo lo hago después de él y una ola de calor me obliga a quitarme la bufanda y el abrigo. Me lo cuelgo en el brazo y comienzo a deambular buscando alguna buena opción. Todo lo que veo es demasiado festivo y, por extraño que parezca, Víctor opina igual que yo.

Salimos de Zara y probamos en unas tres tiendas más. No hay nada que nos guste a los dos por igual: o Víctor lo odia o a mí me parece horripilante. Y, por supuesto, parece que no me iré con ninguna bolsa que contenga algo que no tenga su visto bueno.

—Vamos a la Castellana —dice cuando salimos de la cuarta tienda en la que no encontramos nada del estilo que buscamos.

—¿A la Castellana? Allí todo es carísimo. —Me vuelvo a enrollar la bufanda alrededor del cuello tras ponerme el abrigo.

—Pero seguro que hay algo del estilo que buscamos.

—Víctor… No puedo permitírmelo.

—¿Quién ha dicho que lo vayas a pagar tú? —Me quedo mirándolo con el ceño fruncido. No sé qué le pasa esta tarde, pero está más raro que de costumbre—. Yo insistí en que vinieras conmigo; yo pago.

—¿Te ha tocado la lotería alguno de estos días y por eso estás tan generoso? Entre lo de la cafetería y esto…

—Joder, Martina, ¿uno no puede ser buena gente con su compañera de piso? —Comienza a caminar rumbo al metro para ir a la Castellana y yo doy un par de pasos rápidos para lograr ponerme a su lado—. No me ha tocado la lotería.

Vuelve a sacar otro cigarro y se lo enciende cortando la ráfaga de aire que se ha presentado de improviso con la mano.

—Pues entonces estás metiéndote muy bien en el papel de fingir que me soportas para que lo del restaurante salga bien.

—Lo que digas, Martina.

No me sigue el rollo en este intento de pique que estoy tratando de iniciar y eso me frustra. Me siento muy rara compartiendo tiempo y espacio con él sin peleas, enfados ni rabietas. No estoy acostumbrada a un Víctor tan simpático y… dócil. Por eso intento enrabietarlo de cualquier manera que se me ocurre. Lo malo es que no surte efecto. Parece que está bajo los efectos de diez valerianas. Lo ignoro la media hora que pasa entre que salimos de la última tienda de Gran Vía hasta que llegamos a la puerta en la que se acaba de parar, en plena Castellana.

—¿Massimo Dutti?

—Estoy seguro de que de aquí saldremos con el outfit definitivo.

—Primero dresscode y ahora outfit. ¿Quién eres tú y qué has hecho con el Víctor antipalabrejas pijas?

—Será la noche, que me transforma.

Me guiña un ojo y abre las puertas de la tienda, que huele de maravilla.

Vuelvo a quitarme el abrigo y la bufanda y al momento me arrepiento de no ir un poco más arreglada. No suelo entrar en este tipo de tiendas. ¿Cómo iba a saber yo que terminaríamos en Massimo Dutti? Le echo un vistazo a Víctor y me doy cuenta de que él tampoco va vestido con un traje, pero que el tejano algo caído que lleva le queda genial, al igual que la sudadera que se ha puesto debajo del chaleco de plumas negro que usa como chaqueta.

—¿Te gusta?

Hago lo posible para que no se dé cuenta de que estaba embobada mirando cómo va vestido —no sé si he logrado mi propósito o no— y miro el vestido que tiene delante. Es uno de cuello alto, sin mangas, que llega un poco por debajo de las rodillas y tiene una raja lateral. Es de un precioso color negro con brillantitos que lo hace de lo más elegante. Estoy a punto de decirle que sí, que me parece perfecto, pero justo entonces, detrás de él, veo un conjunto de dos piezas con pantalón que me deja hipnotizada.

Me acerco al maniquí pasando junto a Víctor y me quedo admirando el precioso traje de color crema con rayas negras finísimas. El pantalón lleva un cinturón ancho que se ajusta a la cintura y combina con una chaqueta de traje ceñida al cuerpo que tiene un escote brutal que termina con un botón que lo cierra.

—Este creo que me gusta más. —Me giro hacia Víctor, y veo que también tiene la mirada clavada en ese conjunto—. ¿Qué te parece?

—Sí.

Espero alguna palabra más, pero no llega. Víctor solamente ha dicho «sí» y la mirada se le ha encendido. Para evitar que se me contagien sus síntomas, miro el burro donde están colgadas las prendas.

—Me lo voy a probar. —Busco mi talla y me encamino hacia el probador con Víctor caminando detrás de mí.

Una chica más amable de lo que cualquier dependienta lo ha sido conmigo jamás me da la bienvenida y me dice que, para cualquier cosa que necesite, la llame. Asiento y me meto en el primer probador que veo libre.

Me quedo boquiabierta al ver la cantidad de luces, brillo y lujo que hay en esas cuatro paredes tan pequeñas. Incluso juraría que el espejo te hace cien veces más guapa de lo que en realidad eres, porque ha sido entrar aquí y verme maravillosa.

Me quito la ropa que llevo y me pongo el conjunto. Sé que no me quedará igual que al maniquí porque yo soy más bajita, pero eso no es nada que unas tijeras y un poco de costura no pueda arreglar. En cuanto termino de abrocharme el botón de la americana —que es lo único que llevo de cintura para arriba—, me miro al espejo y me quedo sin palabras.

—¿Todo bien? —pregunta Víctor al otro lado de la cortina.

—Eh... Sí. Sí. Ya... estoy.

—¿Puedo verlo?

Asiento, aunque, por supuesto, él no me ve.

Me giro y, una vez frente a la cortina, la descorro poco a poco hasta encontrarme a Víctor de pie al otro lado. A Víctor con los ojos como platos. A Víctor con los labios separados. A Víctor con la respiración acelerada. Igual que la mía, porque más es imposible.

El tiempo parece detenerse por completo a nuestro alrededor, y tengo la sensación de que Víctor es el único que parece poder moverse. Sus ojos recorren mi cuerpo de arriba abajo, se detienen a observar cada detalle y aprieta los labios que hasta ahora tenía separados.

—Bueno, eh... ¿Vas a decir algo o te vas a quedar ahí embobado toda la tarde? —digo para cortar el momento tan raro que estamos viviendo.

—Te queda..., eh..., bien.

—¿Solo «bien»?

Veo una especie de rubor en sus mejillas. ¿Mis ojos se equivocan o estoy viendo a Víctor Pardo ruborizarse por primera vez en su vida?

—No. Más que bien. Muy bien, Martina, te queda muy bien. —Se saca el chaleco de plumas al mismo tiempo que murmura por lo bajini un «joder, qué calor hace» que soy capaz de escuchar a la perfección mientras agacha la cabeza y luego vuelve a mirarme—. Si te gusta, creo que ya lo tenemos.

—No he visto cuánto vale.

—Lo que valga. Te espero fuera mientras te cambias, necesito fumar. —Esto último lo vuelve a decir más bajo que todo lo demás, pero tengo un oído privilegiado que me permite oír el zumbido de una mosca el doble de alto.

No le respondo porque, cuando lo voy a hacer, ya no está en el probador. Lo único que veo es a la dependienta simpática de antes, mirándome con una sonrisa que no le cabe en la cara.

Corro la cortina lo más rápido que puedo y me miro al espejo por última vez con ese traje puesto. La verdad es que parece que lo hayan hecho específicamente para mí. Me lo quito lo más rápido que puedo y vuelvo a ponerme mi ropa. Coloco las dos prendas tal cual estaban en las perchas y salgo del probador con las mejillas como dos tomates. Por la temperatura de la calefacción, eso es.

Víctor está fuera de la tienda, pero en cuanto me ve tira el cigarro y vuelve a entrar. Me acompaña junto al mostrador bajo la atenta mirada de la dependienta.

—¿Tíquet regalo necesitarán?

—No, no hace falta —salto yo.

—Estupendo. Serán doscientos ochenta y ocho, por favor.

Los ojos casi se me salen de las cuencas y rebotan en el mármol del mostrador. ¿Doscientos qué? ¿Y por qué Víctor acaba de sacar su móvil y le ha dicho «con tarjeta, por favor»?

—Víctor —le susurro al oído—, ¿qué haces?

No me responde, ni siquiera parece haberme escuchado, a pesar de que, evidentemente, lo ha hecho. Se limita a acercar el móvil al datáfono y lo aleja cuando la máquina pita confirmando el pago.

¿Víctor Pardo se acaba de gastar casi trescientos euros en un conjunto para mí?

Le damos las gracias a la dependienta, que no ha dejado de sonreír en todo el rato y, con una bolsa que huele a lujo, salimos de nuevo a la calle, donde por fin le puedo preguntar si está loco.

—Pero ¿qué cojones acabas de hacer?

—Comprarte lo que te pondrás para la inauguración.

—Ya, eso ya lo he visto. Me refería a por qué has pagado esa cantidad de pasta. ¿Te has vuelto loco?

—Tú sí que me volverás loco como no dejes de repetírmelo —dice sin mirarme—. ¿Te apetece un café?

—¿Tanto ganas arreglando coches?

—Podría ganar más si todas mis clientas me pagasen.

Me guiña un ojo y sigue caminando.

Menos mal que ahora tenemos otra media hora de camino en la

que no me importará nada estar en silencio. No sé qué acaba de pasar en la tienda. Tampoco entiendo todas las sensaciones que han aparecido dentro de mí. Me he sentido como cuando era una adolescente, y no me ha gustado una mierda. Porque me he acordado de lo que vino después.

Necesito llegar a casa, meterme en la cama e hibernar durante, mínimo, cien años. Con suerte, cuando me despierte después de un siglo, ya no habrá ni rastro de Víctor.

10

VÍCTOR

Son las tres de la mañana y me da pánico quedarme dormido. Cada vez que me duermo aparece la imagen en mi mente de Martina dentro del probador con ese conjunto por el que hubiera pagado la cantidad que fuese, sin importar los ceros que tuviese, con tal de verla de nuevo con él puesto.

Cada vez que miro el reloj que hay en la mesita de noche y veo que las horas van pasando y que se acerca más el momento de la inauguración de Sensaciones, me pongo más nervioso. Es en menos de veinticuatro horas y, si no duermo algo, no sé ni qué pareceré.

Creo que consigo dormir un par de horas antes de escuchar el despertador de Martina. Vuelvo a mirar el reloj y veo que son las siete de la mañana. Me quedo inmóvil en la cama como si ella fuese a entrar y a descubrir que no puedo conciliar el sueño por culpa suya. Me tapo con el nórdico hasta los ojos y espero a que se largue de casa tras arreglarse y desayunar. Joder, ha sido la hora más larga de toda mi vida.

Martina no ha podido cogerse el día libre, pero yo he decidido que hoy no iré al taller a pesar de que Cristo sí irá. Normalmente, los sábados no abrimos, pero cuando hay mucho trabajo —como estos días— hacemos excepciones. Parece que los coches se estropean todos de golpe.

Al final, como la casa se me está comiendo y veo a Martina por cada rincón, me paso por el taller a media mañana.

—Vámonos a comer por ahí.

Cristóbal me mira desde detrás del coche que tiene que entregar el lunes.

—¿Tú no tenías la inauguración del restaurante de tus padres?

—Es esta noche. —Apago la cadena de música y el silencio se apodera de nosotros en cuestión de segundos—. Necesito despejarme antes de comenzar a prepararme para la gran noche —digo exagerando las dos últimas palabras.

—¿Víctor Pardo está nervioso?

—Es una inauguración importante.

Veo como se limpia las manos en el trapo que ha cogido del mueble mientras me mira con una sonrisa en la cara.

—No me refería a nervioso por la inauguración. Llevas unos días raro…

—¿Raro yo?

—Sí. Pareces estar alerta todo el tiempo. Como si…

El corazón se me vuelve a acelerar, como en los últimos días.

Le lanzo una mirada de advertencia para que no siga hablando. Porque sé por dónde va a ir, y no me apetece una mierda escuchar esas palabras salir de su boca. Al menos no de momento. No cuando he huido de mi casa por esa misma razón: Martina.

Desde el día del probador estoy constantemente en estado de alerta por si aparece Martina por cualquier parte. En casa trato de evitarla todo lo que puedo —es fácil teniendo en cuenta que se pasa medio día en el centro comercial y el otro medio con Gala o en su propia habitación—. El problema llega cuando no me queda más remedio que cruzarme con ella. Ahí lo único que puedo hacer es intentar no recordar cómo le quedaba ese maldito traje. El mismo que se pondrá esta noche. «Y encima lo pagaste tú, pedazo de masoquista», me dice mi yo interior. Y no puede tener más razón.

—¿Quieres ir a comer o no?

—Sí, sí, estoy muerto de hambre. Vamos, anda, invito yo.

No digo nada porque pensar en quién va a pagar la comida es lo que menos me preocupa ahora mismo. Todavía sigo pensando en la diminuta chaqueta de traje ajustada sin absolutamente nada debajo que llevaba Martina. Eso es todo lo que ocupa mi mente ahora mismo. Bueno, ahora mismo y durante los últimos días.

Tras bajar la persiana del taller, caminamos hasta el bar que hay a un par de esquinas de allí y nos sentamos fuera a pesar de que hace frío porque hoy el sol ha decidido no salir. Llevo días fumando como un carretero y, nada más sentarme, me enciendo otro cigarro —el último que me he fumado ha sido hace, literalmente, dos minutos— mientras esperamos que nos traigan dos cervezas.

—¿A qué hora es lo de esta noche?

—A las siete empieza todo. —Bebo un trago de cerveza y luego vuelvo a pegar la boca al cigarro—. Nosotros tenemos que estar allí a las seis y media, por lo que tengo que salir de casa algo antes.

—¿Ya sabes qué te pondrás? ¿Y Martina? ¿Al final encontró algo?

—Ni me lo menciones.

—¿Te dio mucho dolor de cabeza?

«El dolor me lo dio en otra parte».

—No, lo encontramos medianamente rápido. Fuimos al centro a mirar qué podía pillarse porque nada de lo que tenía en el armario pegaba con el estilo de la cena. La cosa está en que a la tía todo le queda bien.

—Es que, por más que te niegues a verlo, Martina está realmente muy buena.

—No está buena. Carolina estaba buena —digo, mencionando a la que fue mi última novia, relación que no duró más de unos cuantos meses, con la única intención de borrar a mi compañera de piso de mi mente—, pero Martina…

—Dirás lo que quieras, pero la chavala es mona. Y está tremenda.

—Para ti.

—Pardo… Desde que os fuisteis de compras estás más raro que un perro verde. Ahí tuvo que pasar algo.

—¿Algo de qué? Tú no estás fino. ¿Qué va a pasar? Que es Martina, tío, que no me soporta y yo a ella tampoco. Y menos después de…

—Los dos sabemos bien qué sentías antes de que pasase todo aquello. No me vengas ahora con eso de que nunca te has fijado en Martina.

—¿Tienes hambre? —Cristo asiente—. ¿Quieres comerte mi puño? —Cristo niega con la cabeza—. Bien, pues entonces mantén el pico cerrado. Como me vuelvas a mencionar eso, te juro que…

—Vale, vale. Tranquilo, fiera. Sello mi boca para siempre. —Echa un vistazo rápido a nuestro alrededor y en cuanto ve a un camarero le hace un gesto con la mano para que nos atienda—. Ponnos una ronda de bravas y un par de bocadillos de lomo con beicon y queso, por favor. ¡Ah!, y cuanto antes, si eres tan amable. Si no me meto algo rápido en la boca, corro el riesgo de que mi amigo me parta los dientes.

Alzo las cejas pensando en que no sé si Cristóbal ha sido consciente de lo que acaba de decir y en cómo eso se puede malinterpretar. El camarero toma nota riéndose y se va a poner en marcha la comanda.

Comemos dejando a un lado el tema de Martina y, cuando veo que el reloj, lamentablemente, marca las dos y pico, me despido de él. Tengo que irme para casa para empezar a arreglarme. No quiero que lleguemos tarde al evento de mis padres. Estoy llegando a la moto cuando me suena el móvil. Miro la pantalla y se me cierra el estómago cuando veo que es un mensaje de Martina. No sé si quiero saber qué me dice.

Ya salgo del centro comercial. He pensado que esto puede quedar bien con lo que me pondré. ¿Crees que pega con el dresscode? 😜

Martina envió una foto.

Abro la foto con pánico. En ella veo el cuello de Martina con un collar de tres piezas que le baja hasta el escote. No he terminado de asimilar la foto cuando comienzo a imaginármela con el traje puesto y con ese collar perdiéndose entre…

Corto de golpe mi brote de imaginación y opto por responderle:

¿De dónde has sacado eso?

De la tienda que hay al lado de la mía.
¿¿A que mola??

Sí.

¿Quedará bien?

Supongo.

¡¡¡Mira que eres soso!!!

A punto estoy de responderle «pues échame sal», pero me decanto por cerrar el chat e ignorar la extraña sensación que se ha apoderado de mí. Como si no tuviese suficiente con los nervios que siento por el evento de esta noche, Martina tiene que ponerle la guinda al pastel enviándome esa foto con la que, en otra época de mi vida, hubiese empapelado mi habitación entera.

Cierro los ojos, inflo mis pulmones hasta que siento que están a punto de reventar y dejo ir todo el aire poco a poco. Necesito subirme a la moto. La enciendo, me pongo el casco y me voy cagando leches para casa. Más rápido de lo que debería.

—Martina… ¿Ya estás?

—¡Cinco minutos!

—¡Eso mismo has dicho hace cinco minutos!

Llevo como diez esperándola apoyado en la mesa que, más que para comer, la usamos de adorno. Preferiría estar sentado en el sofá, pero no voy a correr el riesgo de sentarme, que pase media hora y levantarme con el traje totalmente arrugado.

—Perdona —dice apareciendo por la puerta del baño—, pero tú no tienes una melena que hoy ha decidido rebelarse contra el mundo.

Veo que está liada con el cacharro que usa para rizarse el pelo y que… todavía va en pijama.

—¿Todavía no estás vestida?

—¡Ni peinada! Y, como no dejes de meterme prisa, no me vestiré hasta el año que viene. Así que ve a darte una vuelta y vienes a por mí dentro de un rato, anda.

—No me voy a ninguna parte. En cinco minutos nos vamos, estés como estés. No podemos llegar más tarde aún.

Martina decide ignorarme y se mete de nuevo en el baño con portazo incluido.

—¡La puerta!

—¡Que te calles!

Me río por no llorar y sigo cotilleando Instagram. Le doy «me gusta» a un par de publicaciones y comento otras tantas. Luego me poco a ver las historias y me aparece una de Martina de ayer por la noche. Con el traje puesto.

—Joder —suelto.

Bloqueo el móvil sin cerrar ni siquiera la aplicación y voy a la cocina a por un vaso de agua. Mientras me lo bebo de un trago para hacer desaparecer el nudo que se me ha formado en la garganta, oigo que Martina sale del cuarto de baño y se mete, supongo, en su habitación.

En lo que tardo en enjuagar el vaso, dejarlo secar y volver al salón, ella ha tenido tiempo suficiente para vestirse. Porque cuando estoy saliendo de la cocina me topo de bruces con ella.

—Cuatro minutos y cuarenta y dos segundos —dice casi con la lengua fuera.

—¿Qué?

—Que he tardado menos de cinco minutos. —Se recoloca el traje y se pasa los dedos por la coleta que se ha hecho, dejando a la vista toda su cara y su cuerpo—. ¿Nos vamos?

—Eh… Sí, claro.

Me doy la vuelta, tratando de no mirarla mucho más. No me queda otra si quiero seguir conservando algo de serenidad. Pero, cuando estoy llegando a la puerta, me doy cuenta de que Martina no me está siguiendo.

—¿No me vas a decir lo guapa que estoy?

Me giro con la mandíbula tan apretada que temo que se me rompan los dientes. Todo para no decirle: «La palabra "guapa" se queda corta, y soy incapaz de encontrar una que esté a la altura». Porque esas cosas yo no las digo, y mucho menos a ella.

—¿No es evidente?

—¿El qué? ¿Que voy a conseguir trabajo en el hotel que me proponga?

—Además.

Por suerte, no me dice nada más y, por suerte, no tengo que volver a girarme para pedirle, otra vez, que nos vayamos.

Nos subimos al coche en silencio. ¿Lo primero que hago? Encender la música. ¿Lo segundo? Ponerla a tope. ¿Lo tercero? Cagarla la que será la primera vez de muchas en la noche que nos espera.

—¿Puedes buscar la dirección en mi móvil y ponerla en el GPS?

—¿No sabes llegar al restaurante de tus padres?

—Sí sé llegar —digo mirándola y obligándome a no bajar la mirada por debajo de su nariz—. Pero no sé qué ruta es más rápida. Suficiente tarde vamos ya. ¿Puedes, por favor…?

Me quedo a medias cuando la veo desbloquear mi móvil y sonreír como una diabla.

—¿No podías esperar a verme en persona que has tenido que quedarte embobado mirando mi historia?

—¿Qué dices?

Evidentemente, sé muy bien lo que está diciendo, pero no me puedo creer que esto me esté pasando a mí. Si nunca miro Instagram. Si siempre cierro todas las aplicaciones antes de bloquear el móvil. Por una vez que no hago nada de lo que suelo hacer. Joder, macho. ¿Qué tuerto me ha mirado?

Martina, orgullosa de sí misma y sintiéndose como una diosa, me mira por encima del hombro y me muestra la pantalla justo antes de que yo arranque. En la pantalla aparece ella enfundada en ese traje que tan bien le queda, como ya he podido comprobar minutos antes.

—No te flipes. Estaba viendo historias, has aparecido tú y luego he bloqueado el móvil.

Pongo en marcha el motor, me aseguro de que lleve el cinturón y quito el freno de mano.

—Claro.

—Pues sí.

—Si tú te lo crees…

Meto primera y salgo disparado.

No podemos llegar tarde.

11

MARTINA

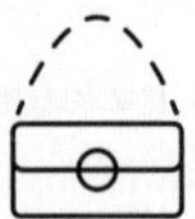

—Te haré una lista con todas mis canciones favoritas para que las incluyas en alguna tuya de Spotify y dejemos de escuchar siempre lo mismo.

—No creo que eso vaya a pasar nunca —me responde Víctor tras apagar el motor del coche—. Vamos, que al final no nos dejarán entrar.

—Pero si no es tan tarde —susurro para mí misma sin ninguna intención de que me escuche.

Me bajo del coche procurando que no se me vea absolutamente nada y me recoloco la chaqueta en forma de top. También me pongo bien los collares que le dan el toque final al conjunto y espero a que Víctor rodee el coche y llegue a mi lado.

—Te veo nervioso —digo, medio en broma, medio en serio.

—Es un evento importante.

—Uno de los muchos a los que vas. Yo sí debería estar nerviosa. No estoy acostumbrada a moverme en sitios así. Además, quizá aquí encuentre el trabajo de mis sueños.

—Y eso que no querías venir.

Me agarro de su brazo y le saco la lengua, acto reflejo de los nervios que en realidad se están comenzando a cocer en mi interior.

Caminamos hasta la entrada del restaurante. Un cartel enorme con el nombre SENSACIONES brilla en la ya oscura calle. La cristalera está decorada con palabras y frases escritas en blanco y algún que otro dibujo simple de diferentes platos. Para mi sorpresa, en el interior ya hay unas cuantas personas. Le lanzo una mirada a Víctor y veo que tiene la cara descompuesta.

—Oye, ¿estás bien?

Me mira durante una fracción de segundo y suelta:

—Sí, sí. Eh…, ¿entramos?

Asiento aún sin entender muy bien qué le pasa y entramos dentro del local.

Nada más abrir la puerta, un montón de pares de ojos se dirigen a nosotros. En especial dos, los de Verónica y Jesús, sus padres.

—¡Víctor, Martina! —grita ella acercándose a nosotros con una sonrisa en el rostro—. Ya le estaba diciendo a tu padre que os llamase a ver si había pasado algo.

Por detrás de ella vemos a Jesús negando con la cabeza mientras sonríe y mira a su mujer.

—Ha habido algún que otro problema de vestuario —dice Víctor.

—¿Sí? ¡Quién lo diría! —comenta Verónica—. Los dos estáis guapísimos. Sobre todo, tú, Martina. ¿Has visto, Jesús? —le dice a su marido—. Si hace nada era una niña, y ahora ya…

—Mamá… —se queja Víctor.

—Es verdad. Y tú igual, no te pongas celoso. —Estrecha a su hijo entre sus brazos y le da un beso en la frente.

—Ya sabes cómo es tu madre, chico. —Ríe Jesús.

Cuando terminamos de saludarnos, sus padres se excusan diciéndonos que tienen cosas protocolarias que hacer, que nosotros nos divirtamos. Poco a poco, el lugar se va llenando con más y más gente. El ambiente se ha cargado de risas, conversaciones y música mientras un chico vestido de negro va pasando entre la muchedumbre con una bandeja repleta de cócteles y canapés.

—¿Ahora qué se supone que tenemos que hacer aquí?

—Fingir que nos divertimos.

—¿Y eso cómo se hace? —pregunto, un tanto perdida. Porque las palabras «diversión» y «Víctor» no casan en mi mente, y también porque, en lugares así, con gente de esta clase, siempre me siento un poco como un pez fuera del agua.

—Primero, coge una copa. —Víctor le quita dos al chico de la bandeja y me tiende una—. Segundo, sonríe. Tienes un poco cara de acelga.

—¡Oye!

—Y, tercero, habla con quien sea. Da igual si lo conoces o no, tú simplemente… habla.

Le doy un trago a la copa y noto una arcada cuando me doy cuenta de que lo que hay en la copa es champán.

—Pero ¡qué asco!

—¿Qué te pensabas que había en una copa típica de champán? ¿Zumo de piña?

—Pues yo qué sé, pero esto ya te digo yo que no. ¿A quién le gusta el champán?

—A la gente con clase.

Tras decir eso, me dedica esa sonrisa suya de macarra y se bebe de un trago todo el líquido de su copa.

—Delicioso.

—Mentiroso.

Suelta la copa vacía donde pilla y me dice:

—Vamos a pasárnoslo bien.

Me dejo llevar hasta la zona donde está el DJ poniendo música y veo que se acerca a él para decirle algo. El DJ niega con la cabeza y los dos se enzarzan en una conversación en la que Víctor sale ganador. Lo sé porque veo cómo sonríe al bajarse de la tarima y cómo el DJ frunce los labios mientras para la canción que está sonando para poner la que supongo que Víctor le ha pedido.

—¿Ya puedes cambiar la música?

—Ni puta idea.

Sonríe y los ojos se le iluminan cuando la canción que ha elegido empieza a sonar. No me hace falta escuchar más que las dos primeras notas para darme cuenta de que, por supuesto, la canción que ha pedido no pega con la temática de la fiesta.

Víctor me deja sola delante del DJ y se va a por otra copa. No reconozco a ninguno de los dos que cantan, pero sin duda es de los que escucha él. No tarda mucho en llegar con una copa para él y otra para mí. Pero estas son de un color distinto.

—¿Qué es esto?

—Zumo de naranja.

—¿En serio, Víctor?

—¿No has dicho que no te gustaba el champán?

12

VÍCTOR

Hemos cenado y ha llegado el momento de los cócteles. Las luces ya no iluminan de forma cálida y elegante; ahora se han vuelto más violáceas y tenues. La música comienza a ser más animada y las copas no son solo de champán, cosa que Martina agradece bastante.

—¿Ya has hablado con algún dueño de algún hotel? —le pregunto al oído por encima de la música.

La he visto hablar con unas cuantas personas que he supuesto que eran jerifaltes del mundo de la hostelería madrileña. En otras ocasiones, mi madre ha ido a por ella para presentarla a algún invitado. Así que, si no he visto mal, ha tenido muchas oportunidades, solo que dudo que ella sepa que me he dado cuenta.

—¡Sí! ¡Con unos cuantos!

—¿Y qué tal?

—Pues no lo sé, la verdad. No lo sé… ¡Todavía! —Se ríe y se termina lo que le queda en la copa de un trago. Han pasado de servir únicamente champán a poner copas de cualquier combinado que tú pidas. Y ya no solo hay DJ, ahora también hay un barman—. Voy a por otra. ¿Quieres una?

—Venga, va.

Martina desaparece entre la gente y no puedo evitar mirar cómo su coleta alta se balancea de un lado a otro. Mentiría si dijera que me llevo conteniendo durante todo el rato que llevamos aquí dentro para no mirarla más de la cuenta. Pero es que está tan… Sacudo la cabeza para librarme de ese pensamiento y me palpo el bolsillo delantero de los pantalones para comprobar que tengo la cajetilla de tabaco ahí. La tengo.

Sin pensármelo dos veces, salgo fuera y me enciendo un cigarrillo mientras el aire gélido me hiela las entrañas. Agradezco que haga frío y que el cigarro se haya encendido rápido. Así al menos puedo relajarme más deprisa. Porque, sin duda, necesito relajarme. No sé qué me está ocurriendo con Martina esta noche. Solo sé que no es normal nada de lo que pasa por mi cabeza. Porque, desde que hemos salido de casa, no he podido dejar de escuchar en mi cabeza «Energía» de Blessd y Rels B.

Me fumo el piti a una velocidad récord, porque el frío que me ha ido bien hace unos segundos ahora me hace tiritar. Apago la colilla en la plataforma que mi madre quiso instalar justo al lado de la puerta y abro, preparándome mentalmente para entrar. Pero no lo consigo. No porque no me haya mentalizado, sino porque mi cuerpo colisiona con otro que parece que tenía prisa por salir, con dos copas en la mano, con una coleta de infarto y aroma a un perfume de vértigo.

—Pero ¡¿qué cojones?!

Alzo las manos a modo de acto reflejo cuando un líquido más frío que el hielo me empapa la camisa. Cuando levanto la mirada de mi cuerpo mojado, veo los ojos de mi compañera de piso, enemiga y falsa acompañante abiertos como platos encima de mí.

—Ups.

—¿Ups? ¡¿Ups?! ¡¿Qué coño haces, Martina?!

—Traerte tu copa. Aunque parece que tenías tanta sed que has decidido que tu piel absorba el líquido por ti —dice, aguantándose la risa que está a punto de brotar de su garganta—. Pero la verdad es que…

No termina la frase. Se queda embobada mirando algo que no sé lo que es. Creo ver cómo sus pupilas se dilatan, pero no estoy seguro de ello; hay muy poca luz aquí y no puedo verla con claridad.

—¿Es que qué?

—Nada. Yo… —Mientras intento despegar la camisa totalmente mojada de mi torso, Martina comienza a recolocarse la ropa, como hace cada vez que está nerviosa—. ¿Tienes otra cosa que ponerte?

—Sí, espera, voy al coche, que he traído una mochila con ropa por si mi compañera de piso me tiraba las copas encima.

—¿Sí?

—¡No, Avellaneda, claro que no! —Paso por su lado y me meto de nuevo dentro del local.

Me dirijo a los baños sin notar que Martina me está pisando los talones. No soy consciente de ello hasta llegar a la puerta, donde casi vuelve a chocar conmigo por detrás cuando me paro antes de entrar. Sinceramente, no sé cómo no me había dado cuenta hasta ahora de que había bebido demasiado. Está algo achispada.

—¿Se ve mucho? —le pregunto.

Entro en el baño, que tiene una iluminación de escándalo y unos muebles de lo más modernos. Claramente, elección de mi madre. Martina se cuela también dentro y cierra la puerta detrás de ella. Me miro en el espejo a la vez que me quito la americana y observo que ella me está mirando fijamente mientras se apoya en la pared que tiene detrás.

—Pues un poco.

Me doy la vuelta para que vea la mancha que hay en todo el centro de mi camisa blanca. De líquido rosado. A saber si esto va a salir…

—Déjame a mí.

Se me acerca a paso lento y comienza a desabrocharme la camisa con movimientos algo torpes.

—Martina, no hace falta. Puedo hacerlo yo. Siéntate antes de que la liemos.

—Que no, que no. Que yo la he cagado y yo lo voy a arreglar. Ya verás.

Consigue desabrocharme los dos primeros botones y, cuando llega al tercero, suelta una risita que me pone el vello de punta.

—Parece ser que míster Pardo tiene abdominales y todo.

—¿Qué te pensabas?

—Que se te habían convertido en hamburguesas.

Se echa a reír y, sin querer —creo—, me acaricia con sus largas uñas, provocándome un escalofrío como en mi vida he sentido uno.

—Martina, ¿qué…?

Antes de poder formular mi pregunta tropieza con a saber qué y se tambalea hacia atrás, con la suerte —o desgracia, depende como lo mires— de que su pulsera se queda enganchada en mi camisa y yo me voy con ella hacia la pared que tiene justo detrás. Mejor eso que el suelo, sin duda. Eso es lo último que pienso antes de darme cuenta de que estoy con mi cuerpo pegado al suyo, notando cómo su pecho sube y baja al respirar, y con sus labios tan cerca de los míos que puedo saborear lo último que ha bebido sin ni siquiera tocarla.

—Víctor…

Y, como me llamo Víctor Pardo y soy el tío con más mala suerte del mundo, la puñetera puerta del baño se abre y aparece ni más ni menos que mi padre. No me lo puedo creer.

—Hostia, perdón, chaval. Yo ya me iba. No he visto nada, lo prometo.

—¡Papá! No. No es lo que piensas. —Me alejo de Martina tras tirar de la camisa para soltarme de su pulsera, la misma que me ha hecho caerme hacia ella, e intento alcanzar a mi padre—. Papá, no ha pasado nada. Es que me ha tirado la copa encima y…

—No me tienes que dar explicaciones, hijo, ya eres mayorcito. Y sabes que Martina nos cae muy bien. —Me guiña un ojo y yo ya no sé cómo decirle que no estaba pasando nada, que no pasará nunca nada y que a mí Martina no me gusta lo más mínimo—. Tranquilo.

—Pero es que no…

Entonces aparece la última persona que deseo ver en este momento, teniendo en cuenta que a mi padre ya lo he visto: mi madre.

—Chicos, os estáis perdiendo lo mejor. ¿Qué hacéis aquí los dos? ¿Y Martina? Hace rato que no la veo y quiero presentarle a alguien.

—De eso estábamos hablando, ¿eh, Víctor?

—Papá…

—¿Qué está pasando?

En ese momento, todos nos volvemos hacia Martina, que está a pocos centímetros de mí, despeinada y sosteniéndose de pie con cierta dificultad. Entonces mis padres, que si tienen algo es conexión después de tantos años, se miran y no les hacen falta palabras para entender lo que se están queriendo decir el uno al otro.

—¡Víctor, qué calladito te lo tenías! —exclama mi madre abalanzándose sobre mí y abrazándome con todas sus fuerzas—. ¡Cuánto me alegro, hijo!

Entonces, con uno de sus brazos atrapa a Martina y la une a nuestro abrazo. Ella se deja abrazar y suelta una risita.

—No, Verónica, nosotros no…

—Ya estaba feliz hoy con la inauguración, pero vosotros habéis conseguido que lo esté aún más, de verdad. ¡Verás cuando se lo diga a todo el mundo! No sabes lo bien que te irá esto para conocer al hombre que te quería presentar. ¡Ni a propósito! —Mi madre me suelta y ahora se centra única y exclusivamente en Martina—. Verás, es el dueño del hotel VP Plaza España y tenía muchas ganas de conocerte. Cuando le diga que eres mi nuera…, ¡el puesto es tuyo!

Martina se queda callada de golpe. Ya no hay ni rastro de «nosotros no», ahora únicamente hay sonrisas y brillos en los ojos. Pero no pienso dejar que este malentendido se convierta en una farsa aún más grande.

—Mamá, lo que Martina te estaba tratando de decir es que…

—Es que no puedo estar más feliz de que ya sepáis lo nuestro.

Ahora lo que no me deja terminar es el pisotón que me da Martina con su zapato de tacón. La jodida niña me acaba de callar con el pie. En la fiesta de mis padres. Delante de mis padres. ¡Para decir que me ha declarado su amor! Pero ¿qué está pasando esta noche?

—¿Estás lista? Nos está esperando en una de las mesas reservadas.

—Claro que sí.

Me quedo embobado mirando a Martina yéndose con mi madre hacia el comedor principal, aparentando estar más sobria que nunca. Y ahí estoy yo, junto a mi padre, con los ojos como platos, la boca medio abierta y la camisa hecha un asco.

—Tu madre siempre ha sospechado que Martina te gustaba, y que tú le gustabas a ella, claro. A mí nunca se me habría ocurrido. Qué lista es…

No más que Martina Avellaneda.

Repito: jodida niña, en el lío en el que se acaba de meter. Y, como no podía ser de otra manera, me ha arrastrado a mí con ella.

«Eso te pasa por querer salvarte el culo. Todas las cosas tienen sus consecuencias», me digo. Preferiría que mis padres me hubiesen retirado la palabra por haber ido a la inauguración del Sensaciones con cualquier otra chica que no fuese Martina antes que tener que fingir que… ¿nos queremos?

Tengo que hablar con ella, decirle que no podemos mantener una farsa así. Que me niego. Porque si hay algo que tengo muy claro es que ni yo la soporto a ella ni ella me soporta a mí. ¿Verdad?

13

MARTINA

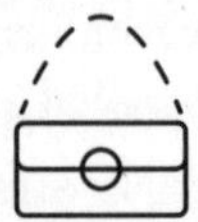

¡Voy a trabajar en el VP Plaza España!

Llevo cuatro días siendo la chica más feliz del mundo y la única razón es que mi farsa de estar completamente enamorada del hijo de los Pardo ha dado sus frutos. Es verdad que, en el momento en el que acepté ir a la inauguración con Víctor, no tenía la intención de fingir que estamos saliendo. Ni que somos felices. En realidad, es lo último que se me habría pasado por la cabeza. Pero la vida siempre te sorprende de la mejor —o peor— manera posible. Y esta ha sido su forma de hacerlo esta vez.

Debo decir que también llevo cuatro días esforzándome por ignorar a Víctor a toda costa. Claro que la cosa se complica porque vivimos juntos. Por suerte, se pasa las mañanas y alguna que otra tarde trabajando, y yo tengo turno de tarde en la tienda. Así que nos vemos poco.

Desde que volvimos de la inauguración el sábado por la noche —o el domingo por la mañana, depende por dónde lo mires—, cuando Víctor entra en casa, yo me encierro en mi habitación. No puedo soportar la mirada juzgadora que me grita «traidora interesada» cada vez que nos cruzamos. Y no, todavía no hemos hablado de ello. Hasta hoy.

Víctor llega a casa antes de la hora prevista, por lo que yo todavía no estoy lista para encerrarme en mi habitación o marcharme a trabajar.

—Mis padres nos han invitado a comer este fin de semana —suelta nada más abrir la puerta y entrar.

Ni «hola» ni «¿qué tal te ha ido el día?». No lo juzgo, no esperaba que me dijera nada eso, pero tampoco algo como lo que acabo de escuchar. Me pilla con el cucharón en la mano, a punto de remover la sopa de verduras que tengo en el fuego. Hoy tenía la esperanza de que Víctor no llegase hasta la noche, por eso me he decantado por convertirme en Martina la Cocinitas. Pero la vida se ha vuelto a reír en mi cara.

—Eh... ¿Este finde? No puedo. Doblo el sábado. —Nunca he estado tan agradecida por trabajar tantas horas.

—Eso mismo les he dicho. —¿Desde cuándo se acuerda Víctor de mis horarios en la tienda?—. Pero ya sabes que mi cabezonería tiene que venir de alguna parte. Me han dicho que te pregunte si tienes la noche del viernes libre. —Habla sin mirarme a la cara, aunque no voy a mentir, yo también trato de evitar el contacto visual a toda costa—. O el día del domingo. Les sirve cualquier momento del fin de semana.

—¿En serio tenemos que...?

—Pregúntaselo a la Martina del pasado, la que decidió fingir que éramos pareja. —Parece que ha dejado a un lado lo que sea que le impide mirarme y clava sus ojos en mí. Yo no puedo seguir con la mirada agachada, por lo que termino enfrentándome a sus ojos, como si una fuerza magnética me atrapase. Hacía mucho tiempo que no sentía nada así. No mentiré; estoy acojonada—. Ahora te fastidias y tragas como lo tengo que hacer yo.

—Pues... ¿cuándo te va bien a ti?

—¿Qué más da? —Aún lleva la ropa del trabajo y, a pesar de que me está hablando con un tono demasiado borde que no le queda nada bien, me remueve algo por dentro—. Elige tú por los dos, igual que lo hiciste el sábado.

—Oye... —Dejo el cucharón sobre el plato que hay en la encimera y salgo de la cocina para encontrarme con él en el salón—, tampoco me trates así. ¿Que la cagué porque decidí actuar sin tener en cuenta lo que opinases tú? Vale, sí. Tienes razón. Puede que la otra noche fuese un poco egoísta. Pero fue por algo bueno, Víctor. ¡Tengo trabajo en el hotel! Y no en uno cualquiera…

—Sí, tienes trabajo y novio falso. Dos por uno. ¿Qué más puedes pedir? —Sonríe cínicamente y me invade un pensamiento intrusivo que trato de expulsar nada más aparece en mi mente.

—Eh, que a mí tampoco me hace demasiada gracia fingir que estoy saliendo contigo cuando rara vez te soporto.

—Pues será mejor que vayas comenzando a fingir que me soportas, porque, si no, cariño, lo tienes crudo.

Antes de que pueda echarle nada en cara, se despide de mí con un guiño y se encierra en el baño, de donde no tarda mucho en oírse el agua caer. Yo vuelvo a la cocina y me lavo las manos como un acto reflejo de mi nerviosismo.

A pesar de que esté cabreado, molesto, enfadado con mi decisión unilateral, debería perdonármelo. Estaba un poco achispada por culpa de las copas que me bebí —que no fueron más de dos, pero mi tolerancia al alcohol es bastante baja— y la situación me pedía a gritos que o jugaba todas mis cartas o nunca más se me presentaría una oportunidad como aquella. Así que eso fue lo que hice, apostarlo todo a pesar de saber que quizá, a los días, me arrepentiría un poco de haberlo hecho. Bueno, no voy a mentir, en realidad no lo sabía. Ahí lo único en lo que podía pensar era en ese puesto del VP y en cómo me sentí cuando la pared nos salvó de caernos de culo al suelo mientras trataba de ayudar a Víctor después de tirarle una copa en la camisa.

Por primera vez dejé de considerarlo un enemigo para empezar a verlo un poco más como un aliado. Un aliado con unos abdominales de escándalo y unos labios que, momentáneamente y debido a los efectos del alcohol, por supuesto, me parecieron de lo más apetecibles.

—¡¿Puedes cerrar el grifo?! —chilla Víctor desde dentro del baño, sacándome de mis pensamientos y haciendo que me dé cuenta de que del grifo de la cocina sigue saliendo agua—. ¡Me gustaría ducharme con agua caliente! ¡Gracias!

—¡Perdón!

¿En qué momento me aíslo de la vida real pensando en, ni más ni menos, que Víctor Pardo? ¿Tanto efecto tiene comenzar una relación falsa? ¿Tanto como para revivir todo lo que sentía hace años? Espero que todo esto sea por la resaca de la fiesta y que se me pase pronto, porque no pienso volver a pasar por lo mismo otra vez. Si he dejado correr el agua sin compasión alguna cuando solo hace cuatro días que he empezado con esta farsa, no me quiero ni imaginar la factura que nos llegará a final de mes.

14

VÍCTOR

—Espera, ¿qué?

—Si te sirve de consuelo, a mí se me quedó la misma cara de gilipollas que a ti —respondo ante el asombro que aparece en la cara de Cristóbal.

—Es que no sé si lo he entendido bien. —Remueve su café. El camarero nos acaba de servir. El mío con leche y el suyo con bastante azúcar—. ¿Me estás diciendo que ahora Martina y tú tenéis una relación falsa? —Asiento lentamente sin mucho más que decir—. ¿Y dentro de esta relación falsa también entra…?

—¡Joder, no! —exclamo sin importarme que haya un par de personas más en el bar—. Solo de cara a los demás. Nosotros nos seguimos teniendo tanta tirria como siempre.

—¿Tirria? ¿No querrás decir tensión?

—No, he dicho exactamente lo que quería decir.

Me llevo el café a los labios y le doy un sorbito no muy largo.

—No sé por qué me da la sensación de que hay algo que no me estás contando. —Me muerdo el interior de la mejilla para callarme lo que mi yo interior está deseando soltar—. Por cierto, Martina iba guapísima.

Esas palabras me dejan completamente helado. Porque, sí, Martina iba guapísima, pero todavía no lo había pronunciado en voz alta ni había escuchado que nadie lo hiciera. Y esto acaba de ser un golpe de realidad fortísimo.

—Eh…, sí.

—¿Cómo que «eh…, sí»? ¿Se puede saber qué te pasa? ¿Qué te hizo Martina para dejarte totalmente alelado?

«Ponerse ese traje y estar tan jodidamente guapa y también como una auténtica cabra», pienso.

Pero Cristo tiene razón. ¿En qué momento me he vuelto tan gilipollas?

Me quedo hipnotizado con el café en la mano, mirando a la nada.

No puede ser que esté renaciendo en mi interior lo que comencé a sentir a los pocos meses de conocerla, cuando los dos éramos tan solo unos críos. Al principio únicamente vi a Martina como la hija de los amigos de mis padres. Ella no era ni mi amiga ni mi enemiga. No le prestaba atención, no tenía ningunas ganas de incluirla en mi vida, ni en un sentido ni en el otro.

Pero, al poco tiempo de compartir espacio con ella, algo de su forma de ser me empezó a llamar la atención. Ahí fue cuando comencé a interesarme más.

Todo se empezó a torcer cuando mis amigos del instituto se dieron cuenta de mi admiración por la chiquilla de pecas en la cara. Y, como suele pasar a esa edad, yo no quería que nadie supiera que empezaba a estar coladito por una chica. Por esa razón hice ver que me daba igual e incluso que estaba dispuesto a jugar con sus sentimientos.

La jugada me salió como el culo. Porque resultó que la chavala también estaba pillada por mí, aunque yo no lo sabía —porque siempre me ha costado darme cuenta de esas cosas—, y acabé riéndome de ella delante de todos mis amigos.

Ese día me dieron el premio a «Víctor Pardo, el mayor capullo de la historia», tanto mis amigos como ella. Y con ese título me he quedado hasta el día de hoy.

Llego a casa con la esperanza de que Martina ya se haya ido a trabajar. Pero, claro, como últimamente la suerte no está mucho de mi lado, parece ser que es demasiado pronto para que haya cogido su coche y se haya pirado.

—Ey —saludo nada más entrar y escuchar que está haciendo algo en su habitación.

—Hola, Víctor.

Me doy cuenta de lo ahogada que suena al pronunciar esas palabras.

—¿Se puede saber qué haces? —Tras dejar la bolsa en el comedor me asomo por la puerta abierta y me encuentro a Martina subida a su silla de escritorio, tambaleándose como es evidente, porque las ruedas que tienen las patas no se mantienen fijas, y tratando de alcanzar algo del estante más alto de su armario—. ¿Qué haces subida ahí arriba? ¿No ves que te la vas a pegar?

—Es que necesito… —No me hace falta más que ver cómo se pone de puntillas sobre la silla para no pensármelo dos veces e ir directamente hacia ella para sostenerla por las piernas—. Ya casi…

Al moverse para tratar de alcanzar lo que sea que está buscando, la silla rueda más de la cuenta y me felicito y me maldigo al instante por haberme puesto detrás de ella a tiempo. Me felicito porque, si me hubiese quedado en el umbral de la puerta observando a Martina, ella ahora mismo estaría en el suelo. Y me maldigo porque, de no haberme acercado a ella, no tendría su culo pegado en mi cara. Literalmente.

Mi cuerpo se congela por completo, al igual que el tiempo. De todas las cosas que podrían pasar, esta es la última que me imaginaba que podía suceder. Porque nunca había tenido el culo de Martina tan cerca. Y nunca pensé que lo tendría.

No sé cuánto tiempo pasa desde que sus nalgas chocan con mi cara, pero es el suficiente como para que se convierta en algo incómodo. Maldita silla. Maldita Martina por subirse a sitios que no debe. Maldito yo por haber llegado justo en este momento a casa.

—¡Víctor!

Cuando el tiempo vuelve a correr y mi cuerpo vuelve poco a poco a revivir, me doy cuenta de cos cosas: uno, que Martina está chillando mi nombre a la vez que se sacude para deshacerse de mi agarre, y, dos, que me he empalmado.

Suelto a Martina de golpe como si su cuerpo quemase y me doy la vuelta.

Para que no sospeche, hablo mientras salgo de la habitación como si no tuviese el corazón más acelerado que nunca.

—No sé qué narices querías coger, pero ¿por qué no usas la escalera en lugar de subirte a una silla con ruedas?

—¡¿Quizá por qué no tenemos escalera?! —chilla, volviendo un poco a la normalidad, cosa que me alivia bastante.

—Sí que la tenemos.

Estoy todavía de espaldas a ella, yendo en dirección a la puerta, cuando Martina me detiene agarrándome del brazo. Ojalá mi cuerpo fuese inmune a su contacto. Sobre todo, ahora mismo.

Lo siguiente que hace es intentar darme la vuelta, pero, al ver que no cedo, exclama:

—¡¿Víctor?!

—¿Qué?

—¿Se puede saber qué te pasa?

—Nada.

—¿Y por qué te vas así sin más? De verdad, Víctor, eres más raro…

—Voy a por la escalera —digo, con la esperanza de que me deje irme en paz.

Necesito salir de la habitación, alejarme de Martina y calmarme. Porque lo único que pasa por mi mente ahora mismo es cogerla del brazo, acercarla a mí y besarla hasta que me duelan los labios. Pero sé que eso no lo está pensando el Víctor sensato. Eso lo está pensando mi polla. Nada más.

Por suerte, Martina me deja salir y yo consigo calmarme más pronto que tarde. ¿Cómo? Muy sencillo. Pensando en piezas de coches. Lo único con lo que consigo no pensar en Martina es la mecánica. Por eso también decidí meterme de lleno en ese mundo, porque, cuando pasó todo, empecé a interesarme por los coches y por cómo arreglarlos. «Ya que no puedo arreglar lo que ha pasado con Martina, al menos quiero poder arreglar algo», pensé al cuarto vídeo de mecánica que vi en YouTube.

El cuarto del desastre está lleno de trastos y la escalera se encuentra al final del todo, escondida entre las cajas que nunca deshice cuando me mudé a esta casa.

Vuelvo a la habitación de Martina ya con mi paquete mucho menos llamativo.

—Aquí tienes, reina.

La abro y la coloco donde antes estaba la silla de escritorio, que ya se ha ocupado ella de apartar.

—¿Se puede saber de dónde la has sacado?

—Pues de su sitio.

—¿Y ese es…?

—El cuarto de los trastos.

Martina abre los ojos como platos y se le desencaja la mandíbula.

—¿Cómo que en el cuarto de los tratos? ¡Si la he buscado ahí también!

—Pues entonces déjame decirte que buscar no es lo tuyo.

Le guiño un ojo, adoptando mi actitud guasona de siempre, ahora que el calentón ha disminuido.

—Si tuvieras ese cuarto más despejado…

Decido ignorar su comentario y procedo a subirme en la escalera.

—¿Qué buscabas?

—Puedo buscarlo yo…

—No quiero ponerme en peligro otra vez. —Me sorprendo a mí mismo con las palabras que salen de mi boca haciendo referencia al momento en el que he tenido su culo pegado a mi cara—. ¿Qué quieres?

Martina duda un momento, pero termina por aceptar mi ayuda.

—Eh… —Se rasca la nuca, nerviosa, y comienza a mover los dedos de las manos y luego a frotarse las palmas—. Una caja de rayas rojas y blancas. Tiene que estar por el fondo, detrás de unas bolsas de ropa…

Asiento con la cabeza y me pongo a buscar esa famosa caja. Rebusco entre unas bolsas y otras, aparto cosas… y, al final, encuentro la caja. Justo al lado de una libreta rosa que tiene una etiqueta en la que se lee: «Diario de Martina». Lucho por no cogerlo y leerlo a escondidas.

Me vienen a la cabeza decenas de imágenes de Martina con esa libreta y un boli en la mano, tumbada boca abajo en la toalla mientras yo jugaba con su padre y el mío a las palas en la orilla de la playa. Siempre quise saber qué era todo aquello que escribía, si me dibujaría con cuernos en la cabeza o si me vería de una forma más benevolente.

Con todo mi pesar, solamente cojo la caja que me ha dicho y, para mi sorpresa, cuando me giro y agacho la mirada justo antes de tendérsela, me encuentro algo que no esperaba:

Los ojos de Martina clavados en mi culo.

En.

Mi.

Puto.

Culo.

De normal, si no estuviésemos metidos en esta mierda de relación falsa en la que llevamos ignorándonos desde el sábado, le hubiese hecho algún comentario gracioso. Pero, teniendo en cuenta nuestra situación —y que yo hace nada me he empalmado por tener exactamente la misma parte de su cuerpo en mi cara—, decido callarme y hacer como si no la hubiese visto. A pesar de que su nerviosismo es más que evidente, no le doy más importancia. Ella sabe que la he pillado.

—¿Es mucho preguntar qué hay aquí dentro?

Mi pregunta consigue su objetivo: romper la pared de hielo que se ha creado entre nosotros.

—Fotos.

—¿Fotos?

—Sí. Quiero hacerle un regalo a Gala y… necesito eso —dice señalando la caja que tengo entre las manos.

Se la doy desde arriba de la escalera y comienzo a bajar los peldaños de metal. Pero, al tenderle la caja, la tapa se abre y caen al suelo todas las fotos y, también un cuaderno pequeño con un título que alcanzo a leer y que me deja ojiplático.

«Razones por las que no volver a sentir nada por VP».

Ambos levantamos la vista del suelo, donde están las fotos y el cuaderno, y nos quedamos mirándonos. Yo con más curiosidad de la que nunca he sentido a lo largo de mi vida, y ella con cierto miedo.

—Hum… Me parece genial.

Una vez más, decido pasarlo por alto y no ser cruel con Martina. Por ella y por mí. Porque no sé si estoy preparado para sentir una emoción más —y tan intensa— en tan poco tiempo.

Ella no dice nada. Simplemente se limita a agacharse y recoger el cuaderno como si nada de esto hubiese pasado. Como si el objeto fuese invisible ante mis ojos. Lo tira encima de la cama, con la suerte de que lo hace caer boca abajo.

Me quedo sin decir nada más, pasmado en el mismo sitio desde que he bajado los escalones de la escalera de metal, dándole vueltas al título de esa especie de diario. ¿Cuántos cuadernos como ese tendrá Martina escondidos en su habitación? Y, lo que más me intriga de todo…, ¿por qué se los trajo aquí y no los dejó en su habitación de adolescente de casa de sus padres? ¿Los seguirá utilizando? ¿Habrá escrito algo en esas libretas mientras convivimos?

Me doy la vuelta para salir de la habitación mientras Martina empieza a rebuscar en la caja de fotos. Cuando estoy a punto de cruzar el umbral de la puerta, me paro en seco y me sorprendo a mí mismo al escuchar lo que sale de mi boca.

—¿Eso iba sobre mí?

—¿Qué dices?

—Ya sabes lo que digo. Las iniciales. VP. ¿Son de mi nombre?

Martina no dice nada. Su cuerpo tampoco me da ninguna clase de pista de qué es lo que está pensando. Pero yo no puedo dejar de darle vueltas a lo que había escrito en la tapa de ese cuaderno.

Me acerco a la cama y lo cojo. Quiero abrirlo y leer lo que ha escrito, pero me quedo observándolo, deseando tener rayos X. Analizo la letra de «Razones por las que no volver a sentir nada por VP», por si acaso es de otra persona. Pero no, claramente es la de Martina. Analizo el color de las hojas, que puedo ver por los laterales, y me resulta evidente que la libreta lleva bastantes años en su vida.

—¿Qué escribes aquí?

—Cosas que no te importan.

Con un movimiento que no espero, intenta quitarme la libreta de las manos, lanzándose contra mí.

—No te preocupes, reina, que no la voy a abrir. —Martina está de brazos cruzados con la cadera ladeada hacia la izquierda—. Pero no me parece justo que escribas sobre mí a mis espaldas. Apuesto lo que quieras a que me echaría unas risas si leyera lo que hay ahí dentro.

—Yo de ti no apostaría tanto. Te recuerdo que llevo tiempo sin soportarte demasiado. Y, cuando una persona no soporta a otra, su percepción de ella no suele ser… muy buena. —Me muestra una sonrisa algo falsa y me tiende la mano—. Ahora, si eres tan amable, me gustaría que me devolvieses eso que es mío.

Le tiendo la libreta. Martina me la arrebata de las manos al instante. Nunca la he visto quitarme algo con tanta velocidad. Ni siquiera el mando de la tele cuando está a punto de comenzar *Operación Triunfo*.

Cuando tengo el cuaderno suficientemente lejos, veo que la paz se ha adueñado de su rostro. Ya tiene el peligro lejos de ella. Para evitar que lo vuelva a coger, se lo mete dentro de la camiseta, sujetándolo con el elástico de los pantalones para que no se le caiga. Me río para mis adentros. Si de verdad se piensa que ese escondite me supone un problema…

Me obligo a no seguir imaginando más y me largo de su habitación, todavía pensando en la maldita libreta.

Voy al baño y enchufo el calefactor para que se caliente durante el rato que tardo en ir a mi habitación, coger ropa limpia y volver. Porque, con la tontería, casi se me olvida que tengo una cita. Menos mal que me había puesto una alarma en el móvil para recordármelo a tiempo.

—¿Te vas a duchar ahora? —oigo que pregunta Martina con un hilo de voz.

—Sí. —Asomo la cabeza por su puerta con la ropa en las manos y la veo liada con las fotos de la caja, como si nada hubiese pasado—. ¿Por qué?

—Porque me quiero arreglar.

—¿Ahora?

—Sí —responde más borde que de costumbre—. Tengo que irme a trabajar y no puedo ir con estos pelos.

«Con estos pelos» se refiere al flequillo despeinado y unos rizos poco definidos. Yo he visto a Martina en todas sus versiones: la pelirroja, la morena, la morena con mechas californianas, cuando este peinado estaba de moda, y ahora de nuevo la pelirroja, pero con flequillo. Su pelo ha pasado por todas las fases habidas y por haber —largo, corto, rizado, liso— y he de decir que nunca ha tenido la melena hecha un nido de pájaros por más que ella se empeñe en decir que sí.

—¿Y por qué no te has arreglado antes? ¿Es que estabas esperando a que llegase yo de currar?

Se me ocurre una forma buenísima de seguir esa frase; una que puede estar un poco fuera de tono, sobre todo teniendo en cuenta que acabamos de vivir el momento más incómodo en mucho tiempo. Incluso teniendo en cuenta el momento del baño de la inauguración de Sensaciones. Podría callarme como he hecho antes, pero, esta vez, en lugar de morderme la lengua y aguantarme las ganas de picarla con que ese diario hablaba de mí, decido quitarle la llave al candado que he tenido puesto en la boca todos estos días y suelto lo primero que se me pasa por la cabeza. ¿Qué más da? Si no puedes vencer a tu enemigo, únete a él, dicen.

—A ver, si tantas ganas tienes de verme desnudo, solo tienes que decírmelo, reina. —Me quito la camiseta llena de grasa y, bajo su atentísima mirada (ya ha dejado de mirar las fotos de la caja), la dejo caer al suelo del pasillo que separa su habitación del baño—. Incluso aceptaría ducharme contigo. Todo sea para rentabilizar el tiempo y salvar un poco los pantanos de este país.

—Eres un cerdo —dice, y yo apuesto lo que sea a que está notando cómo la sangre se le está concentrando en las mejillas—. Tápate, anda, que nadie quiere ver esos... Eh... —tartamudea—. Bueno, ¡que nadie quiere verte desnudo, Pardo!

—No parecías pensar lo mismo el sábado por la noche.

Martina se queda boquiabierta. Sin duda está recordando lo que me soltó mientras me desabrochaba los botones de la camisa. Porque, claramente, ese comentario nunca quedará en el olvido, ni para ella ni para mí.

—¿Sabes qué te digo? ¡Que te den! —Se levanta de la cama donde estaba sentada con las piernas cruzadas—. Me iré a trabajar así mismo, tampoco necesito peinarme. Total, ¿a quién le importa? ¡Si me queda nada y menos en esa tienda!

—Genial, Martina. ¿Puedo ducharme ya?

—Tampoco es como si te estuviera reteniendo.

—Ya veo que no —digo sonriendo y, al ver que Martina me caza al instante, añado—: Para retenerme tendrías que...

—Ni te atrevas a decirlo.

—No iba a decir nada. —Alzo las manos en señal de «inocente, señoría» y luego procedo a volver a meterme en el baño, no sin antes añadir—: No esperes a que salga para irte, que tardaré un rato. Tengo que arreglarme para mi cita de hoy.

Empiezo a contar hasta tres para que la bomba estalle y no llego ni al dos cuando Martina aparece de repente en la puerta del baño justo detrás de mí.

—Para no querer meterte en la ducha conmigo has tardado bien poquito en venir —digo aún de espaldas sonriendo.

—¿Que vas a tener una qué?

—Una cita. —Me giro lentamente y me la encuentro mirándome con la cara descompuesta—. ¿Te lo deletreo, mejor? ¿O, aun así, no sabrás lo que es eso?

—No estoy para coñas. No puedes tener una cita.

Me imagino esa frase escrita en las páginas del diario secreto de Martina y, casi sin querer, mi mente la completa. «No puedes tener una cita... porque estoy enamorada de ti». Cierro los ojos y sacudo ligeramente la cabeza para borrar lo que acabo de pensar.

«Eso no lo ha dicho Martina, lo has dicho tú. Así que contrólate», me digo a mí mismo.

—¿Celosa, Avellaneda?

—En tus sueños. —Hace el gesto de potar, y no me puede hacer más gracia—. No puedes tener una cita porque estás saliendo conmigo. Bueno, estás fingiendo que sales conmigo.

—No sabía yo que fingir que salgo contigo supondría que estoy obligado a mantenerme en un estado de abstinencia permanente.

—Nadie ha dicho que sea permanente, no montes un drama. Solo tendrás que aguantar sin quedar con chicas hasta que la gente se olvide de esto y yo... pueda romper contigo.

—¿Que tú puedas romper conmigo? —Ahora el que se queda boquiabierto soy yo—. Pero ¿de qué vas? Si aquí hay alguien que tiene que romper con alguien, ese soy yo, que en ningún momento quise empezar toda esta comedia.

—La idea fue mía. Así que rompo yo.

—Ni lo sueñes.

—¿Qué pasa? ¿Te gusta tanto la idea de salir conmigo que no quieres que te deje?

—Estás ida de la olla. —Suelto una risa de incredulidad.

—Vale, pero prométeme que no tendrás ninguna cita.

—Está bieeen —digo alargando la última vocal y poniendo los ojos en blanco—. No tendré ninguna cita con ninguna chica que no seas tú, mi vida.

Me inclino hacia ella fingiendo que le voy a dar un beso y ella se echa hacia atrás como si me hubiese transformado en un bicho asqueroso.

—Cada día me repugnas más.
—Me congratula saber que el sentimiento es mutuo.
Mentira.
Mentira.
Mentira.

15

MARTINA

Salgo de la tienda y espero junto a Gala a que se baje la persiana. Esta noche somos tan solo ella y yo. Ángela está de vacaciones y Julián ha decidido marcharse pronto porque quería cenar con sus hijas. ¡Como si nosotras no tuviésemos que cenar con nuestra familia! Bueno, hablo por Gala, que vive con su chico. El hecho de que yo vaya a cenar con mi nueva y también falsa familia política es algo que no le importa a nadie. Ni siquiera a mí.

—¡Me muero de hambre! —exclama Gala una vez que la persiana metálica ha tocado el suelo—. ¿Tú no?

Me encojo de hombros, pasando por alto la pregunta con doble intención de Gala, y me recoloco el diminuto bolso negro sobre el hombro. Normalmente, al trabajo siempre me acompaña mi bolsa de tela. Mucho más cómoda. Pero, como voy a cenar con los padres de Víctor, qué menos que estar un poco a la altura. Además, ya voy vestida para la ocasión también. Víctor me dijo que no me daba tiempo a pasar por casa después del trabajo para arreglarme. «Será muy tarde y no podemos llegar a las once», me ha dicho. Así que hemos quedado justo fuera del centro comercial. De hecho, apuesto a que ya estará aparcado esperando a que salga.

—Pues no, la verdad. He merendado un montón —miento. Porque no, apenas he podido probar bocado. Tenía el estómago cerrado con doble nudo y me temo que todavía lo sigo teniendo.

—Había pensado en ir al VIPS a por un sándwich. ¿Te apuntas?

Finjo que me lo pienso, aunque en realidad la respuesta la tengo muy clara.

Gala no deja de mirarme con un ojo más cerrado que otro, observándome acusadoramente. Temiéndose que me sucede algo, pero sin saber qué es lo que me pasa exactamente. Por supuesto que sabe que no me he vestido con un tejano y una camisa blanca y elegante solamente porque sí. ¿Quién lo haría un viernes por la noche sin plan alguno?

—Es que... no puedo —suelto, sabiendo que ahora viene su «¡ja! Lo sabía».

—Confiesa, ¿te vas de fiesta sin mí?

Me río porque sabe perfectamente que sin mi *partner in crime* no voy a ningún garito. Hace muchísimo que no salimos de fiesta, y eso que antes solíamos hacerlo una vez al mes como mínimo. Ninguna de las dos somos de salir demasiado, pero de vez en cuando el cuerpo pide marcha. Ahora, con el frío que hace, el único plan que me apetece es quedarme en casa y taparme con la manta mientras me pongo alguna serie entretenida. Un plan mucho mejor que ir a pasar frío, gastarme dinero y no saber qué locura voy a cometer por haberme bebido un par de copas de más.

—No voy a salir de fiesta sin ti. Voy a... a un restaurante a cenar.

—¡Lo sabía! —Sonríe, orgullosa, y procede a caminar hacia el exterior del centro comercial. Demasiado tiempo llevamos ahí dentro pasmadas—. ¿Tienes una cita? ¿Has conocido a alguien? ¿Y por qué no me has dicho nada? —Abre la puerta que nos separa del exterior y rezo para que no vea el coche de Víctor, que ya me está esperando en doble fila con la música a tope.

—Yo no...

Entonces Víctor toca el claxon y capta nuestra atención, sobre todo la de Gala, que abre los ojos todo lo que puede.

—No puede ser... —Ahora también deja la boca abierta—. ¡¿Te vas a cenar con Pardo?!

—No. Pues sí... Bueno, en realidad no vamos él y yo a solas. No es una cita ni nada de eso. En la cena también estarán sus... Es que tenemos que seguir adelante con esta farsa, ¿sabes? Entonces, claro, no pude negarme… Sus padres…

—Espera, ¡¿qué?! ¿Te vas a cenar con Víctor Pardo ¡y sus padres!?

—Pues… sí. Algo así.

—¿Cómo que algo así? ¡No me lo puedo creer! Qué fuerte. De cena con los suegros.

—¡Que no son mis…!

—¡Martina! —me interrumpe el protagonista de nuestra conversación—. ¿Vienes o qué? Llegaremos tarde.

Me giro hacia él y lo veo con la cabeza y el brazo asomados por la ventanilla sujetando un cigarro.

—Me parece que me tengo que ir.

—Pásalo bien en la cena familiar y… —sube y baja las cejas sin parar mientras sonríe de forma socarrona— luego, cuando llegues a casa, también. ¡Cuéntamelo todo!

—Todo lo que te tendré que contar es que le he tirado una gamba a la cabeza.

Suspiro y le doy un abrazo antes de, ahora sí, despedirme de ella de verdad.

—Aun así, lo querré saber.

Cuando me separo de ella, me dirijo hacia el coche de Víctor. Gala toma la dirección contraria y suspiro cuando dejo de notar sus ojos clavados en mi espalda.

—Como la cocina haya cerrado cuando lleguemos, tú serás la única culpable —dice nada más abro la puerta del copiloto y me siento.

Bajo la música unos veinte números y después procedo a hablar:

—Relájate, Pardo, tus padres ya contaban con que yo salía a esta hora.

Víctor vuelve a subir la música los veinte números que yo he bajado y le añade uno más.

—¿Te has puesto ya el cinturón? —Asiento con la cabeza y me coloco el bolso sobre los muslos—. Pues agárrate fuerte.

No le hago ni caso. Víctor me mira durante una fracción de segundo más hasta que aprieta el acelerador con ganas, revolucionando el coche al momento.

—Qué puto flipado eres, de verdad.

Llegamos a tiempo a El Paraguas, el restaurante que han elegido Verónica y Jesús para la gran velada.

Durante todo el camino, Víctor no ha dejado de mostrar signos evidentes de su nerviosismo, como fumar compulsivamente, repiquetear con el pulgar sobre el volante y estar de lo más callado en vez de canturrear en voz baja, como siempre hace. Ahora que hemos llegado, todavía no sé muy bien por qué está tan nervioso. Solo es una cena con sus padres. Al menos eso es lo que me obligo a creer. Porque aquí, si alguien debiese estar nerviosa de verdad, esa soy yo. ¿Una cena con mis falsos suegros? ¿Sin que ellos sepan la parte de «falsos»? No creo que sea el tipo de plan que le surge a cualquiera un sábado noche.

Por no hablar del ambiente tan extraño que se ha instalado entre Víctor y yo desde el acontecimiento del dichoso cuaderno anti-Víctor Pardo. No hay momento que no me acuerde de ello y maldiga el instante en que decidí guardarlo en mi caja de fotos. ¿En qué punto de mi vida me pareció que era buena idea? Porque desde luego que no lo fue. Debería haberlo quemado. De hecho, creo que eso es lo que haré nada más llegar a casa. No puedo arriesgarme a que Víctor lo lea. Bajo ningún concepto. Porque ahí están escritos mis más profundos secretos. En esas páginas está descrito con todo lujo de detalles cómo me enamoré de él y todo lo que sentí cuando me rompió el corazón. Esa información está prohibida para él.

Cuando entramos al restaurante, automáticamente dejo de pensar en el dichoso cuaderno. Sobre todo cuando veo a Verónica y Jesús esperándonos en una mesa preciosa. Pedimos platos con nombres que podrían haber sido inventados perfectamente por científicos de la NASA y vuelvo a disfrutar de los sabores que únicamente experimento cuando salgo con la familia Pardo. Los padres de Víctor, e incluso él, no parecen tan asombrados como yo. Confieso que yo me sorprendo hasta cuando los dos protagonistas de una comedia romántica se besan. Él, de hecho, es evidente que está en su salsa. Es la clase de chico que se mueve con soltura tanto en un restaurante de lujo como en un taller lleno de grasa.

Hablando de Víctor… El hecho de fingir que somos pareja está siendo más complicado de lo que me esperaba. Yo no soy una persona especialmente afectuosa, así que ver a una pareja «poco efusiva en sus muestras de cariño» no me resulta nada extraño. Pero Verónica y Jesús… Ah, los padres de Víctor son diferentes, y ahí es cuando se complica la cosa. Si queremos que se traguen que somos pareja de verdad, de las que se quieren y de las que están superenamoradas, tenemos que esforzarnos muchísimo. Y aquí estamos, con las manos entrelazadas por encima de la mesa mientras compartimos un trozo de tarta de Reina de Saba, muy a mi pesar. Está tan rica que quisiera comérmela yo sola, así que le voy lanzando miradas acusadoras a Víctor para que coma más lento.

—¿Ya sabes cuándo comenzarás en el VP? —me pregunta Verónica antes de llevarse a la boca una cucharada de su postre de limón.

—Pues sí. —Sonrío, feliz, obviando que todavía tengo la mano de Víctor agarrada con la mía—. Dentro de una semana por fin podré dejar el trabajo en el centro comercial. ¡No sabes las ganas que tengo! Y lo muy agradecida que os estoy y os estaré siempre por haberme ayudado a conseguir el trabajo de mis sueños.

Por primera vez en toda la noche hablo con sinceridad.

—No tienes que agradecernos nada, Martina —dice Jesús.

—Cuando Castilla se enteró de que eras la pareja de Víctor, no pudo negarse a ofrecerte a ti el trabajo antes que a cualquier otra persona —me explica Verónica, buscando la mirada de Jesús—. Nos conocemos desde hace un montón de años, ¿verdad, cariño?

Jesús asiente con la cabeza, con la boca llena de la mouse de limón que ha decidido tomar como postre.

Yo, en respuesta a las palabras de Verónica, lo único que me sale es mirar a Víctor y sonreírle, con los labios y la mirada. Por primera vez en muchos días, lo hago de una manera sincera. Porque por un momento dejo de lado que somos novios falsos y pienso en esos dos niños pequeños que eran amigos inseparables, al igual que también lo eran nuestros padres. Bueno, Víctor y yo seguimos siendo inseparables, pero porque no nos queda más remedio.

No es hasta el momento de los cafés cuando vuelvo a la realidad que ahora tenemos que fingir tener juntos. Justo entonces Verónica entrelaza su mano con la de Jesús. Aquí es cuando me doy cuenta de que estoy realmente jodida. Bueno, los dos.

—Después de la fiesta, Jesús y yo estuvimos pensando que habría que celebrar lo vuestro de alguna forma especial.

Estoy a nada de decir que no hay nada que celebrar en realidad. Quizá a ellos les podemos contar la verdad, sin necesidad de que Castilla, el director de VP y mi próximo jefe, se entere. Pero decido callarme en el último momento.

—Los dos estáis trabajando mucho estos días, sobre todo con lo cerca que está la Navidad, y habíamos pensado que os irían genial, tanto a vosotros como a nosotros, unas vacaciones en la sierra. —Menos mal que no me ha dado por beber agua, porque, si no, ahora mismo el pobre Jesús estaría bañado con mis babas—. Jesús y yo hemos pensado en ir el fin de semana que viene a la casita que tenemos allí. Aprovechando que el trabajo nos ha dado un poco de tregua. ¿Qué os parece?

«Pues una pésima idea, la verdad, pero pésima pésima», pienso. Evito mirar a Víctor. No me hace falta hacerlo para saber que está pensando exactamente lo mismo que yo. Una cosa es cenar los cuatro juntos como la familia feliz que no somos —o al menos no conmigo incluida— y otra muy diferente es pasar un fin de semana todos juntos. Que no lo digo por ellos, por Verónica y Jesús, lo digo por Víctor. Únicamente por Víctor.

—Eh… —murmuro cuando veo que él parece ausente de la conversación y decide no decir absolutamente nada—, no sé si podré. Es mi última semana en la tienda y ya que me han dejado irme antes de los quince días…

—¡No te preocupes, cariño! —salta Verónica.

—Castilla te puso fecha de comienzo de contrato ese fin de semana. —Sonríe Jesús—. Pero nos ha dicho que ese fin de semana no tienes que ir. No quiere que empieces un fin de semana a trabajar. Prefiere que descanses y te tomes un tiempo para ti. De hecho, me comentó que le parecía genial que pasases un par de días desconectada de Madrid. Sobre todo, después de la cantidad de tiempo que llevas trabajando en el centro comercial sin vacaciones.

A pesar de que no estoy demasiado de acuerdo con muchas cosas de las que están diciendo, en esto no puedo decir que no tengan razón. Desde verano que no tengo más de un día de fiesta seguido y mi cuerpo lo necesita.

—¿Hola? Creo que se os olvida que también estáis contando conmigo —dice Víctor, apareciendo en la conversación después de mucho rato callado. Y Víctor no suele quedarse mucho rato callado—. Cristo me pidió el finde libre y le dije que ya me encargaba yo de terminar el curro que hubiese para el sábado.

—Hijo, no pasará nada si cierras un sábado —le responde Verónica.

—He de entregar una moto, y no puedo fallar.

Le doy un toquecito por debajo de la mesa con la pierna a modo de gracias y él me responde apretándome la mano que todavía tiene entrelazada con la suya.

—Los mecánicos no abren los sábados, Víctor —dice Jesús—. Trabajas mucho y esto también te irá bien a ti. —En eso tiene razón. Nunca he llegado a entender del todo por qué se pasa tantísimas horas en el taller cuando su familia, literalmente, puede mantenerlo. A él y a diez como él. Supongo que eso es lo que pasa cuando te dedicas a tu pasión, que lo dejas de ver como un sacrificio. Eso y las ganas que siempre tuvo de ser autosuficiente y no deberle nada a nadie—. Además, piensa en lo bien que nos lo pasaremos.

La sonrisa que tienen en el rostro Verónica y Jesús no se nos contagia. Ni lo más mínimo. No, cuando sabemos que no van a aceptar un «no» como respuesta, y eso es lo único que quiere salir de nuestra boca.

—Vale, está bien. —La respuesta de Víctor me pilla tan por sorpresa que, ahora sí, casi me atraganto con el agua que estoy bebiendo.

—Pero... —empiezo a decir. Sin embargo, como es de esperar, no me dejan continuar.

—¡Pero nada! ¡Preparad las maletas, que nos vamos a la sierra!

Le echo a Víctor una mirada que podría derretir hasta el hormigón. Me gustaría decir que estoy más enfadada que nunca, pero, en realidad, lo estuve bastante más con aquella clienta que vino un domingo de Navidad el año pasado, a diez minutos de cerrar la tienda, queriendo probarse todas y cada una de las camisetas que teníamos y que, además, tuvo la cara de comentar: «Ay, ¡qué lástima que os hagan abrir los domingos! Pero, oye, ¡a nosotros nos va genial!». Aquella mujer se llevó una mirada de la Martina cabreada.

En cambio, la Martina que Víctor tiene ahora delante está muy pero que muy cagada de miedo.

16

VÍCTOR

—¡Ni de broma, Víctor! No pienso ir.

—Martina… —Le pido un poco de calma. Escuchar sus gritos a las doce y media de la noche es lo último que me apetece—. Baja la voz, por favor.

—¿Ahora te importa lo que digan los vecinos?

—Pero ¿qué dices?

—¡Que no pienso ir! Y punto.

Soplo y me paso la mano por la cabeza, despeinándome. O peinándome. Yo qué sé. Lo único que sé es que acabamos de llegar a casa y me muero de ganas de tumbarme en mi cama.

—Vale.

Martina, que ha entrado a la cocina a por, supongo, un vaso de agua, asoma la cabeza por el umbral de la puerta y me mira con las cejas alzadas.

—¿Qué acabas de decir?

—Que vale. Que, si no quieres venir, pues no vengas. Tú sabrás. —Aparto mi mirada de ella y cuelgo la chaqueta en el perchero que hay junto a la puerta.

—¿Desde cuándo te parece bien algo que yo decida?

—Desde que lo único que quiero es meterme en la cama y despertarme dentro de cuatro días.

Abro la puerta de mi habitación y entro para comenzar a quitarme la ropa. Me he puesto tejanos, que mira que los detesto, y me muero de ganas de ponerme mi pijama: pantalones de chándal y una camiseta cualquiera. No soy como Martina, que tiene tropecientos pijamas tematizados para absolutamente todas las fechas del año.

Estoy a punto de bajarme los pantalones cuando escucho más cerca de lo que me esperaba:

—¡Si estamos hablando, no te…!

—Y, si tú quieres verme el culo, solo tienes que pedírmelo. —Miro por encima de mi hombro y veo que está justo a unos metros de mí y que se da la vuelta más rápido que una peonza.

—Yo no… ¡Víctor, joder!

—Que no chilles, hostia.

—Serás capullo, y tú puedes gritar a las tantas de la madrugada cuando te da la gana y no pasa nada…

Alzo las cejas, todavía con los dedos puestos en la cinturilla de los pantalones. Cuando Martina se percata de en qué estoy pensando, chilla de nuevo. Ah, y me llama cerdo. Para no perder demasiado la costumbre.

—No me refería a eso, asqueroso —dice—. Hablaba de cuando juegas a la Play.

—Ya, claro. —Hago una breve pausa, en la que ni ella ni yo decimos nada—. Bueno, ¿vas a dejar que me cambie de ropa?

—Cuando me digas por qué te parece tan bien que no vaya a la sierra. Nunca me pones las cosas tan fáciles.

—Sencillo, no es asunto mío. ¿No quieres venir? No vengas. Quien tiene que fingir que tiene un novio llamado Víctor Pardo eres tú, no yo.

—¿No vas ni a intentar convencerme?

—¿Yo? Si soy el primer interesado en que no vengas. —Veo cómo me mira con esa cara suya de «me acabas de ofender» y me veo obligado a seguir hablando—. No te hagas la sorprendida, Avellaneda. Te soporto la friolera de trescientos cincuenta y ocho días al año. ¿Te crees que de verdad quiero que vengas a pasar el fin de semana a la sierra pudiendo descansar de ti?

—Espera. ¿Trescientos cincuenta y ocho? Un año no tiene esos días. ¿No fuiste a clase el día que lo enseñaron en el cole?

—No, reina. Los siete días que faltan son los que tengo la suerte de no verte la cara, cosa que agradezco un montón.

—Pero… —Se calla de golpe, como si su mente estuviese tratando de encontrar algo grande que decir. Y lo encuentra, vaya que si lo encuentra—. A ti lo que te pasa es que te acojona la idea de que yo vaya y tengas que fingir durante más de un rato que estamos enamorados.

Me echo a reír en cuanto termina de hablar.

¿Que a mí qué?

—No puedes ser más ridícula, Martina. —Tiro de la camiseta hacia arriba, me la quito y la lanzo al suelo, justo al lado de sus pies—. Se me da de puta madre fingir. Quizá eres tú la que está acojonada ante la perspectiva de tener que pasar un fin de semana fingiendo que estás enamorada de mí.

Se hace la ofendida abriendo la boca. También se cruza de brazos mientras me mira sin pestañear. Yo sé que he metido la pata nada más terminar de hablar. Pero ya es demasiado tarde como para rectificar. Solamente espero que Martina no se lo lleve al otro terreno. Al pantanoso.

—Eso es mentira.

Noto cómo duda hacia dónde dirigir la mirada durante una milésima de segundo.

—¿Sí? Pues demuéstralo. —Comienzo a desabrocharme el botón de los tejanos y a bajarme la cremallera sin mirarla. Necesito hacer lo que sea para olvidar lo que acabo de decir. Y lo único que se me ocurre es ponerla nerviosa con mi cuerpo—. ¿Te quedas o te vas?

17

MARTINA

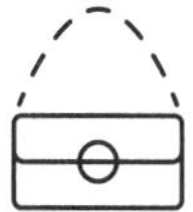

—Te echaré un montón de menos cuando te vayas.

Gala hace un puchero mientras mastica una de las *gyozas* que se acaba de meter en la boca, sin poder evitar que una gota de soja le baje por una de las comisuras de sus labios. Pero es que ni eso le queda mal. La tía es guapa de narices y hasta un chorretón de salsa en la cara le favorece.

—Que no trabaje contigo no significa que no nos vayamos a ver más. —Sonrío con un poco de pena, torciendo la cabeza—. Además, te podré conseguir habitaciones en el VP a un precio de fábula.

—Espero que te sigas acordando de mí cuando seas la jefa del hotel —dice todavía con la boca medio llena.

Me echo a reír ante la ocurrencia que acaba de tener.

—Que vaya a trabajar en un hotel de lujo no significa que mi vida se vuelva de lujo.

Gala, una vez que traga, se echa a reír conmigo.

—Yo solo digo que, cuando te puedas permitir que alguien te cocine *gyozas* caseras cada vez que quieras, te acuerdes de mí.

Decido tragar involuntariamente lo que me quedaba en la boca sin apenas haber masticado. Evidentemente, y como era de esperar, casi me atraganto. No he podido evitar acordarme de Víctor, la única persona que se ha molestado en prepararme *gyozas* caseras. Agarro la copa de vino que tengo delante y, al pegarle un trago, siento que mi garganta va a explotar y que me convertiré en un aspersor de masa y líquido rojo.

—¿Se puede saber qué te pasa? —pregunta Gala al ver que no hay respuesta por mi parte a lo que acaba de decir. Pero es que ¿qué respuesta voy a darle? Si le digo que Víctor me preparó *gyozas* caseras en una ocasión, se volverá loca y me dirá por milésima vez «te lo dije». Así que contesto:

—Se me ha ido la comida por el otro lado.

Justo cuando termino de hablar, oigo que alguien trastea con las llaves en la cerradura de casa. Es ahí cuando entro en pánico y mi mente me ordena que eche a correr, pero mis piernas no responden. Me doy cuenta de que no hay marcha atrás en el momento en que la puerta se abre y veo, en primer lugar, a Víctor y, detrás de él, a Cristo.

—¡Hombre! —exclama Cristóbal, asomando la cabeza por encima del cuerpo de mi compañero de piso—. Pero si estáis aquí. Estás muy guapa de panda, Martina.

Me quedo mirándolo con una expresión que no se podrá intuir, gracias a Dios.

—Pues claro que estamos aquí —suelto—. Ya le dije a Víctor que estaríamos en casa. La cosa está en… ¿qué hacéis vosotros aquí?

Recuerdo perfectamente que le expliqué a Víctor que iba a quedarme en casa con Gala y que él me dijo que se iría por ahí con Cristo y que no volvería hasta entrada la noche. Por esa misma razón he decidido ponerme una mascarilla en la cara de panda —aunque, más que un panda, parezco un ser diabólico— para hidratarme el cutis que, por culpa de Víctor, se me está resecando cada día más.

—Cambio de planes —dice este cerrando la puerta y quitándose la chaqueta—. No había sitio donde queríamos ir y hemos decidido pillar unas pizzas para cenar aquí.

—Ah, ¿sí? ¿Y las pizzas? No las veo por ninguna parte.

—Tienen que llegar.

Víctor, como cabía esperar, se empieza a reír de mí sin tapujo alguno.

—Espera, espera, espera —dice esta vez Cristo echándole un ojo a la comida que queda en la mesa—. ¿Eso de aquí son *gyozas*?

—Eh…, ¿sí? —responde Gala con una mueca que significa «¿es que no lo ves?».

Cristo rodea el sofá, estira el brazo para pillar una y, tras mojarla en la poca salsa de soja que queda, se dispone a metérsela en la boca.

—¡Oye! ¡Que no son para ti! —grita mi amiga.

Dejo a Cristo tratando de comerse la *gyoza* y a Gala tirándose prácticamente encima de él para evitar que lo haga y me voy al baño para quitarme la mascarilla de la cara. Si van a estar estos dos aquí, al menos quiero estar un poco presentable. Ya no por Víctor, que me ha visto de todas las maneras posibles, sino por Cristo. Él no tiene culpa de nada.

Estoy esparciéndome el producto sobrante que se me ha quedado en la cara tras quitar la tela de la mascarilla cuando oigo un par de golpes en la puerta, justo detrás de mí. Abro los ojos y veo a Víctor, apoyado en la puerta, observándome a través del espejo.

—He cogido una pizza de más por si queríais comer un poco.

Me quedo mirándolo durante más de dos segundos sin saber la razón.

—Gracias, pero no hacía falta.

—Como queráis, solo venía a avisar.

Vuelvo a mirarlo con los ojos medio abiertos porque de verdad me había logrado relajar con el minimasaje facial que me estaba haciendo, hasta que ha llegado a molestarme por segunda vez en menos de cinco minutos. ¿Qué quiere ahora?

—Vale, ya has avisado. ¿Te puedes ir?

Suspira y yo me seco las manos en la toalla que tengo sobre el lavamanos. Está claro que no va a dejarme en paz.

—Oye, Martina, ¿por qué estás tan borde conmigo? ¿Se puede saber qué te he hecho?

Me quedo mirándolo sin saber qué responder, como cada vez que he tenido que decir algo en los últimos diez minutos. Por suerte, se me enciende la bombilla antes de que sea demasiado tarde y le escupa la verdad a la cara.

—Aparecer en casa con tu amigo cuando se suponía que no ibais a venir.

—¿Y qué pasa? Es mi casa también. De hecho, es más mía que tuya.

—¡Pero no contaba contigo!

—¿Y qué? —dice con esa media sonrisa que me cabrea tanto, y añade estirando el brazo para tocarme la nariz con la punta de un dedo como si fuese una cría de tres años—: ¿Es que te da vergüenza que te haya visto con cara de panda?

—No es peor cara que la que tienes tú todos los días.

—Eh, un respeto a tus mayores, reina.

—Puede que seas mayor que yo, pero en madurez no me ganas.

Ahora no le vale únicamente con el brazo. Da un par de pasos hacia mí y, cuando me doy cuenta, lo tengo más cerca de lo que debería, mirándome con esa cara de chulo prepotente que tiene siempre. Y, aun así, yo solo puedo fijarme en sus ojos y en cómo me observa.

—Si tan madura eres, dime qué te pasa de verdad conmigo.

Yo ya he terminado con lo que he venido a hacer al baño. De hecho, hasta tengo la cara completamente seca, así que no sé qué seguimos haciendo aquí los dos solos, mientras Cristo y Gala siguen peleándose por las últimas *gyozas* que quedan sobre la mesa.

—Oye… De verdad que no me pasa nada.

—¿Y por qué no te creo?

—¿Porque eres estúpido?

Suelta una carcajada algo irónica, inclinándose ligeramente hacia atrás, y luego vuelve a mirarme mientras coge un mechón de mi pelo y lo enrolla en su dedo.

—Martinita, Martinita… Con lo bien que estaba yendo esta conversación.

Diría que estoy a punto de responderle cualquier cosa malsonante, pero la verdad es que me ha dejado sin palabras. No quiero ni pensar a qué se ha podido referir. Porque lo único que ocupa mi mente ahora mismo es la forma en la que me está mirando y en cómo sus labios se han curvado un poquito hacia arriba.

No sé cuánto tiempo llevamos aquí de pie, en el baño, si la última *gyoza* se la ha comido Gala o Cristo o si nos han preguntado qué hacemos que tardamos tanto, porque no dejo de recordar todos esos días en los que les pedía a mis padres ir a casa de los Pardo para jugar con Víctor. Qué irónico que esa misma chica que quería estar con él las veinticuatro horas del día ahora esté «saliendo» con él a pesar de que lo detesta a más no poder. No tengo ni idea de qué pensaría la Martina adolescente y tampoco sé si quiero saberlo.

Ahora sí, estoy a punto de decirle algo, cuando el timbre de casa suena y oigo a Cristo de fondo gritar:

—¡La pizza está aquí!

Víctor me lanza una última mirada que es mejor no descifrar y sale del baño tras gritar:

—¡Voy yo!

Mientras abre la puerta y coge las pizzas que le da el repartidor, yo me tomo un par de segundos para respirar hondo y recuperar el sentido de la orientación.

Salgo del baño y me encuentro con Gala y Cristo, que están en el sofá y parece que han firmado una tregua. Me froto la nariz al sentarme, no porque tenga ganas de estornudar ni porque me pique, sino porque, nada más salir del baño, me he tragado el olor que ha dejado Víctor y todavía lo tengo metido en las fosas nasales. Por primera vez en mucho tiempo, lo único en lo que he sido capaz de pensar ha sido: «¿Víctor Pardo siempre ha olido tan bien?». Entonces he recordado todas esas ocasiones en las que he tenido que arrugar la nariz porque no quería que su aroma se colase en mi interior, y de inmediato me he respondido a mí misma: «Sí».

18

VÍCTOR

Estoy empezando a quedarme dormido cuando un ruido extraño me hace abrir los ojos y fruncir el ceño. Viene de la habitación de Martina, sin duda. Doy un par de toquecitos en la pantalla del móvil, que he dejado sobre la mesita de noche hace un rato, y veo que son las tres y pico de la mañana. ¿Qué hace esta chavala despierta?

Me incorporo un poco en la cama y agudizo el oído para identificar el ruido. Tras unos segundos completamente inmóvil, para evitar incluso el murmullo de las sábanas, detecto un sonido parecido al del ventilador que ponemos en verano cuando las noches nos ahogan. Lo descarto automáticamente porque ya estamos en noviembre y calor, lo que se dice calor, no hace. Más bien hace un frío de dos pares de cojones.

Me quedo un segundo más sin moverme hasta que caigo en la cuenta de lo único que tiene un ruido parecido al de un ventilador y que Martina podría estar usando a las tres y pico de la mañana.

Como si me acabase de caer un hechizo encima, noto que una sensación extraña se apodera de todo mi cuerpo. Los músculos se me tensan, el corazón se me acelera y la parte del cuerpo que hay justo debajo de mi ropa interior se despierta y me deja claro que ella también se está enterando de todo.

¿Puedes dejar esa maquinita un rato?

¿Qué maquinita?

No te hagas la tonta…

Es que no sé de qué me hablas.

Acuéstate, anda.

No eres la primera chica con la que salgo, ¿sabes?

Y tú eres suficientemente lista como para saber de qué te hablo.

¿Me acerco y te ayudo? 😉

1. Sabes que NO eres mi novio de verdad.
2. ¡Eres un cerdo!
3. Deja de escuchar a través de la pared. No sé si lo sabes, pero eso te convierte en un PERVERTIDO.
4. BUENAS NOCHES.

Joder, sí, que estás inspirada para teclear. 🤨

He de reconocer que yo no sé si sería capaz.

Bueno, a lo que iba… ¿Voy? 🤔

Puedes irte, sí. A LA MIERDA.

Qué malhablada, Martina…

Eso es que no lo estás haciendo bien,
no te estás relajando de verdad.
Déjame enseñarte, anda.
Lo digo por tu bien. 😎

Ya no me sale el «en línea» de Martina, pero tampoco oigo el ruido de su juguete sexual que llegaba a mi habitación hace unos segundos. ¿Silencioso?, mis cojones. Lo que sí me llega es la voz de Martina chillando sin importarle tres pimientos que sean las tres de la mañana.

—¡¿Quieres dormirte de una maldita vez, pedazo de pesado?!

—¡Me has desvelado! —grito de vuelta.

No me hace falta escuchar salir de su boquita un «yo también, y ahora me he quedado a medias» para saber que está frustradísima. No la juzgo. Estoy frustrado hasta yo y no era el protagonista de la fiesta...

Bufa sonoramente a modo de respuesta y escucho un cajón cerrarse. Se acabó la fiesta por esta noche. Eso es lo primero que pienso, pero lo segundo que se me pasa por la mente es darle un poco de acción a esta noche.

Como ya no tengo sueño, dudo que pueda volver a dormirme, y Martina no es la única que se ha quedado con ganas de más, así que aparto el edredón y busco las zapatillas con los pies. Salgo de la habitación y no me hace falta dar más de dos pasos para colocarme frente a la habitación de Martina y golpear un par de veces la puerta antes de posar la mano sobre la manilla.

—¿Estás vestida?

—¡Lárgate, Pardo!

—Después no digas que no he preguntado —digo, todavía con la puerta cerrada, pero empujando la maneta de metal hacia abajo lentamente.

—¡Espera! —chilla de nuevo.

Mi mano se queda quieta haciendo fuerza hacia abajo y, tras darle los cinco segundos reglamentarios en los que cualquier persona es capaz de subirse las bragas y los pantalones, empujo la puerta. No voy a mentir, en el fondo he deseado que hubiese necesitado más de cinco segundos y la hubiese pillado con la camiseta a medio poner.

Para mi desgracia, lo primero que veo es a Martina metida en su cama, tapada hasta el cuello, y con las manos en el borde del edredón como una ardilla. La habitación está iluminada por la lámpara de sal que tiene encendida en su mesita de noche. Lo que más me sorprende no es que se intente esconder de mí, sus mejillas sonrojadas o que se haya estado masturbando con la luz encendida. Lo que más llama mi atención es el olor a fresa que hay en el ambiente y que, desde que he entrado, he querido percibir con más de un sentido.

—¿Qué quieres?

—Me siento culpable por haberte cortado el rollo.

—Vale. Disculpas aceptadas. Ahora... ¿te vas?

—De verdad, lo siento un montonazo —confieso, exagerando mi tono de voz de una forma brutal, llegando incluso a dramatizar—. Por eso estoy aquí. No quiero que te vayas a dormir con un mal sabor de boca.

Doy un par de pasos hacia ella, tratando de mantener mi cuerpo bajo control. Porque, aunque intento fingir que estoy de broma, nunca he dicho nada tan en serio.

—Víctor, lárgate.

—¿No quieres que te ayude a dormir bien?

Me acerco a ella y me detengo justo cuando mis piernas rozan su cama. Ahora que estoy más cerca, Martina se tapa todavía más con el nórdico, de forma que solo puedo ver sus ojos, que no dejan de mirarme. En este momento es cuando me alegro de que su habitación esté prácticamente a oscuras y que la única luz que hay no sea capaz de iluminar la zona de mis partes íntimas. No quiero que Martina piense que oírla ha causado algún efecto en mí. Quiero que piense que solo estoy bromeando.

—No seas cerdo y métete en tus asuntos. Para Navidad te regalaré tapones para los oídos. A ver si así me dejas vivir mi vida en paz. Que luego yo escucho cómo te tiras a tus ligues y aquí nadie dice nada.

—Claro, porque tu vena cotilla hace que quieras escuchar a través de la pared. No como yo, que lo escucho sin querer.

—¡Ja! Eso no te lo crees ni tú, payaso. No todos somos igual de pervertidos.

Doy otro paso más hacia delante y me inclino ligeramente. Me muerdo la lengua para no soltarle: «Es cierto, tú lo eres más». En compensación, agarro el borde superior del edredón que tapa la cara de Martina y lo bajo muy despacio sin que ella oponga resistencia, lo cual me sorprende gratamente. Lo aparto lo justo y necesario para verle la cara entera, ni más ni menos. Es entonces cuando, sin poder retener más las palabras que me arden en la garganta, me paso la lengua por los labios, la miro de nuevo a los ojos y suelto:

—Apuesto a que tú lo eres más que yo.

De debajo del edredón emana un fuego que me achicharra las mejillas. Y eso, mezclado con cómo me mira Martina, está logrando que esté a punto de estallar, de mandarlo todo a la mierda y de colarme en su cama para hacerle cualquier cosa. Pero sé que, si me atrevo a meter una extremidad de mi cuerpo dentro de esta cama, es más que probable que acabe amputada. Así que solo me queda seguir jugando y tentando a la suerte.

Martina, para mi sorpresa, se destapa más y se incorpora. Para mi desgracia, está completamente vestida. Lo que no me coge por sorpresa es que me agarre por el cuello de la camiseta, tire de mí hacia ella y se coloque a escasos centímetros de mi boca.

Paso la lengua por mis labios con el corazón latiéndome a toda velocidad.

—Lástima que nunca lo vayas a averiguar.

La tengo tan cerca que he de concentrarme en mi respiración y contar hasta diez para no besarla. Me contengo porque sé que, si la beso, me voy a llevar algo más que un bofetón. Pero, como la noche es larga y no puedo dejar pasar una oportunidad así, no me marcho de su habitación sin intentarlo una última vez. Como dicen: «De perdidos, al río».

—Ahí va mi última propuesta, reina. —Martina cierra los ojos y, tras abrirlos lentamente, los clava de nuevo en los míos—. ¿Quieres que convierta esta noche en una de las más memorables de tu vida? ¿O prefieres que coja la puerta y me vaya por donde he venido como si nada de todo esto hubiese pasado? Tú decides.

—Víctor… —susurra mi nombre tan pero tan cerca de mí que casi creo que en realidad lo ha dicho en su mente y no en voz alta—, vete, por favor.

Esas tres palabras son como un jarro de agua fría. Me traen de vuelta a la realidad. Nunca podrá haber nada entre Martina y yo. Todo esto no ha sido más que un estúpido juego que no iba a acabar bien.

No me soporta, me odia desde que me burlé de ella en el instituto y seguirá odiándome el resto de su vida. Quizá todo se hubiese solucionado con un «perdóname por haber sido el gilipollas número uno contigo» a tiempo, pero a veces el orgullo pone barreras que uno no es capaz de sobrepasar.

Me alejo de sus labios y de su cuerpo para hacer lo que le he hecho que haría si ella rechazaba mi propuesta. Ha sido mi última propuesta. Y ella la ha rechazado. Ahora no me queda más remedio que coger mi orgullo, la erección que lleva conmigo todo este rato, y marcharme a mi habitación.

Una vez que me encierro en mi lugar seguro, lejos de Martina y de lo que ha estado a punto de pasar, decido ponerle fin al dolor de pelotas que no puedo soportar más.

Si Martina no ha querido empezar una fiesta, me la monto yo solo.

19

MARTINA

No sé en qué momento decidí que sería buena idea dejarme arrastrar a un fin de semana en la sierra con los padres de Víctor. Si solo hubiésemos sido él y yo, pues todavía; él por su lado y yo por el mío. Pero con sus padres ahí estoy condenada a fingir más tiempo del que creo ser capaz que estamos viviendo una maravillosa historia de amor. Sobre todo después del acontecimiento del cuaderno y después del casi orgasmo que me provocó con tan solo tenerlo a centímetros de mí.

Hace quince minutos, Víctor me ha dicho que en cinco me quería abajo. Qué lástima que yo sus deseos nunca los cumplo. Estoy terminando de cerrar la maleta cuando veo una llamada entrante en mi móvil. Me acerco a la cama, que es donde lo tiré hace un rato, y veo el careto de Víctor en la pantalla. ¿En serio me está llamando?

—¿En serio me estás llamando? —suelto nada más descolgar.

—¿En serio estás tardando un siglo para cerrar una maleta y bajar?

—Es que se me habían olvidado un par de cosas —miento.

—Pues espabila, quiero llegar antes de las doce de la noche.

Termino de darle el último achuchón a Flusflis. Sé que nada más estará sola dos días y que no le pasará nada. Le he llenado dos cuencos de comida y otros dos de agua. Además, Gala me ha dicho que se encargará de que no le falte de nada mientras nosotros estemos fuera. Bueno, me lo ha dicho después de flipar y ahogarse con el ramen que hemos ido a comer. Digamos que no se esperaba que le dijera que me iba a ir a la sierra con Víctor y sus padres.

—¿Martina? ¿Puedes bajar de una vez? ¡Nos tenemos que ir!

—Que ya voy, pesado.

Le cuelgo.

Me guardo el móvil en el bolsillo trasero del tejano, me pongo la chaqueta para no cargar con más cosas, me lío la bufanda en el cuello de mala manera y, con el bolso colgando de un brazo, arrastro la maleta hasta el rellano. Cojo el ascensor rogando que no se me caiga nada. Cuando se abre en la planta de abajo, veo a Víctor sujetando la puerta del edificio con el cuerpo.

—Por fin —dice, anclando la puerta con un tope que tiene y acercándose a mí para ayudarme con la maleta—. ¿Se puede saber qué llevas aquí dentro?

«Muchos por si acaso», pienso.

—Cosas totalmente necesarias.

Después de meter la maleta en el maletero y apretar un botón para que este se cierre —igualito que el mío, nótese la ironía—, se toma un par de segundos para echarme un vistazo y no puede evitar soltar una minicarcajada.

—¿De qué te ríes?

—De ti. ¿Te has mirado al espejo?

—¿Qué pasa? —Me inclino hacia uno de los cristales cromados de la parte trasera del coche de Víctor y veo que la bufanda me rodea prácticamente la cabeza entera como si fuera el espumillón y yo un árbol de Navidad—. ¡Vale! Es que no me has dejado ponérmela bien con tantas prisas, míster agobios.

—Ahora la culpa será mía. —Niega con la cabeza y rodea el coche mientras yo me quito la bufanda y el abrigo. Abro la puerta de atrás y lo dejo todo en el asiento—. Anda, sube y ponte cómoda, reina, que tenemos un rato de carretera.

Víctor apaga el motor del coche, pero no me doy cuenta hasta que lo veo saliendo de él. No sé qué me ha dejado más impactada, si la majestuosidad de casa que tenemos delante o la forma de rugir de mi estómago. Desconozco si es debido al hambre que ya comienzo a tener o a los nervios que me suben de abajo arriba.

La casa es de piedra blanca con un jardín enorme. A nuestra izquierda hay una mesa en la que me encantaría sentarme a cenar si no fuera porque hace un frío invernal, y más aquí arriba. También hay un árbol con una hamaca perfecta para pasar las tardes de verano. O primavera más bien, que los veranos de ahora son ahogantes.

Nunca había tenido la oportunidad de venir a la casa de montaña de los Pardo. No porque no me hayan invitado, porque lo han hecho en diversas ocasiones. Más bien es porque o bien siempre la tienen alquilada —su ajetreada vida en la capital no les deja demasiado tiempo libre y sería un despropósito dejarla cerrada—, o bien yo siempre he negado mi asistencia. Porque recordemos que yo odio a Víctor Pardo. Y todo lo que sea compartir espacio con él, si me lo puedo evitar…, mejor. Solo que ahora se supone que estoy enamorada de él. Así que por fin tengo el placer de conocer la famosa casa de la sierra.

La madre de Víctor sale por la puerta de entrada y nos saluda con una sonrisa en la cara.

—¡Hola, chicos! —Me giro para buscar a su hijo, mi compañero de piso, mi falso novio, llámalo como quieras, con la mirada. Está en la parte trasera del coche sacando las maletas.

«Vamos, Martina, llegó el momento de ponerte tu traje de actriz».

—¡Hola, Verónica!

Salgo del coche e inmediatamente abro la puerta de atrás y cojo la chaqueta y la bufanda del asiento trasero.

—Joder, qué frío hace aquí —susurro.

—¿Qué te pensabas estando a finales de noviembre en la sierra de Madrid? —dice Víctor.

—¿Y yo qué sé? Nunca he estado en la sierra.

—¿Nunca? —Niego con la cabeza poniéndome la bufanda, esta vez bien—. Siempre hay una primera vez para todo, Martinita.

Ignoro la forma en la que me ha llamado porque para qué voy a cabrearme si siempre termina haciendo lo que le dé la gana.

Víctor se cuelga su mochila a la espalda y también se encarga de mi maleta, y empezamos a acercamos a donde Verónica está esperándonos con un delantal precioso puesto.

—Pégate un poco a mí —susurra Víctor sin vocalizar demasiado—. Deja que te pase el brazo por los hombros al menos. Tienes que comenzar a ser más cariñosa conmigo si quieres que mis padres se traguen lo nuestro.

—Esto no es buena idea.

—Esto lleva sin ser buena idea desde que comenzó.

Seguimos susurrando porque no queremos que su madre nos oiga, pero ahora estamos mucho más cerca el uno del otro porque él me tiene cogida por los hombros. Noto su cuerpo demasiado próximo al mío, emanando un calor al que no estoy acostumbrada, y un escalofrío me recorre de arriba abajo. Por suerte, la distancia que nos separa de Verónica no es muy grande y, una vez que llegamos a su altura, tengo una excusa perfecta para alejarme de Víctor.

—Tenéis una casa preciosa —digo lanzándome hacia ella para darle un cálido abrazo—. Muchísimas gracias por invitarme.

—¿Qué menos? Lo que todavía no entiendo es por qué Víctor no te había hablado de ella antes ni te había invitado. Hace ya unos cuantos años que la tenemos.

Su sonrisa es tan bonita que no quiero girarme para mirar a su hijo. Por eso y porque últimamente mirarlo me cuesta más que de costumbre.

—Cosas inexplicables de Víctor.

Ahora sí, le lanzo una mirada y me lo encuentro con una ceja alzada.

—¿Entramos o qué? Hace frío aquí fuera.

—Claro, claro. ¡Adelante! —Cuando pasamos por su lado le da un beso en la frente a su hijo poniéndose ligeramente de puntillas—. Tu padre está en el despacho, ve a saludarlo.

Víctor asiente y vuelve a ponerme el brazo sobre los hombros.

—Vamos a saludarlo y después te enseño mi habitación. —Me lanza una mirada y sonríe—. Quiero decir, nuestra habitación. En esta casa solamente hay dos.

—¿Tanta casa para solamente dos habitaciones?

—Claro. No te haces una idea de cómo son. Además, ¿para qué tener más?

Suspiro mientras sigo los pasos de Víctor hacia dondequiera que esté el despacho de su padre.

Espero que al menos la cama sea doble y de las que se pueden separar.

20

VÍCTOR

Que conste que, si hubiese tenido la posibilidad de dormir en otra habitación, lo habría hecho sin dudarlo ni siquiera un segundo. Pero aquí no me invento yo la arquitectura de la casa. Es verdad que solo hay dos habitaciones, y también es verdad que solo hay dos camas. De tamaño extragrande, sí, pero dos camas, al fin y al cabo. Y estoy seguro de que mis padres no se ofrecerán a pasar la noche en el sofá para que nosotros durmamos separados. Y menos cuando somos la pareja del año. Mis padres no son esa clase de padres que esperan que su hijo se mantenga virgen hasta el matrimonio.

—Y aquí es donde dormirá, su majestad —digo tras abrir la puerta de la última habitación que nos faltaba por ver.

—Donde dormiremos, querrás decir.

—Pensaba dormir en el suelo como buen caballero y dejarte la cama para ti sola, pero ya que insistes…

Me acerco un poco a ella, más por picarla que por otra cosa, y no se lo toma demasiado bien. Da un paso hacia atrás, queriendo alejarse de mí a toda costa, y se queja en cuanto su espalda choca con la cómoda de madera que hay tras ella.

—Eres imbécil.

Se aleja frotándose el lugar de su espalda que ha impactado contra la madera. Avanza un par de pasos y observa con detenimiento la habitación.

Como ya he dicho, esta casa solo tiene dos dormitorios. Tampoco es tan grande como para tener muchos más. Tiene dos plantas y la de arriba es, básicamente, para las dos habitaciones con sus respectivos baños. Así que imaginad las dimensiones. Tampoco hemos necesitado más nunca. Si ellos venían con amigos, yo me quedaba en Madrid, y, si yo venía con alguien, quienes se quedaban en Madrid eran ellos. No coincidimos demasiado en amistades.

—¿Todo esto es solo para dormir? —pregunta Martina después de dar una vuelta de trescientos sesenta grados.

—Bueno, en una habitación se hacen más cosas aparte de dormir… —Río.

—¿Lo cerdo que eres ya viene de serie o cada año que pasa lo eres más?

—Cada segundo que pasa lo soy más.

Le guiño un ojo y Martina suelta un bufido, como de costumbre.

No puedo evitar reírme; me hace mucha gracia verla cabreada. Por esa razón no puedo guardarme en el bolsillo todas las cosas que le digo. Víctor Pardo, mecánico de oficio y tocapelotas de pasatiempo.

Martina camina hasta la cama y se deja caer en ella tras comprobar con la mano si el colchón cumple sus funciones. Estoy a punto de soltar otro comentario de los míos, pero me muerdo la lengua. No quiero llevarme un bofetón antes de tiempo.

—Qué comodidad. —Está tumbada con la espalda tocando la cama y las piernas colgando por el borde. Su pelo se esparce por la colcha blanca y sus manos se quedan inmóviles a ambos lados de su cara. Allí tirada, parece muy pequeña. No tarda mucho en incorporarse y mirarme con el pelo despeinado—. Al menos es grande.

—Tranquila, que, si tú quieres, no te darás cuenta ni de que dormimos juntos.

—Eso espero, porque no tendré ningún pudor en apartarte a patadas.

—Tú siempre tan cariñosa.

Me sonríe de esa forma tan agria que tiene ella de sonreír cuando algo no le parece bien y se levanta de la cama. Va hasta donde está su maleta y la tumba en el suelo para abrirla.

—Voy a ponerme algo cómodo. ¿Te importaría marcharte? —Me mira por encima del hombro, en cuclillas en el suelo.

—Pues teniendo en cuenta que esta es mi habitación… Sí, me importa. —Me siento justo donde estaba ella hace unos segundos y apoyo las manos en el colchón unos centímetros por detrás para luego inclinarme sobre mis brazos—. Es más, estaré encantado de ver qué ropa te pones. Te puedo aconsejar, si quieres. Ventajas de conocer el lugar y el clima.

—Ya, claro. Seguro que te quieres quedar para aconsejarme sobre cuántas camisetas térmicas debo ponerme. Tenías razón, a cada segundo que pasa eres más cerdo.

Le sonrío y estoy a punto de contestarle que todavía no lo ha comprobado cuando la voz de mi madre suena escaleras abajo.

—¡La cena está casi lista!

—¡Ya bajamos! —grito a modo de respuesta—. Últimamente no haces más que salvarte por la campana.

—En algo me tendrá que acompañar la suerte.

Una vez terminada la cena y el postre, fuimos a la salita —o segundo comedor— de la casa, donde hay dos sofás y sillones de cuero con una chimenea y un mueble con un televisor. Mi padre ha encendido la chimenea, que, junto con la calefacción, calienta la casa entera. Las paredes están plagadas de ventanales, que de día nos dejan contemplar todo el paisaje verde que nos rodea. Aun así, ahora mismo se oculta entre la oscuridad.

Están dando una película en la tele y así es como me estoy sintiendo ahora mismo, como si estuviera dentro de una maldita película romántica.

Martina y yo ocupamos un sofá entero. Yo estoy sentado con los pies sobre la mesita que hay enfrente y ella tiene las piernas estiradas en lo que queda de sofá mientras se apoya en mi hombro. Mis padres están más o menos en la misma posición en el sofá que hay junto a nosotros. Solo que ellos no tienen que fingir estar cómodos.

A ver, en realidad, ahora mismo, justo en este instante, no voy a decir que esté incómodo. Aunque intente hacerle saber a Martina que no la soporto, en realidad no me disgusta demasiado su compañía, siempre y cuando esté soportable. De hecho, incluso podría decir que estoy a gusto.

No es hasta la primera pausa publicitaria que me doy cuenta de que Martina está sobadísima. Respira tan profundamente que no necesito mirarle la cara para saber que ha caído rendida.

—Cariño —dice mi madre—, nosotros nos vamos ya a dormir. Quedaos el tiempo que queráis, pero acuérdate de la chimenea.

Podría haberles dicho que no se preocupen, que nosotros también nos vamos ya a dormir. Pero, en vez de eso, lo único que hago es asentir con la cabeza y hacerles un gesto con la mano para que se marchen tranquilos. La cuestión es que no sé por qué lo he hecho. Martina está durmiendo y, para descansar aquí, podría hacerlo en la cama. Pero, por alguna razón que desconozco —o pretendo ignorar—, quiero quedarme un rato más así, sin gritos ni sonrisas sarcásticas de por medio.

Sin saber cómo ni por qué acabo con el brazo por encima de su cuerpo, acariciándole la cabeza mientras la película avanza y yo me pierdo en ella. Hasta que Martina se mueve bajo mi brazo y abre los ojos lentamente, volviendo así el huracán que tiene dentro.

—Mmm… —murmura—. Creo que me he dormido.

—Sí, eso creo.

Sigo con la mirada clavada en la pantalla porque me avergüenza mirarla. Como si, al hacerlo, desvelase lo que acaba de pasarme.

—Víctor… ¿Qué haces?

—¿Qué?

Es entonces cuando me vuelvo hacia ella y me doy cuenta de que sigo con los dedos liados entre sus mechones, acariciándole la cabeza.

«Mierda».

—Nada. —Alejo la mano de ella todo lo rápido que puedo y me levanto del sofá, rascándome la cabeza, como si de repente me hubiese dado urticaria—. ¿Vamos a dormir? Es tarde y estoy cansado.

Miro de reojo a Martina y veo que se levanta del sofá y se despereza estirando los brazos. Al hacerlo, la sudadera que lleva —a pesar de ser dos o tres de tallas más grande que la suya— se le sube un poco y puedo ver parte de su tripa. Aparto la mirada tan de golpe que noto un crujido en el cuello.

«¿Qué cojones te está pasando, Pardo?», me digo a mí mismo. Porque no me reconozco. ¿Es que mi madre me ha echado algo en la comida que me está haciendo comportarme como un tonto enamorado? Bueno, quizá la palabra «enamorado» es una exageración. Que solo le he estado acariciando la cabeza. Que solo me he fijado en cómo se le ha subido la sudadera. Como si nunca hubiese hecho eso…

—¿Víctor?

—¿Qué?

—¿Puedes responderme? Cualquiera diría que estás sordo… No dejo de repetirte las cosas.

—Es que ya me he acostumbrado a ignorar las voces repelentes como la tuya —ataco como si así dejase de tener importancia lo que me acaba de pasar.

—De verdad, chico, qué bipolar eres. —Bufa y sale del salón para ir a la cocina—. Ya busco yo las cosas, tranquilo.

—Pero ¿qué quieres ahora?

—¡Un vaso de leche! Te lo he dicho hace un minuto, pero, como eres un flipado que «ignora las voces repelentes», pues tendré que comenzar a usar un modificador de voz para que me prestes atención.

«La verdad es que no hace falta. De hecho, te presto demasiada atención».

La sigo a la cocina y dejo que continúe revolviendo por todos los cajones y armarios a los que llega mientras yo abro una puerta y saco una taza; abro otra y saco un bote de cacao, y abro la nevera y saco un cacharro de cristal con leche vegetal.

—No sabía que tus padres tomasen bebida de avena.

—Es que no la toman.

—¿La han comprado para mí?

No respondo. No porque no sepa la respuesta, sino porque no quiero decirle que fui yo quien les recordó que Martina no tomaba leche de vaca, ni de oveja ni de ningún animal.

—¿Dos o tres de cacao?

—Tres.

—Te va a dar un subidón de azúcar —comento mientras vierto la tercera cucharada de cacao en la taza fría, porque Martina odia la bebida vegetal caliente, sea verano o invierno, y remuevo con una cucharilla.

—Déjame que me endulce con algo. Recuerda que tengo que convivir contigo todo el fin de semana, así que necesito azúcar si no quiero llegar amargada a Madrid.

—¿Más que de costumbre? —Le lanzo una mirada por encima del hombro y me siento más tranquilo al notar que el Víctor de siempre ha vuelto al ruedo.

Martina, con toda la mala leche que es capaz de albergar en ese diminuto cuerpo, me arrebata la taza de las manos y termina de remover la leche y el cacao.

—Gracias.

—Lo que sea por la reina de la casa.

Me largo de la cocina y dejo que Martina se tome el segundo postre con tranquilidad.

Subo las escaleras sin prisa alguna y me encierro en el baño en cuanto llego a la segunda planta. Tras cerrar la puerta con pestillo, me miro en el espejo y veo que tengo las pupilas más dilatadas de lo normal. «¿Qué coño me está pasando?», me pregunto. Trato de buscar una respuesta sensata, acorde, lógica, pero no encuentro nada.

Me lavo la cara y los dientes antes de abrir la puerta y darme de bruces con Martina.

—Hostia, tía.

—¡Eso digo yo! —se queja frotándose la frente con la que se ha comido mi pectoral—. ¿No puedes mirar antes de salir del baño como si tuvieras un petardo en el culo?

—¿Y tú puedes dejar de ser tan silenciosa? Qué susto me has dado, joder.

—Anda, aparta, que me hago pis.

Me empuja para que salga y entra medio corriendo al baño. Yo aprovecho para quitarme la ropa y ponerme el pantalón de pijama que saco de la mochila. Estoy colocándome bien el elástico sobre las caderas cuando la puerta del baño se abre y aparece Martina escurriéndose una gota de agua que cae por la comisura de su labio.

—¿Piensas dormir así?

—¿Así cómo?

—Sin camiseta —dice entonándolo como si realmente fuera una pregunta.

—¿Cómo te piensas que duermo en casa?

—Pues... así. Pero es que en casa no duermes conmigo. ¿No puedes ser un poco considerado y ponerte algo?

—¿Por qué? ¿Te molesta ver mis tremendos abdominales?

Aprieto para que se me marquen más y observo cómo la mirada de Martina se queda clavada en ellos para, después, empezar a ruborizarse tan ligeramente que, si no la conociese bien, ni me hubiese percatado de ello.

—¿Sabes? Haz lo que quieras. Total, no voy ni a rozarte con el pie. Ah, y quiero una almohada en medio.

—A sus órdenes, madame.

Martina bufa como un gato y coge el pijama que se ha dejado perfectamente doblado en la cama. Después, se mete en el baño para cambiarse. Cuando sale, yo ya estoy en la cama, tumbado boca arriba, con los brazos cruzados por detrás de la nuca y la dichosa almohada en medio.

—¿Así le parece bien, alteza?

—No me podría parecer mejor.

21

MARTINA

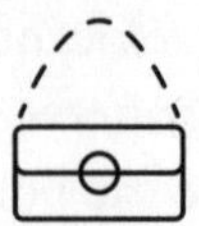

¿Casa en la montaña? Más bien yo diría palacio rural.

Cuando me despierto sin despertadores, tan solo con un par de pajarillos que han decidido salir a tomar el sol en alguna rama de un árbol no muy lejano, me siento renovada. No sé qué hora será, pero no escucho demasiado ruido en la planta de abajo, donde supongo que harán el desayuno. Giro sobre mi cuerpo y, en cuanto lo hago, choco con algo.

Por un momento siento que el corazón se me va a parar. Me alejo de lo que he tocado lo más rápido que puedo. «¿Y si todo está muy silencioso porque Víctor sigue durmiendo a mi lado?». Abro los ojos de golpe cuando me doy cuenta de lo que puede significar que haya chocado con algo. Vuelvo a respirar al ver que solamente se trata de la almohada que puso Víctor antes de que yo me metiera en la cama.

Uf.

Menos mal.

Gracias a Dios.

Me llevo una mano al pecho e intento tranquilizar mi pulso acelerado. «¿Por qué me ha afectado tanto que pudiese tratarse de Víctor? Y, si hubiese sido él…, ¿qué?», me pregunto a mí misma.

No me respondo. No porque no quiera, sino porque no encuentro respuesta lógica a las preguntas que yo misma me estoy haciendo.

Dejo de pensar y me levanto de la cama. A pesar del pijama que llevo —que es de los más abrigados que tengo—, cuando pongo un pie en el suelo, una fría corriente de aire me sacude de arriba abajo. Lo primero que hago es mirar hacia la puerta que hay a mi derecha. Ayer, cuando entré en la habitación, vi que llevaba a una especie de balcón que no pude distinguir bien. Era de noche y el cristal reflejaba lo que había dentro sin dejarme ver lo que había al otro lado.

No es necesario que me acerque a la puerta del balconcito para comprobar que la puerta está abierta. Evidentemente, tampoco hace falta que asome la cabeza para saber que Víctor está fuera. De todas formas, lo hago igualmente.

—¿No te enseñaron a cerrar las puertas porque se escapa el gato?

—Por fin se despierta la bella durmiente —dice expulsando el humo del cigarro. Yo me quedo en el marco de la puerta, cruzada de brazos debido al frío—. Ya era hora.

—¿Qué hora es?

—Las diez y media. —Me lanza una mirada rápida por encima del hombro.

—Tampoco es tan tarde —digo.

Y es verdad. Él se ha llegado a levantar a las tres de la tarde. Eso sí que es ser un bello durmiente. Víctor decide no responderme. Ni siquiera me mira. Únicamente me hace un movimiento con la cabeza para que me una a él.

—Hace frío, ¿sabes?

—El frío es algo mental. Una vez, en clase, un profesor me dijo: «El frío no existe, solo existe la ropa adecuada y la ropa inadecuada».

Frunzo las cejas mientras lo observo en silencio todavía con esa frase resonando en mi cabeza. ¿Qué narices ha querido decir con eso?

—Vaya, parece que te has levantado muy filosófico hoy, ¿no?

Se da la vuelta y, sujetando lo poco que le queda de cigarro entre los dedos, me dice:

—No. Me he despertado unas veinte veces esta noche porque no parabas de quitar la almohada de donde estaba colocada. Y no quería ser hombre muerto si te despertabas por la mañana y no la veías en su sitio.

Suspiro, sintiéndome aliviada, al notar al Víctor de siempre en esas palabras. No me gustaría para nada tener que lidiar con uno mucho más profundo ahora mismo. A pesar de ser las diez y media de la mañana.

—¿Entras o qué? Estoy comenzando a congelarme.

—Recuerda, solo existe la ropa adecuada y…

—Sí, y la ropa inadecuada —digo, repitiendo lo que me ha dicho hace unos minutos.

Como no podía ser de otra manera, sonríe, orgulloso de haber hecho mella en mí, y entra en la habitación, cerrando la puerta detrás de él. Todo esto sin dejar de mirarme, claro está.

—Date prisa. Te espero fuera.

«Dios, mío. Y pensar que me quedan dos días por delante…».

Comienzo por estar de los nervios tras pasar toda la mañana junto a Víctor en la casa.

—¿Aquí no hay pueblo que ver?

—Claro que sí. Y cosas superinteresantes. —Víctor está sentado en el sofá con los pies encima de la mesita mientras mira el móvil—. Una iglesia modernista, un cementerio muy chulo y el Museo del Agua, que es de lo más educativo. También hay un súper que se llama Comprin. ¿Te has dado cuenta de que te falta algo y quieres ir a comprarlo?

Lo contemplo con una cara de incrédula que, de tratarse de un concurso, yo me llevaría el primer premio. ¿Es que nunca se cansa de vacilarme? Parece ser que no, no me hace falta preguntárselo para conocer la respuesta.

—Ja. Ja. Muy gracioso. Solo quiero hacer algo que conlleve dejar de estar contigo en una misma habitación más tiempo del estrictamente necesario.

—Hay un parque de escalada, pero... —se calla un momento para mirarme de arriba abajo— no tienes mucha pinta de que te vaya eso de trepar por paredes. A ti se te da mejor reptar por el suelo.

—¿Y eso a qué viene?

—Por el veneno que sueltas por la boca.

Me inclino hacia delante para llegar a darle un golpe en el brazo. ¡Será posible!

—Como te escuchen tus padres decir esas cosas, te vas a enterar.

—Pues como te vean a ti zurrando a tu novio...

Me muerdo la lengua. Víctor se alegra y hace un movimiento de cabeza al puro estilo «si es que siempre tengo razón». Decido no responderle más y sentarme en el hueco que hay a su lado sin estar demasiado cerca de él. Cuanto menos contacto físico, mejor. Prefiero dejarlo para cuando estén sus padres delante.

—¿No tienes ningún juego de mesa? —le pregunto. De verdad que necesito hacer algo.

A pesar de que lo digo totalmente en serio, Víctor se echa a reír.

—Se me ocurren muchos juegos a los que podemos jugar. Lo que no sé es si te gustarán. Tienes pinta de...

—¡Víctor!

—¿Qué pasa? ¿No te gusta el *Monopoly*? —Calla para que yo responda, pero al ser una pregunta retórica me limito a alzar las cejas y esperar a que siga hablando—. Tienes pinta de que te mole ese juego. ¿A que siempre que juegas eres la banquera? A ti te va eso de manejar billetes.

—Antes no te estabas refiriendo al *Monopoly*.

—Anda que no. ¿A qué me refería entonces?

—Tú sabrás.

—No, lo has dicho tú. A ver, ilumíname.

Me levanto del sofá como si me hubiese dado la corriente. Se acabó la charlita. Si quiere jugar a conquistar calles, hagámoslo.

—¿Dónde hay un *Monopoly*? Voy a reventarte.

—Pero despacito, que mis padres siguen en casa.

—¡Joder, Pardo!

22

VÍCTOR

Después de terminar la partida del *Monopoly*, en la cual me he dejado ganar porque soportar a una Martina contenta y orgullosa de haberme dado una paliza es más sencillo que a una que no deja de quejarse de la mala suerte que ha tenido y de la cantidad de trampas que he hecho, me he quedado otro rato en el sofá hablando con Cristo.

Como sigas ignorando mis mensajes, te juro que me apropiaré de tu negocio.

Hola, Cristo.

POR FIN.

Desembucha.

¿Que desembuche qué?

Pues cómo te está yendo con Martina. ¿Habéis pasado ya a la siguiente fase? 😜

Tío, que no somos novios de verdad. Ni segunda fase ni hostias.

No será por falta de ganas…

¿¿Se puede saber qué cojones te pasa??

Para responder tonterías, me piro.

A ti lo que te pasa es que te pica admitir la verdad. 😌

¿Qué verdad?

Pues esa. La que tú y yo sabemos.

Sabes que no tocaría a Martina ni con un palo.

Claro. Porque prefieres hacerlo con otra cosa.

Y después ella dice que el cerdo soy yo.

Hay que joderse… 😪

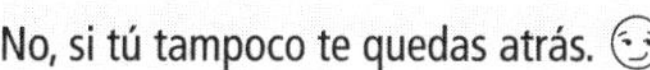

Cierro la conversación cuando me quedo sin argumentos que lanzarle.

A decir verdad, Cristo me conoce más que cualquiera. Más incluso que mis propios padres. Estoy seguro. Entendedme, somos dos chavales de veintitantos años en plena época de desfase. Hay cosas que no puedo contarles a mis padres. Como que, en realidad, sí que tocaría a Martina con mucho más que un palo. A Cristo no hace falta que se lo diga, él lo sabe por más que yo intente hacerle creer lo contrario.

Después de no encontrar escapatoria y salir de la conversación, me he ido directo a la cocina, donde ya sabía que estaría Martina con mi madre, pero no se percatan de mi presencia. Martina está apoyada en el mármol aprendiendo la receta de algo que está haciendo mi madre. Repostería, juraría. Huele a canela que te cagas.

Pienso dos veces lo que estoy a punto de decir. No porque me dé miedo decirlo, sino por cómo puede sonar. Pero, qué narices, tiene que sonar como lo que realmente es —a ojos de mi madre, claro—: una cita. Jugar al *Monopoly* y dormir en la misma cama (con una almohada en medio, no lo olvidemos) no es suficiente para que mis padres se traguen lo nuestro. (Aunque la verdad es que no entiendo por qué seguimos con esta farsa, con lo fácil que sería admitir la verdad y que mis padres guardasen el secreto). En fin, que suelto lo que he estado pensando desde que Martina me ha preguntado qué se puede hacer en este pueblo porque no soporto estar más tiempo encerrado en estas cuatro paredes con ella. Necesito un poco de aire fresco.

—¿Te apetece ir a cenar por ahí?

Tanto mi madre como Martina se giran y me miran; la primera con ilusión en la mirada, la segunda con una mezcla de pánico y terror.

—¿Aquí hay restaurantes?

—Pues claro —digo, como si fuera lo más evidente del mundo en un pueblo de no más de ochocientos habitantes.

—Como parece que solo hay iglesias y cementerios…

—Hay uno de cada, como en todos los pueblos. —Me siento hasta ofendido—. Hay un restaurante al que solemos ir cuando venimos aquí.

—El Molino —interviene mi madre, ayudándome—. Es un restaurante exquisito. Te va a encantar.

—Todavía no he dicho que sí.

Miro a Martina con una cara de estupor. «Pero ¿qué haces?», pienso, como si el plan de la relación falsa fuese mío.

—¿Vas a rechazar una invitación a cenar de tu novio?

Me acerco a ella y me permito ponerme cariñoso. Yo, que nunca lo soy con nadie. Mucho menos delante de mi madre.

—Víctor…

—¡Te encantará el lugar, Martina!

—Bueno, pues… —dice mirándome a los ojos y lanzándome una mirada de «me la vas a pagar»—. ¿Vale?

—Genial. —Me alejo de ella, devolviéndonos la respiración a los dos. Antes de salir de la cocina, me paro, giro ligeramente la cabeza y digo—: En media hora, en la puerta de entrada.

—Víctor… Compartimos habitación. Tengo que ir allí a arreglarme.

—Ah. —Me giro y la miro dándome cuenta de que tiene razón—. Pues también es verdad.

Salgo de la cocina, ahora sí, y oigo de fondo cómo Martina cuchichea con mi madre. No llego a entender lo que dicen. Tampoco pongo muchas ganas en saberlo. Suficientemente ocupado estoy preguntándome por qué se me ha revuelto algo por dentro cuando he pensado que, sí, estoy compartiendo habitación con Martina y que no me importaría nada que decidiese qué ponerse delante de mí.

«Al final tendrá razón en que eres un cerdo», me dice mi otro yo, el que siempre va en mi contra.

Subo las escaleras y voy a la habitación. Por suerte, no oigo los pasos de Martina por detrás de mí, así que me permito sentarme en la cama y dejo caer la cabeza entre mis manos. Nunca he visto a Martina como algo más que una «amiga» —entre comillas, porque tampoco considero que tengamos una amistad, en todo caso es solo mi compañera de piso— y ahora no entiendo por qué se me revuelven las tripas al pensar en verla cambiarse en mi —nuestra— habitación.

—Si invitarme a cenar conlleva que te eches a llorar, podemos decir que tengo un virus estomacal y que no podemos ir.

Levanto la cabeza y veo a Martina en el marco de la puerta con los brazos cruzados y un atisbo de sonrisa en los labios. Yo, por más que quiero, no puedo evitar mirarla con las mejillas encendidas.

—Necesitas mucho más para hacerme llorar.

Se agacha junto a su maleta, poniéndose en cuclillas. A pesar de que trato de evitarlo, mis ojos se van directamente hacia su cuerpo inclinado hacia delante. Su espalda estirada, su cintura pequeña, su…

—¿Qué miras?

De entre todos los millones de momentos en los que Martina se podría haber girado, ha decidido hacerlo en el peor de todos: justo cuando le estaba mirado el culo.

—¿Eh?

—No disimules, que te he pillado.

«Vamos, Víctor, piensa algo. Rápido».

—¿Cómo yo a ti el día que te ayudé a bajar esa caja de tu armario?

—Yo no te miraba el culo.

—Pues yo ahora a ti tampoco.

Sé que está mintiendo, pero lo peor es que ella sabe que yo también. Se lo noto en la cara mientras saca un conjunto de la maleta.

—¿Apropiado?

Ahora mismo no se me ocurre algo mejor que su culo encima de mi…

—Sí. Apropiado.

Evito que se me concentre toda la sangre en el único sitio en el que no debe estar levantándome de la cama, tirando de mi sudadera hacia abajo y caminando hacia donde tengo yo mi ropa. Saco unos tejanos negros, una sudadera blanca y un chaleco de plumas negro, y comienzo a deshacerme de la ropa que llevo allí mismo, sin importarme que Martina todavía no se haya encerrado en el baño.

—¿No puedes esperar a que me largue?

—No vas a ver nada que no hayas visto ya. —Dejo la sudadera sobre la cama malpuesta.

—A ti nunca te he visto en… —Observo cómo Martina me mira el torso.

—A mí no. Pero a otros tíos sí. Más o menos…

Con los dedos en la cinturilla de los pantalones de chándal empiezo a empujar el elástico hacia abajo hasta que caen al suelo.

¿Que me podría haber puesto la sudadera blanca antes de quitarme los pantalones? Pues sí. ¿Que he decidido quedarme tan solo con los gayumbos ante Martina? También. ¿Que ha sido una terrible idea teniendo en cuenta lo que acabo de imaginarme? Más que evidente. Lástima que me haya dado cuenta tarde. Muy tarde.

Lo siguiente que sale de la boca de Martina lo ha debido de escuchar hasta el papa de Roma:

—¡¿Te quieres tapar?! ¡Joder, Víctor! Pero ¡¿qué haces?!

—¿Cambiarme?

—Si estás… Tú…

Se pasa las manos por la cara, haciendo que las medias que tenía en las manos hechas una bola caigan al suelo y rueden por la habitación hasta detenerse por completo. Los ojos de Martina, al igual que los míos, han seguido su trayecto hasta su destino final: mis pies.

—Parece que se te ha caído algo.

—Acércamelas.

—No puedo. Me da tiricia la tela.

—Víctor… —Me lanza una mirada amenazadora, pero no me puede importar menos, al igual que el hecho de que ella esté completamente vestida y yo prácticamente desnudo.

—¿Las quieres? Cógelas.

—¿No puedes empujarlas con el pie?

—No.

—Puedo ir sin medias.

—Te morirás de frío.

—¿De verdad piensas que no soy capaz de acercarme a cogerlas porque estás en calzoncillos? —dice, optando por cambiar su actitud por una mucho más envalentonada—. Ni que fueras el primer chico que veo así. Además, no eres para tanto.

Llevo los brazos a mi espalda y con una mano me cojo la muñeca del otro brazo.

—Estás tardando mucho para tenerlo tan claro —la reto, señalando las medias con la cabeza.

Sin decir ni una palabra, y mirándome fijamente a los ojos una vez que he levantado la mirada, Martina se acerca a mí muy despacio y noto que se me acelera el pulso a cada paso que da. Apenas son un par de metros los que nos separan, pero son dos metros jodidamente eternos. Se agacha, poco a poco, sin despegar los ojos de los míos. El corazón me bombea la poca sangre que me llega al cerebro a una velocidad descomunal. Trato de respirar con normalidad, pero se me hace imposible.

Cuando Martina agarra la bola elástica, se levanta muy lentamente, estirando las rodillas, mirándome, todavía, como si quisiera saber qué es lo que estoy pensando. Os diré que esto último no es muy difícil de averiguar, sobre todo teniendo en cuenta el bulto que hay en el único trozo de tela que cubre mi cuerpo. El mismo que ella se queda mirando una vez que vuelve a estar de pie.

—Quería darte el tiempo necesario para que no te diese un paro cardiaco. —No hace falta que me mire muy detenidamente para darse cuenta de lo rápido que sube y baja mi pecho—. Aunque, teniendo en cuenta esto —susurra más cerca de lo que pensaba que estaba mientras me pasa un dedo por el pecho—, quizá estás a punto de sufrir uno.

—No quieras saber qué te pasará a ti si no te piras de aquí.

—¿Ahora te acobardas? Te recuerdo que has sido tú quien me ha pedido que me acercara. —Solo le falta el antifaz negro, las botas de cuero y el látigo en la mano. Se pega más a mí y acaba de mandar a tomar por culo los centímetros que había entre nosotros, rozando mi polla con su estómago. Cierro los ojos y rezo para que la poca cordura y sensatez que me quedan no me abandonen—. ¿Ahora quieres que me aleje? Porque creo que no es lo que…

La agarro de la muñeca y doy un paso hacia atrás. Expulso el aire con fuerza por la nariz, mirándola, y decido apartar la mirada cuando me doy cuenta de que no puedo más. Que me tengo que pirar de allí. Que tengo que dejar de mirar a Martina a los ojos.

Que o me voy o exploto.

Y, si exploto, ella explota conmigo.

23

MARTINA

¿Que qué ha pasado en la habitación de Víctor hace una hora? Algo que es mejor no recordar. Ni ahora, ni luego, ni nunca. Ha sido una ida de olla. Yo he dejado de pensar y, como es evidente, Víctor también. Pero ahora es imposible sacárselo de la cabeza. Porque, aunque no me lo diga, sé perfectamente lo que está pasando por su mente. Al igual que él sabe lo que está pasando por la mía. Porque la situación de antes no solo le ha afectado a él.

—Hamburguesa de jabalí por aquí… —dice la camarera, poniendo uno de los platos que lleva delante de Víctor y provocándome ganas de vomitar—. Y las verduras a la brasa por aquí. —Coloca el plato frente a mí—. Que aproveche, chicos.

Le damos las gracias, más educados de lo que nunca hemos sido, y corto las verduras en silencio. Él le da un bocado a su hamburguesa y yo, mientras, rebusco en mi mente algún tema alejado de lo sexual del que podamos hablar.

Tengo suerte y encuentro algo que nos mantiene ocupados todo el rato que dura nuestra cena. Incluso logro olvidar, en un par de ocasiones, lo que ha pasado antes en su habitación. Víctor charla animadamente de motores, y yo lo escucho, pero no logro entender ni la mitad de lo que me dice, y después pasamos a hablar de que el lunes será mi primer día en el hotel VP.

Hasta parecemos una pareja normal y corriente a punto de pedir el postre.

—Aquí hacen un tiramisú de escándalo.

—¿Lo compartimos?

—Ni de coña, yo quiero uno entero —dice Víctor, haciéndome enfadar. Con lo que me gusta a mí compartir los postres.

La camarera que nos ha estado atendiendo toda la noche nos trae una sorpresa cuando llega con los dos tiramisús.

—Y aquí van dos chupitos de fresa para la mejor parejita del restaurante.

Víctor y yo nos miramos con los ojos abiertos como platos. ¿Por qué no fingir un poco más que somos pareja si con eso nos llevamos bebidas gratis? No protestamos. Nos limitamos a coger los dos vasitos y a bebernos el líquido de un trago tras darle las gracias a la chica.

—Odio la fresa —espeta Víctor al apoyar el vasito en la mesa, después de dejar caer por su garganta el líquido rosado.

—Pues no te lo has pensado dos veces antes de beberte el licor.

—Nunca se rechaza un chupito.

Nos quedamos mirándonos durante un segundo, aunque juraría que han sido diez.

No tardamos en pedir la cuenta, pagar y marcharnos de allí. Nada más salir, el aire frío nos despeja la mente. Al menos a mí. Vuelvo a recuperar la capacidad de pensar que parece que hoy Víctor no deja de arrebatarme.

Como el restaurante no estaba muy lejos de la casa de sus padres, hemos venido dando un paseo. Ahora me arrepiento. No hay música de por medio que nos mantenga entretenidos ni tampoco una carretera a la que mirar fijamente para vigilar que no salga ningún animal. Solamente estamos él y yo caminando por las calles solitarias de El Barrueco.

Entonces vuelve a mi mente cuando me he agachado a por las medias y el paquete de Víctor se ha quedado a la altura de mi nariz.

—¿Hay algún bar por aquí que sirva copas? —digo rompiendo el silencio que únicamente llena el ruido de nuestros zapatos contra el cemento del suelo.

—Lo dudo. A estas horas está todo cerrado. Ya sabes, vida de pueblo. Esto no es como Madrid, donde siempre hay algo abierto sin importar la hora que sea —responde mirando fijamente al frente. No es hasta que termina de decir la última palabra que alza la vista—. Pero en casa tengo todo lo que se necesita para prepararte lo que se te ocurra. Mi padre es un gran fan del mueble bar.

Nunca la idea de emborracharme me había parecido mejor que ahora mismo. Sobre todo, teniendo en cuenta que en un rato estaré encerrada en la casa de los Pardo, en la habitación de su hijo e incluso en su cama.

Víctor se ha quitado el chaleco de plumas negro nada más entrar en la casa. Al poner un pie dentro no escuchamos ningún «hola» por parte de nadie. No hemos querido decir nada por si sus padres estaban en la cama, así que nos dirigimos a la cocina, donde Víctor va a preparar lo que me ha prometido: un cubata que me hará perder la memoria. «A ver si es verdad», pienso. Ahora mismo es lo único que necesito.

Cuando vamos a abrir la nevera para sacar un refresco al que añadir ron, ginebra, vodka o lo que sea, vemos una nota en la puerta escrita en un trozo de papel:

Nos hemos ido a dormir, cariño. Esperamos que lo hayáis pasado bien en la cena.
Un beso enorme.
Tus padres

Leemos la nota y nos quedamos mirándonos. Todavía no sé por qué lo hemos hecho, pero habríamos seguido así si la nevera no hubiera empezado a pitar como una loca por tenerla tanto rato abierta.

—Eh… ¿Cola?

—Fanta de limón.

Víctor saca un refresco de limón para mí y una cola para él. De uno de los cientos de armarios que hay, coge dos vasos de tubo y les pone hielo dentro: dos cubitos para cada uno.

—¿Quieres ir a cambiarte mientras termino esto? —dice dejando caer el hielo en los vasos.

—Solo si prometes no pegarle un trago al mío —respondo, tratando de aliviar la tensión del ambiente sin mucho éxito.

Me doy media vuelta, salgo de la cocina y subo las escaleras tratando de hacer el menor ruido posible; no quiero despertar a Verónica y a Jesús. Me encierro en la habitación de Víctor y no puedo evitar notar cómo el corazón se me acelera al ver el lugar donde me he puesto de rodillas delante de él. Para coger unas medias, sí, pero de rodillas delante de él, con eso en mi cara y con unas ganas de que me tumbase en la cama que me moría.

«¿Qué cojones te pasa, Martina?».

—No lo sé, creo que me estoy enfermando —digo en voz alta.

Busco en la maleta y me doy cuenta de que no he traído nada cómodo que ponerme, aparte del pijama. Bueno, sí, lo que llevaba antes de la escenita de las medias. Pero eso huele a chimenea. Rebusco en mi maleta. Tiene que haber algo, lo que sea. Pero no encuentro nada aparte de algún que otro vestido y tejanos. «¿En serio, Martina? ¿Dónde te pensabas que venías?».

Coloco las manos en mi cintura y miro el armario de Víctor. ¿Y si…? No creo que le importe, ¿no? Pero no. No, no, no. ¿Cómo me voy a poner algo de él, así como así? Ni de coña.

Tal como he entrado, salgo de la habitación. Bajo las escaleras y me reúno con Víctor, que ya está en el sofá donde anoche me quedé dormida, con el fuego de la chimenea encendido y los dos vasos de tubo sobre la mesa.

—¿No ibas a cambiarte?

—Sí, pero… no tengo más ropa cómoda. No sé en qué pensaba cuando hice la maleta.

—Haber cogido algo del armario.

—¿Algo tuyo?

Víctor asiente con la cabeza y luego le da un trago a su cubata. ¿De verdad acaba de decir eso?

—Yo… Eh…

—Un pantalón de chándal, por ejemplo. Tengo miles allí guardados. Y alguna camiseta o sudadera. Te irán un poco grandes teniendo en cuenta que mides dos centímetros, pero te harán el apaño.

—Que tampoco eres tan alto, cansino.

Me hace un gesto con la mano para que me vaya a cambiar y hago caso. No porque me lo haya dicho él, sino porque quiero ponerme algo cómodo.

Cuando vuelvo a bajar por las escaleras, lo hago vestida —o disfrazada— de Víctor Pardo. Mentiría si dijera que no se me han ido los ojos a Cuenca cuando me he puesto la camiseta de Víctor y olía a él. Al perfume que lleva su nombre.

Cuando el dueño de la ropa que llevo puesta me ve aparecer por la puerta, no puede evitar soltar una risa.

—Menos mal que no era tan alto —se mofa—. Pareces un saco de patatas.

—Eso es porque te compras ropa demasiado grande.

—En algún lado tendré que esconder mis músculos.

Si no estuviésemos en la situación en la que estamos, probablemente no habría sido un comentario en el que me hubiera fijado en exceso. Le hubiese contestado con un «no seas chulo» y a otra cosa mariposa. Pero hace unas horas me he puesto cachonda por su culpa. Así que, no, su comentario no me pasa inadvertido.

Me siento en el sofá y agarro la copa. Le doy un trago y le pido a Víctor que ponga la tele. «Una serie o algo, ¿no?», sin confesar que estar a solas y en silencio con él me pone nerviosa.

Pasamos un rato viendo una película que no tengo ni idea de

qué va. Porque desde que ha salido la primera escena en la pantalla no he podido dejar de pensar en Víctor. De vez en cuando, le he lanzado alguna mirada furtiva, aprovechando que él sí parecía estar atento.

«¿Siempre ha sido tan guapo?», me he preguntado una de las veces en las que me he quedado más tiempo del necesario admirando su perfil y el arito de su oreja. Por no hablar del tatuaje del cuello.

«¿Siempre ha estado ahí?».

«Pues claro que ha estado ahí, tonta. Lo que pasa es que nunca te has fijado tanto en su cuello como ahora».

De forma inconsciente me acerco un poco a él, moviendo el culo encima del sofá. Me inclino hacia la mesa para coger mi copa y, sin querer, le rozo la pierna con el brazo.

—Perdón —suelto, como si le hubiese hecho daño. Bebo y, al darme cuenta de que solo me quedan un par de tragos y que esto no me ha subido nada, digo—: ¿No habías dicho que me lo ibas a cargar tanto que no sería capaz ni de pensar?

Me bebo lo que queda de combinado de un trago y me sorprende que no me haya dado cuenta hasta ahora de que el líquido no me ha estado quemando la garganta como tendría que hacerlo de estar cargado. Dejo la copa en la mesa, indignada.

—Más bien te he dicho que ibas a perder la memoria —confiesa lanzándome una mirada justo antes de llevarse el vaso a los labios y terminarse el contenido—. Pero era mentira.

—¿No te enseñaron de pequeño que está mal mentir?

Deja el vaso de tubo ya vacío sobre la mesita y, en vez de volver a apoyar la espalda en el respaldo del sofá, se inclina ligeramente hacia mí para susurrar:

—Y también que no hiciera nada que, al día siguiente, no pudiera recordar. —Puedo notar su aliento cálido rozándome los labios. No evito el escalofrío que me recorre de arriba abajo, zarandeándome por completo—. Además, no me interesa agarrarte el pelo mientras vomitas. En todo caso…

Se calla antes de decir lo que, tanto él como yo, sabemos qué iba a decir. Acompaña su silencio de un movimiento hacia atrás, alejándose de mí y cerrando los ojos al caer sobre el sofá.

—En todo caso, ¿qué?

—Martina... No juegues.

—Has empezado tú.

Vuelve a abrir los ojos y me mira con una intensidad que me desarma. Dejo de escuchar el sonido de la película y me centro en su respiración y en la mía; en cómo su pecho sube y en cómo el mío baja, acompasados.

—Yo no he empezado nada.

—Lo has empezado cuando has decidido hacerme ir a por las medias que se me han caído antes de marcharnos a cenar.

—Y tú cuando has venido a por ellas. —Vuelve a inclinarse hacia delante y esta vez no solo me susurra, sino que prácticamente me escupe las palabras en la cara—. Cariño, no todas las mujeres se me acercan estando yo en gayumbos y se ponen de rodillas delante de mí. O al menos no lo hacen sin una intención bastante clara.

—¿Y qué intención creías que tenía yo?

—Provocarme.

Con tan solo esa palabra, todo explota. De repente, antes de que me pueda dar cuenta, los labios de Víctor están sobre los míos y me besa como solo una persona que se muere de deseo lo haría. Para mi sorpresa, yo no detengo el beso. Ni siquiera se me ocurre. Lo único que hago es besarlo también, enredar mis dedos en su pelo y tirar de él hacia mí para notarlo más cerca. Por primera vez en días dejamos de fingir que no nos soportamos y pasamos a soportarnos con gusto. Con mucho gusto.

24

MARTINA

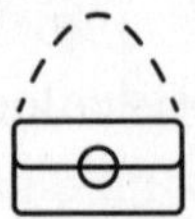

Me coloco encima de él con ayuda de sus manos. Tras agarrarme por la cintura y dejarme caer sobre su cuerpo, las mueve hasta tener una en mi cara y la otra en mi muslo. Es entonces cuando, inevitablemente, me muevo sobre él, hacia delante y hacia atrás, y toda la ropa que me he puesto comienza a molestarme. Víctor se da cuenta y, sin quitármela del todo, me sube la camiseta y cuela una mano por dentro, la que antes ha estado en mi pierna.

El primer gemido lo suelto cuando la piel de sus dedos roza la de mi costado, algo más fría que la suya.

—Chisss… —murmura, interrumpiendo el beso—. Calla.

—No me toques así si quieres que esté callada —gimo de nuevo (solo que esta vez lo hago más bajito) cuando repite el movimiento de acariciarme de abajo arriba, hasta donde comienza mi sujetador.

Saca la mano de debajo de mi camiseta y me agarra la cara con ambas manos, obligándome a mirarlo fijamente.

—Voy a hacer muchas cosas más que tocarte así si me lo permites, reina. —Aparta las manos de mi cara, dejando una sobre mi pierna y llevando la otra al broche de mi sujetador—. ¿Puedo?

—Por favor.

—Mi sueño hecho realidad, tenerte suplicándome.

—Siempre tengo algo con lo que sorprenderte, Pardo.

—Estás de suerte; me encantan las sorpresas.

Cuando termina de pronunciar la ese final de «sorpresas», noto que la presión del sujetador en mi espalda desaparece por completo. Víctor no tarda ni una milésima de segundo en apartarlo —todavía con la camiseta puesta— y explorar mis pechos con ambas manos.

—Víctor… —susurro, murmuro, gimo, todo a la vez, en cuanto noto cómo me pellizca uno de los pezones y siento que me voy a desmayar.

—Joder, Martina. —Me da un lametón en los labios y yo boqueo como un pececillo hambriento—. Vámonos de aquí antes de que mis padres nos escuchen.

Asiento con la cabeza porque creo que he perdido la facultad de hablar. Me levanto de encima de Víctor con su ayuda, ya que si no estuviera sujetándome probablemente me habría caído; dudo que mis piernas puedan sostenerme. Cuando consigo estabilizarme, veo, tras una neblina, a Víctor sonriendo mientras se pone de pie poco a poco.

—Si ya te cuesta ponerte en pie…

Le doy un guantazo en el brazo, no tan fuerte como me hubiera gustado —me acabo de dar cuenta de que tengo más facultades debilitadas—, y me pongo de puntillas para quedar más cerca de él.

—Los prometedores son los menos cumplidores.

—Uy… —Se agacha ligeramente y me agarra una nalga con más fuerza de la que me esperaba, haciéndome brincar—. No sabes lo que acabas de decir. —Me suelta y, sin esperarla, me da una cachetada suave justo donde me estaba agarrando—. Tira.

Sin rechistar, hago lo que me dice. Me doy la vuelta y, sabiendo que me está mirando el culo, camino hacia la escalera, que subo muy despacio, escalón a escalón, mientras noto la presencia de Víctor justo detrás de mí.

—Joder, Martina…

Volteo la cabeza ligeramente para ver su rostro descolocado.

—¿Qué pasa?

—Que me pones burrísimo.

Me da un mordisco sin apretar demasiado por encima de los pantalones y yo reprimo un grito. «Y pensar que sus padres están en una de las dos únicas habitaciones que hay aquí arriba...». De repente otra voz aparece en mi mente, una que se parece bastante a la de Gala, que me dice: «Mejor dicho: y pensar que se está haciendo realidad la fantasía que se repetía en tu mente una y otra vez cuando tenías quince años». Sonrío. La Martina del pasado estaría orgullosa de haberle hecho decir a Víctor Pardo lo que acaba de salir de su boca. Ese «me pones burrísimo» que tantas veces he soñado con escuchar.

Abro la puerta de su habitación y nunca unos muebles me han parecido tan... «versátiles» como los que están viendo mis ojos ahora mismo. Que no son otros que los que vi ayer y esta mañana. Pero la situación tampoco es la misma. Ahora solo quiero que Víctor...

—¡Víctor! —suelto cuando noto su boca en mi cuello, mordiéndome, lamiéndome, chupándome—. Dios mío...

Me da otra nalgada y yo reprimo el grito que ha estado a punto de salir por mi garganta.

—Así me gusta...

—¿Sabes que este sitio no es mucho mejor que donde estábamos? La habitación de tus padres está, literalmente, al lado.

—Entonces habrá que hacer poco ruido, Avellaneda —me dice al oído.

La forma en la que pronuncia mi apellido no hace que quiera tirarle un jarrón a la cabeza. Más bien me vuelve loca. Por esa razón me giro, me vuelvo a poner de puntillas, y, delante de sus labios, sin llegar a besarlo, le digo:

—Pues espero que conozcas una buena forma de callarme.

—Por supuesto que la conozco.

Me roba el derecho a réplica cuando me besa con todas las ganas que abarca su cuerpo.

Entrelazo los brazos alrededor de su cuello, uniendo mis muñecas por detrás, y me agarra por detrás de las piernas para subirme. Entrelazo también las piernas alrededor de su cintura y me pego a su cuerpo todo lo que puedo.

Aparto mis brazos de su cuello cuando el sujetador me molesta. Me lo saco como buenamente puedo y lo lanzo a alguna parte de la amplia habitación. Ahora ya libre, vuelvo a enroscar mis brazos alrededor de Víctor y él camina conmigo encima hasta la pared más cercana.

Sé que hemos llegado a donde quería porque mi espalda choca con algo duro. Entonces cuela una mano por debajo de la camiseta y me acaricia como lo ha hecho en el sofá, y yo le gimo en la boca.

—No dejes de hacer eso.

—Levanta los brazos.

Le hago caso. Ahora mismo haría cualquier cosa que me dijese. Sin excusas. Levanto los brazos y noto cómo el corazón se me acelera todavía más cuando veo que Víctor está a punto de quitarme la camiseta. Pero no lo detengo. Quiero que lo haga.

La camiseta cae al suelo y una corriente fría atraviesa mi cuerpo. Pero pronto esa sensación de frío desaparece. Víctor, sin dejar de sujetarme para que no me caiga, se aleja ligeramente de mí para poder observarme bien.

—Como si nunca me hubieras visto las tetas —le suelto recordando la de veces que he estado duchándome y él ha entrado a por algo, o cuando hemos ido a la playa juntos y yo he hecho toples.

—Verlas, las he visto muchas veces —suelta, cazando uno de mis pezones con los dedos y el otro con los dientes. Pasa la lengua por encima, humedeciéndolo y luego se ocupa del otro—. Pero nunca les he dedicado el tiempo que se merecen —dice entre lametones, mirándome a los ojos.

—Te complacerá saber que tienes todo el tiempo del... Joder... —Me reprimo las ganas de chillar cuando tira con sus dientes suavemente—. Mundo.

Aleja la boca y, a un milímetro de mis labios, dice:

—Te quiero hacer demasiadas cosas; no me bastará con una sola noche. —Me besa con ganas, intensidad y mucha pasión, y luego me baja de su cintura. No es hasta que toco el suelo firme que me doy cuenta de que he estado, todo este rato, rozándome contra su entrepierna—. Necesitaría, como mínimo, tres. Pero me da a mí que mañana me odiarás más de lo normal. Así que déjame aprovechar mientras sigas soportándome.

—Hazme todo lo que quieras, por favor —digo, ignorando sus palabras y callándome un «antes de que salga el sol y, como los vampiros, tenga que ocultarme bajo las sábanas». Porque, a pesar de todo, a pesar de que ahora mismo lo único y lo que más quiero es estar con él, sé que es más que probable que mañana no quiera ni mirarlo a los ojos.

Pero hemos venido al mundo para vivir. Y vida solo hay una. Y noches como está también. Así que… a la mierda.

Me quito los pantalones de chándal y comienzo a tantear el tanga rosa, el que jamás de la vida me habría imaginado que acabaría quitándome en presencia de Víctor. Aunque no lo termino de hacer porque me detiene a la vez que me mira como si yo fuese una de las siete maravillas del mundo.

—Déjame eso a mí.

Avanza un par de pasos, acortando la distancia entre nosotros, y aparta mis manos. Tantea el borde del tanga y lo baja poco a poco. Su respiración está agitada y su corazón acelerado, aunque no más que el mío. Nunca ningún chico me ha quitado las bragas. Literalmente, nadie me ha desvestido jamás. Y que ahora sea precisamente él quien lo haga…

La imagen de Víctor de rodillas ante mí, a tan pocos centímetros de mi piel, me deja sin respiración. Si no fuera por cómo me revive la caricia que me hace con sus dedos desde el tobillo hasta el muslo, ahora mismo no se me encontraría el pulso.

—Abre las piernas.

Sé lo que está a punto de hacer. Lo sé muy bien a pesar de que…

—Nunca nadie me lo ha hecho.

—¿Qué? —pregunta mirando hacia arriba, hacia mí, y por primera vez me siento vulnerable al darme cuenta de que estoy completamente desnuda—. ¿Qué nunca has…? Pero si te he escuchado.

—¡No! Me refiero a que nunca nadie… me ha hecho lo que estás a punto de hacer tú.

No sé por qué pensaba que Víctor se levantaría y pasaría a otra cosa mariposa, pero es lo último que parece pasarle por la mente. Sonríe, con un grado de satisfacción insuperable, y se aferra aún más a mí.

—Mira tú por dónde, con lo que me gusta a mí ser el primero.

Coloca una mano en medio de mi muslo y me abre las piernas con suavidad. ¿Dónde está el Víctor brusco al que yo conozco?

—¡Víctor!

Ahora sí que no puedo evitar chillar. Es una misión imposible no hacerlo. Algo realmente inviable. ¿Cómo se supone que voy a callarme con la lengua de Víctor…?

—¡Dios! —Su mano sube hasta mi cintura, agarrándome con fuerza, y la otra la mueve hasta dar con mis labios, aprovechando que me he inclinado hacia él por completo, encogiéndome—. Te juro que… —digo como puedo, con su mano todavía en mi boca.

—Por lo que más quieras, cállate. —Habla contra mi sexo y las piernas me flaquean al notar su aliento cálido contra mí.

Lame, acaricia, mordisquea…; todo a la vez. Cuando noto cómo las piernas me tiemblan, avisándome de que no aguantaré mucho tiempo más de pie, siento que la mano que Víctor tenía puesta en mi cadera se pierde. La encuentro segundos más tarde cuando me acaricia la entrada con un dedo.

—Si haces eso… —digo contra su mano. Intento que la aparte para poder hablar y, cuando lo hace, noto que vuelvo a respirar—. Déjame tumbarme, por favor… O me caeré.

Suelta una pequeña carcajada y se levanta del suelo. Allí de pie, delante de mí, siento una necesidad imperiosa de quitarle la ropa. De hecho, no tardo ni un segundo en comenzar a tirar de la sudadera que lleva hacia arriba. ¿No le molesta todo esto? A mí sí. Y mucho. Pero parece que a él no tanto, porque, cuando estoy subiéndosela, me agarra de las manos y me detiene.

—Creo que estábamos con otra cosa.

—Llevas demasiada ropa.

—Primero solucionemos un problema —dice llevando una mano hacia mi entrepierna y acariciándome. Me estremezco entera y las piernas me flaquean—. Y después ya nos centraremos en el otro.

Se acerca a mí con una mirada feroz y yo camino hacia atrás hasta tocar el borde de la cama. No me hace falta su ayuda para tumbarme boca arriba y flexionar las piernas.

—Abre.

De pronto, la vergüenza, que parece que echaba de menos unirse a la fiesta, decide aparecer en todo su esplendor.

—Es que…

—¿Quieres que pare? —Al ver que no respondo, insiste—: ¿Martina?

—No, no quiero que pares. Es que…

—¿Te da vergüenza? —Supongo que ha juntado ideas y ha llegado a la conclusión de por qué no estoy abriendo las piernas por más ganas que tengo. Por eso asiento mirándolo a los ojos y mordisqueándome el labio inferior—. Déjame quitártela, por favor.

No le dejo hacerlo porque me lo haya pedido, ni porque me haya dicho «por favor». Lo hago porque su mirada, por primera vez, me transmite confianza y paz. Y porque…, joder, porque quiero hacerlo. Porque necesito que me abra las piernas con las manos como está haciendo y notar su lengua lamerme entera, entrar dentro de mí y luego notar cómo lo hacen sus dedos. Primero entra uno y después lo hacen dos. Es entonces cuando la vergüenza desaparece y mi espalda se curva hacia arriba.

—Víctor… —murmuro todo lo flojito que puedo, que, teniendo en cuenta mi situación, es todo un mérito—. Si sigues así, voy a…

—¿Correrte? —pregunta, parando por completo. Yo asiento con la cabeza bajo su atenta mirada y le veo sonreír—. Todavía no.

Se aleja de entre mis piernas y yo quiero matarlo. Ahora mismo lo odio con todo mi ser. De hecho, creo que nunca lo he odiado tanto. Me entra una frustración que no sé si seré capaz de controlar. Pero no protesto. Porque, en cuanto se aleja de mí, veo que comienza a desvestirse. Se quita la sudadera, la camiseta que lleva debajo, los pantalones, y yo, que estoy tumbada en la cama, apoyada en los codos, ardo por levantarme de un bote antes de que se quite la última prenda que tiene puesta.

—Ahora me toca a mí —digo.

Observo cómo le queda la ropa interior, la misma que he tenido delante cuando he ido a por mis medias, solo que la tela está ahora mucho más estirada. Me relamo los labios, me pongo de rodillas delante de él y comienzo a bajarle los calzoncillos.

—Espera —me detiene—. No quiero hacerte nada que no te guste. Así que primero dejemos un par de cosas claras. —Me ayuda a ponerme de pie y lo miro como diciendo «tú dirás»—. Quiero saber si estás de acuerdo con todo lo que me gusta en el sexo. Y también qué es lo que te gusta a ti.

—Te he oído follar más de una vez, Pardo. Creo que sé lo que te gusta.

—Puede que lo sepas. Pero saberlo es muy diferente a vivirlo en carne y hueso.

—Comienza —digo, esperando que empiece a enumerar todas las cosas que le gusta hacer y que le hagan. Noto cómo mi cuerpo me está comenzando a quemar, tanto por dentro como por fuera. No sé cuánto tiempo más seré capaz de aguantar alejada de él.

Por eso me pego a su cuerpo y me froto contra él, odiando cada vez más el único trozo de tela que hay entre nosotros. Observo el destello que hay en su mirada y cómo sus pupilas se dilatan cuando me agarra del cuello suavemente.

—Me gusta esto —dice, haciendo referencia a su mano colocada en mi cuello.

—Y a mí. Puedes apretar más, si quieres.

Víctor asiente y ejerce un poco más de fuerza alrededor de mi cuello. Noto que la presión se intensifica ligeramente y no puedo hacer otra cosa que sonreír.

—No sabía que te fuera a gustar esto. Pensé que eras la clase de chica que prefiere el sexo suave.

—No te pienses que en mis ratos libres hago de dominatriz, pero sí que he hecho mis cosillas. —Le aparto la mano del cuello y me pongo de puntillas, acercándome a su rostro, hasta que tengo sus labios a milímetros de los míos—. He probado suficientes cosas como para saber que me gusta que me cojan del cuello, me tiren del pelo o me pasen la lengua por todo el cuerpo.

Acto seguido, le recorro los labios con la lengua y lo beso intensamente. Llevo mi mano hacia su entrepierna, pero Víctor, que todavía conserva sus facultades, rápidamente, me agarra la mano y me detiene.

—Quieta ahí… Gírate.

Asiento despacio después de unos segundos mirándolo fijamente a los ojos, retándolo. Termino haciéndole caso porque me muero de ganas de saber qué tiene planeado para mí. Ahora mismo estoy dispuesta a dejarle hacer lo que quiera.

Pierdo de vista sus ojos y mi espalda se encuentra con su pecho desnudo. Me pego todavía más a él, buscando su entrepierna con mi culo. Sonrío cuando doy con el punto exacto y me froto contra él hasta notar un gruñido sobre mi hombro. Estoy oyendo todavía su respiración agitada cuando posa sus labios en mi piel y pasa a recorrer la distancia que hay entre el hombro y la oreja, logrando que me estremezca por completo.

—No sabes lo feliz que me hace saber que te gusta lo mismo que a mí.

Sin esperármelo, arremolina su mano alrededor de mi pelo, agarrándolo todo a excepción de un mechón que cae por el lado de mi cara, rozándome la mejilla. Inclino la cabeza hacia atrás y también pego más —si es que eso es posible— mi culo a su cuerpo, notando cómo se endurece su miembro más y más.

—Como sigas moviéndote así contra mi polla, no sé si podré follarte sin correrme antes.

—Pues fóllame ya. No sé a qué estás esperando —digo con la cabeza todavía echada hacia atrás.

Parece que he pronunciado las palabras mágicas.

Víctor me suelta el pelo y me coloca frente a la cama, manteniendo su cuerpo todavía pegado a mi espalda.

—Las manos en la cama —ordena. Sin rechistar, apoyo las manos sobre el colchón y me inclino hacia delante—. Así me gusta, con los pies en el suelo.

Sonrío, aprovechando que no me está viendo la cara. Realmente, que Víctor me quiera así y gruña en cuanto me he colocado en esta posición ya es motivo suficiente para sentirme como una puta diosa.

—¿Así? —pregunto con un tono coqueto en la voz.

—Me vas a volver loco.

Se aproxima a mí y me coge por las caderas, pegándome a él y a su erección.

Antes de que pueda aprovechar lo cerca que lo tengo, noto que se separa de mí. Se deshace de la única prenda de ropa que le queda en el cuerpo. Es entonces cuando, mirándolo de reojo, creo morirme. Agacho la cabeza. Lucho por no derrumbarme sobre la cama. Cuando Víctor vuelve a pegarse a mí, me muerdo el labio al notar lo dura que la tiene.

—Víctor… —le suplico.

—Dime, Martina.

—Fóllame ya, por favor.

Mis palabras suenan como una súplica. Por no hablar de cómo muevo el culo contra su erección. Nunca había sentido tanta necesidad como la que siento ahora de que alguien me follase. Pero tampoco nunca había tenido tanta tensión acumulada con nadie como la que tenía con Víctor. Han sido demasiados años pensando en cómo sería acostarme con él. Tenerlo ahora desnudo pegado a mi culo es un sueño hecho realidad.

—Te follaré, Martina, te lo prometo. Pero todavía no.

Se separa de mí y noto frío en mi cuerpo desnudo. Estoy a punto de darme la vuelta cuando las manos de Víctor me acarician el culo. Pongo los ojos en blanco y suelto un gemido suave, pidiéndole más.

Me abre las piernas y yo le ayudo; apoyo la cabeza en el colchón, girándola hacia un lado y notando cómo las sábanas me acarician la mejilla. Llevo las manos hacia mi culo, separándome los cachetes para que pueda verme bien.

—Dios, Martina… —sopla. Lo noto cerca. Tanto que un escalofrío me recorre el cuerpo entero al notar el aliento cálido sobre mi entrepierna—. Estás…

—¿Empapada?

—Sí. Joder.

Muevo el culo de un lado a otro, pidiéndole a gritos con ese movimiento que necesito notarlo cerca de mí. En menos de un segundo, oigo que se agacha ligeramente, apoya una de sus manos en mis nalgas y otra en el final de mi espalda. Lo siguiente que noto, con la mirada perdida en algún punto de la habitación, es su lengua moviéndose de arriba abajo por todo mi sexo. Es entonces cuando las piernas, al fin, me fallan.

Repite el movimiento una y otra vez, haciendo que me estremezca por completo y no pueda evitar gemir.

—Víctor…

—Chisss… No querrás que mis padres nos oigan…

Quizá para cualquier otra persona esas palabras hubiesen significado un corte de rollo monumental. No ha sido mi caso. Pensar que tenemos que ser lo más silenciosos posible no hace otra cosa que encenderme más. Por eso me pego todo lo que puedo contra su cara, deseando que no deje de lamerme en toda la noche.

—¿Qué pensarán si descubren que te follas a tu compañera de piso en la habitación de al lado?

Al segundo noto que la boca de Víctor abandona mi sexo. Quiero rogarle que no lo haga, que vuelva, que siga lamiéndome como lo estaba haciendo hasta ahora, pero se me acelera el corazón cuando veo que rodea la cama, completamente desnudo, y busca algo en el cajón de la mesita de noche que queda frente a mi cara.

—Creo que no se escandalizarían si nos oyesen follar. Según ellos, somos novios, ¿recuerdas? —Me lanza una mirada que hace que me lleve una de las manos a mi sexo para comenzar a acariciarlo suavemente. Joder. Estoy empapada. Mojadísima. Como no lo he estado en mi vida. Froto mi clítoris endurecido sin apartar la mirada de Víctor, que vuelve a fijar sus ojos en la mesita y en lo que ha encontrado en su interior—. La sorpresa se la llevarían si supieran que, en realidad, no nos soportamos.

Coge del cajón un sobre pequeño plateado, lo rasga y saca de su interior un preservativo.

—Finges que no me soportas porque cada vez que me ves recuerdas que no puedes follarme por quien soy, ¿verdad?

Víctor vuelve a colocarse detrás de mí y me encuentro con sus dedos frotándome junto a los míos, hasta que decide introducir uno de ellos dentro de mí muy lentamente, haciendo que me incline hacia delante.

—Me has pillado.

No me otorga el derecho a réplica. Antes siquiera de poder buscar algo que decirle, noto que su dedo abandona mi cuerpo y que ahora me penetra algo más largo, más grueso, más duro... Algo que me quita la respiración. Algo con lo que hubiese gritado si sus padres no estuviesen en la habitación de al lado. Algo que no sabía que quería tanto hasta que lo he probado.

Víctor se mueve de una manera tan lenta y suave que creo que me va a volver loca. No tarda mucho en acelerar la intensidad de sus embestidas. A pesar de que sigue entrando y saliendo de mí lentamente, la fuerza que usa para ello es de otro mundo. Rabia y amor mezclados. Amigos y enemigos a la vez. Amantes y desconocidos. Él y yo.

—Joder, Martina —dice cuando acompaso sus movimientos con pequeños movimientos de cadera—. Si sigues así, vas a conseguir que me corra en menos de un minuto.

—Entonces deja de hacerlo lento. Fóllame más rápido.

No hace falta que se lo pida otra vez.

Aumenta la velocidad de sus embestidas, haciéndome avanzar sobre el colchón. Noto cómo mis piernas tiemblan y cómo me va llenando por dentro cada vez que se introduce dentro de mí. Estoy tan centrada en el placer que siento, con Víctor entrando y saliendo de mí a la vez que yo me froto el clítoris con los dedos, que no noto el tremendo ruido que está haciendo la cama.

—Mierda. —Para de golpe, arrancándome un sollozo—. La cama suena demasiado. —Sale de mí y estoy a punto de suplicarle que no lo haga, que vuelva, que chirríe la cama si quiere, pero que él no deje de hacer lo que estaba haciendo—. Levanta de ahí.

Me incorporo de la cama como puedo. Las piernas me tiemblan como nunca lo han hecho. Observo el cuerpo de Víctor, tan perfecto como siempre. Solo que hasta ahora no me había dado cuenta de ello. O al menos no había querido darme cuenta.

—¿Siempre has estado tan bueno?

—Pensé que nunca llegaría el día en el que lo reconocieras.

Sonrío y me acerco a él para besarlo largo y tendido. Cuando me separo para coger aire, veo algo en sus ojos que me asusta. Aparte de ver ganas, fuego y mucha pasión, observo algo más. Algo que nunca había visto en los ojos de Víctor y que siempre temí que él encontrara en los míos cuando me pillaba mirándolo. Algo más parecido al amor que al odio.

Por esa razón no vuelvo a besarlo tras haber parado para coger aire. Lo que hago ante su atenta mirada es arrodillarme en el suelo y apoyar también las palmas de las manos en él, quedándome a cuatro patas sobre el parquet.

—¿En el suelo?

—Quiero seguir follando contigo y la cama hace demasiado ruido. —Lo miro desde abajo. Separo las piernas y hago movimientos lentos con el culo—. ¿Vienes?

No tarda ni medio segundo en pegar su cuerpo al mío. Me embiste de un movimiento. Es todo lo que quiero y necesito para olvidar lo que he visto en sus ojos mientras me besaba.

Me concentro en cómo se va haciendo hueco en mi interior cada vez que empuja contra mí. Siento la necesidad de estimular de nuevo mi clítoris, así que llevo una mano hacia él, quedándome apoyada solo en un brazo, mientras Víctor sigue follándome por detrás sin parar.

—Me vas a matar.

—Solo de placer, princesa.

Nunca me había gustado que me hablasen durante el sexo. Hasta hoy, cuando las palabras de Víctor casi hacen que me corra. No sé si es por lo grave que suena su voz mientras se hunde dentro de mí o por la combinación de su cuerpo y su ronroneo. Pero estoy tan cerca que tengo que dejar de acariciarme. No quiero correrme todavía.

Víctor parece sentirse igual que yo. Cada vez empuja más fuerte, con más energía, y sus embestidas se ralentizan hasta volverme loca.

—Martina... —gime agarrándome de la nuca con una mano y apretándome la cadera con la otra.

Las piernas comienzan a temblarme y mi visión se emborrona. Pierdo la noción del tiempo y también dejo de saber dónde estoy. Lo único en lo que soy capaz de pensar ahora mismo es en Víctor y en cómo quiero que esta sensación dure para siempre.

—Víctor... —susurro con las pocas fuerzas que me quedan. Noto que el orgasmo está cada vez más cerca y, en esta ocasión, no quiero aguantármelo—. Como pares, te juro que voy a...

—Hazlo, Martina, córrete. Por favor —suplica.

No sé en qué momento me he vuelto tan obediente, pero en cuanto pronuncia esas tres palabras siento el orgasmo más vivo que nunca. No necesito volver a frotarme el clítoris con los dedos, mis piernas se vencen y caigo sobre el suelo. El orgasmo se apodera de cada rincón de mi cuerpo, recorriéndome de arriba abajo.

—Martina, voy a... —gime Víctor en mi oído, inclinado completamente sobre mí y penetrándome por última vez antes de explotar junto a mí, llegando al orgasmo más intenso que he presenciado en mi vida— correrme.

Con la respiración entrecortada, sale de mi interior. Las piernas me tiemblan. Los brazos me tiemblan. Creo que me tiemblan hasta las pestañas.

Víctor se deja caer a mi lado, acostándose boca arriba e invitándome a unirme a él con un brazo levantado.

—Ven aquí.

Con la poca fuerza que me queda, me giro hacia la derecha y acabo con la cabeza apoyada en su pecho, que sube y baja a la misma velocidad que el mío; a una que no debe de ser nada saludable para el corazón. Pero me da igual. Haberme acostado con Víctor Pardo tampoco me va a sentar bien cuando amanezca mañana temprano, porque ya se me habrá pasado el subidón que tiene una cuando está cachonda.

—Tienes merecida la fama que te has ganado.

Víctor suelta una carcajada y me da un beso en la frente.

—¿Y qué fama tengo?

—No te lo pienso decir.

Le acaricio el pecho en círculos suavemente. Los dedos que le acarician el pecho van bajando poco a poco hacia sus abdominales, llevándome conmigo las perlas de sudor que bañan su piel aterciopelada. Nunca una piel me ha parecido tan suave como la suya. Nunca un olor me ha parecido tan adictivo como el suyo.

Cierro los ojos y un pensamiento intrusivo aparece en mi mente, pero me obligo a echarlo a patadas inmediatamente.

«Podrías acostumbrarte a esto, Martina».

25

MARTINA

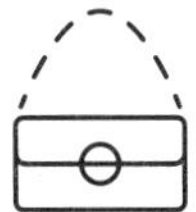

Saco una mano por debajo del edredón y, a tientas, palpo la mesita de noche que hay junto a la cama tratando de encontrar mi móvil. Sí, estoy tapada hasta arriba, y no, no pienso sacar la cabeza para coger aire a pesar de que esté a punto de asfixiarme. Ahora mismo, lo único que necesito es el consuelo de mi mejor amiga y rezar para que el Innombrable —bautizado así a partir de ahora— no esté tumbado a mi lado. Aunque no sé ni qué hora es.

Cuando doy con el móvil y toco la pantalla helada, casi pego un grito. ¡Logro conseguido! Lo cuelo debajo de las sábanas y el fogonazo de luz que me llega al desbloquearlo casi me deja ciega. ¡Joder! Bajo el brillo al mínimo y, cuando mis ojos me lo permiten, veo que son… ¿las doce del mediodía? Pero ¡¿qué?!

Abro WhatsApp y me voy directamente al chat de Gala.

Gala

GALA

GALAAAAAA

G

A

A

Dime que estás despierta.

POR FAVOOOR.

CFRISIS

CRISIS*

AYUDAAA

Veo que está escribiendo y suspiro aliviada. Está despierta. Menos mal. Espero paciente lo que para mí es una eternidad, pero, según el reloj del móvil, no es ni un minuto hasta que llega el mensaje de respuesta.

TE LO DIJE.

¿Qué? ¿Cómo que «te lo dije»?

Parpadeo dos veces por si no he leído bien el mensaje por lo entelados que me noto los ojos. Pero no, he leído perfectamente.

TÍA, ¿¿¿ESTOY EN PÁNICO Y SOLO ERES CAPAZ DE DECIR TE LO DIJE???

Es que te lo dije. Lo sabía. ¡Lo sabía!

PERO SI TODAVÍA NO TE HE DICHO NADA.

Ni falta que hace. 😌

Solo hay dos cosas que te pueden
poner en este estado de nervios.

1. Que un oso pardo os haya atacado
y estéis presos en sus garras a punto
de ser devorados. O… 2. Que hayas
caído en las garras del otro tipo de Pardo. 😎

¿Alguna vez he dicho que tengo una amiga muy lista?

¿Tan evidente era? 😫

Bastante, cariño.

Pero… vamos a lo importante. 😏
¿El apellido le hace justicia?

¡¿GALA?!

Estoy debajo del nórdico corriendo el riesgo de morirme
ASFIXIADA. Te mensajeo para que me socorras
¿¿¿y lo único que te interesa es CÓMO FOLLA???

¿¿QUÉ CLASE DE AMIGA ERES??

Una que se interesa por tu satisfacción sexual.

¿¿¿Cumple o no??? 🍆💦

No quiero ni recordarlo.

Porque recordarlo significa ser consciente de que
lo he hecho con Víctor. Mi compañero de piso.
Mi archienemigo. Mi novio FALSO.

Y no una ni dos veces… NO.

¡¿QUÉ HAGO, GALA?!

Primero, salir de ahí abajo; segundo, darte una ducha porque dudo mucho que te la dieras después (a no ser que la tercera, cuarta o quinta ronda la hayáis hecho en la ducha) y seguro que estás hiperguarra (Víctor tiene pinta de ser muy cerdo y tú no te quedas atrás, amiga); tercero, vestirte; cuarto, dar señales de vida a tu falso novio (aunque ahora dudo de si es tan falso 😎), y quinto, intentar no sonrojarte demasiado delante de sus padres.

Espera…

Espera…

ESPERA.

¿¿LO HABÉIS HECHO CON SUS PADRES DURMIENDO EN LA HABITACIÓN DE AL LADO??

Nunca pensé que diría que Víctor Pardo ha sido la campana que me salvaría, pero en mi vida ya nada tiene sentido y casi me siento aliviada al escuchar un ruido al otro lado del nórdico.

—Martina…, ¿vas a pasarte ahí metida todo el día?

Hago ver que no lo oigo, que sigo dormida o que me ha dado un infarto. Cualquiera de las tres opciones me vale si así me deja en paz.

—¿Martina…?

Las manos de Víctor toquetean la tela que me cubre con todas las intenciones de destaparme, así que, evidentemente, entro en pánico.

No.

Llevo.

Ropa.

Saco las manos por el borde superior de las sábanas y me aferro a ellas como si la vida me fuera en ello. Aunque, teniendo en cuenta la situación en la que me encuentro…, sí, la vida me va en ello.

—¡No! —grito mientras asomo los ojillos por encima del nórdico, notando un fogonazo de luz peor que el que me ha brindado el móvil minutos antes—. Ni se te ocurra.

—Hombre, pero si sigues viva.

Abro un ojo lentamente y después el otro. La figura de Víctor se dibuja delante de mí poco a poco, pasando de borroso y luminoso a nítido y neutro. Aunque ahora lo veo bien, no me haría falta hacerlo para saber que ya tiene una de esas sonrisas puestas en la cara. Me he quedado yo con todo el pánico habido y por haber.

—Repito… ¿Vas a quedarte ahí todo el día? —pregunta de nuevo—. Lo digo para decirles a mis padres que no bajarás a comer.

Sus padres… Joder.

Recuerdo el último mensaje de Gala —que no he llegado a responder— y lo único que se me pasa por la cabeza es esto: «Sí, Martina, lo has hecho con Víctor cuatro veces con sus padres al lado. ¡Te parecerá bonito! Eres una sinvergüenza».

—Diles… —me aclaro la voz— que me sentó mal la cena anoche. Que… me duele la tripa.

—¿Mientes muy a menudo?

A pesar de que sé que está de broma, no puedo evitar removerme debajo del nórdico. En primer lugar, porque me pone nerviosa que me observe como lo está haciendo y me sonría con esos labios que anoche… Bueno, pues eso, que anoche estaban demasiado cerca de mí, demasiado encima de mí. Y, en segundo lugar, porque siento que, más que una pregunta que me hace él, es como si fuera una que planteo yo, pero que sale de sus labios. «¿Miento muy a menudo?», «¿miento muy a menudo sobre Víctor?».

—Mira, da igual. No les digas nada. Ya bajo a comer. —Estoy a punto de destaparme para salir de la cama y bajar a la planta de abajo donde, seguramente, estarán sus padres. Pero menos mal que no lo hago… porque sigo desnuda—. Eh… ¿Te importa? —Señalo la puerta con la mirada.

—¿Irme?

Asiento con la cabeza.

—Claro que no. —Se da media vuelta y comienza a caminar hacia la puerta. Está a punto de salir por ella cuando, sin girarse, añade—: Aunque anoche te vi de todas las formas posibles. Borrar esas imágenes de mi mente no es tan fácil como simplemente apartar la mirada y salir por una puerta, Avellaneda.

26

VÍCTOR

Podría haber dejado dormir a Martina durante todo el día. Mis padres no están en casa. Han salido a dar una vuelta por el monte y todavía no han llegado. «Hemos encargado una paella. Llegaremos hacia la hora de comer». Y las doce no es la hora de comer. Pero es que no tener a Martina cerca hace que me pique la punta de los dedos. Por esa razón he subido.

Ahora que he salido de la habitación no puedo asegurar que el picor haya disminuido. En realidad, se ha intensificado.

No pensé que ver a Martina metida en la cama, con ese pelo revuelto y el maquillaje corrido, iba a evocarme recuerdos de anoche. Pero lo ha hecho, y ahora bajo al salón con algo más que un picor de dedos.

A ver cómo me las arreglo para pasar lo que queda de día —y de vida— teniendo que mirarla a los ojos, los mismos que me han mirado fijamente mientras se corría encima de mí y me arañaba la espalda.

—¿Y tus padres? —Me sorprende de pronto la voz de Martina a mi espalda.

Estoy tirado en el sofá con uno de los libros de la estantería de mi padre. De pequeño me encantaba hacer esto, coger un libro cualquiera y abrirlo por la página que fuese. Leer un poco e imaginarme qué era lo que había pasado anteriormente. En estos momentos solo lo hago para intentar aliviar la inquietud que me va comiendo por dentro poco a poco. Ah, y también es algo que hago cuando estoy aquí, en la sierra, porque, si estoy en casa, al mínimo signo de agobio, me marcho al taller.

—No están —digo.

—Pero… —Sacude la cabeza y sopla, apartando la mirada de mí—. ¿Sabes qué? Da igual. Voy a… dar un paseo.

—¿A dónde?

—Por ahí. Seguro que hay algo muy interesante que ver.

Dejo el libro sobre mi estómago y no hago otra cosa que mirarla.

—¿Vas a hacer como que lo de anoche no pasó durante mucho rato más?

—¿Qué?

—Me has oído perfectamente.

Martina boquea como un pez o como hacía anoche ahogando gemidos y gritos que, evidentemente, no podía dejar ir. «¿Y tú vas a dejar de pensar todo el rato en el rato que pasasteis juntos?», me pregunto a mí mismo al darme cuenta de que todo, haga lo que haga Martina, lo relaciono con lo que pasó.

El corazón se me acelera en cuanto empieza a acercarse a mí caminando lentamente. No es hasta que está a menos de un metro que cierro el libro, lo dejo sobre la mesita que hay junto al reposabrazos y me siento para tener una posición algo más… decente.

—Mira, Víctor —dice señalándome con un dedo—, lo que pasó anoche… no pasó. Nada de lo que hicimos fue real. Bueno, sí que lo fue. Quiero decir… Bueno, que sí, que pasó, pero que no…

—Creo que te estás liando. —Me levanto del sofá y me quedo de pie junto a ella, así que ahora sus ojos pasan de mirar hacia abajo a mirar hacia arriba—. ¿Pasó o no pasó? —susurro encima de sus labios.

—Víctor… —Da un paso hacia atrás—. Por favor…

Cierro los ojos y cojo aire para después soltarlo muy lentamente. No puede decir esas dos palabras y pretender que no me vuelva loco.

Porque hace unas horas las dijo tantas veces que me las grabó a fuego en la mente. Y ahora no sé qué narices hacer. Me está pidiendo que olvide lo que ocurrió a pesar de que es algo que ni puedo ni quiero hacer.

—¿Qué, Martina?

—Que, aunque lo de esta noche ha estado muy bien —dice—, realmente muy bien..., tenemos que hacer como que no ha pasado.

Me río.

—¿Cómo que hacer como que no ha pasado?

—Pues eso. Eso no ha pasado. Nada de nada.

—¿Nada?

—Eso es.

Las pupilas de sus ojos están dilatadas y tienen un brillo que me hipnotiza.

¿La chica que tengo delante, con quien finjo que tengo una relación, me está pidiendo que olvide que follamos cuatro veces por toda mi habitación? Evito reírme, pero no por falta de ganas. Todo esto me parece surrealista.

—Claro —digo al fin—. Lo haremos como siempre terminamos haciéndolo todo, Martina, como tú quieres.

Sonrío —esta vez sin ganas—, me doy la vuelta, dejando a Martina a mi espalda, y me inclino para volver a coger el libro que estaba leyendo antes de que apareciese en el salón. Salgo y me voy a las sillas que hay en el porche, donde el sol calienta la madera. Me siento allí y vuelvo a abrir el libro por otra página aleatoria.

27

MARTINA

A ver… Sé lo que parece, pero no, no me arrepiento. Bueno, quizá un poquito. Aunque en realidad «arrepentimiento» no es la palabra adecuada. Más bien es «vergüenza atroz a enfrentarse a la realidad de lo que ha pasado», porque no olvidemos que me he acostado con Víctor Pardo, mi archienemigo, por encima de compañero de piso o novio falso. ¿Cómo se supone que voy a mirarlo a la cara teniendo en cuenta que, hace menos de veinticuatro horas, estaba de espaldas a él notando cómo entraba dentro de mí?

Es que no. Rotundamente no.

«Habértelo pensado dos veces antes de bajarte las bragas, querida», me digo a mí misma. Pero me defiendo de mi otra yo diciendo que fue él quien me las bajó.

Ay, mi madre. ¡Que Víctor Pardo me bajó las bragas, me comió el coño y después procedió a follarme en todas las posiciones habidas y por haber!

Estoy entrando en un estado de pánico del que no sé si podré salir con dignidad. Menos mal que al despertarme él ya no estaba a mi lado, porque recuerdo muy bien que cuando terminamos de corrernos por cuarta o quinta vez —llegó un momento que dejé de contar—, conmigo pegada al cristal de la puerta del balcón, nos tumbamos en la cama y me quedé frita en cuestión de segundos mientras sus latidos se iban ralentizando. Lo que significa que me dormí sobre su pecho. Abrazada a él. Como dos novios.

Solo de pensarlo me entra urticaria.

Que, repito, no es porque no me haya gustado, sino porque, de nuevo, se trata de Víctor Pardo. El Adonis en muchos aspectos, uno de ellos el sexo. Y, a decir verdad, se merece lo creído que se lo tiene. Solo de recordar todo lo que me hizo anoche… («Martina, no, ¡deja de pensarlo!»), un escalofrío me recorre todo el cuerpo y siento la necesidad de apretar las piernas porque siento un cosquilleo ahí abajo.

Remuevo todos los ingredientes que he metido en el cuenco de metal hasta que estén completamente mezclados. Estoy tratando de hacer un bizcocho de yogur porque necesitaba despejar mi mente. Al final, no he ido a dar una vuelta por el monte. No quería acabar perdida por ahí —mi sentido de la orientación es pésimo— y tener que llamar a Víctor para que viniese a recogerme. Es mucho más fácil hacer un bizcocho.

Saco una bandeja de un armario después de pasarme un buen rato buscándola —esta cocina es enorme— y después de untarle mantequilla por todos los bordes vierto la masa dentro. No es hasta que estoy a punto de meterlo en el horno que pienso que le falta algún toque dulce —como si no llevase casi medio kilo de azúcar— y busco por los armarios para dar con algo de chocolate. Junto al bote de la harina encuentro una bolsita llena de pepitas de chocolate. «Perfecto», pienso. Incluso sonrío orgullosa. Me va a quedar un pastel de diez.

—No sabía que «salir por ahí» era sinónimo de «hacer un pastel».

Víctor ha cambiado su mueca de enfado para mostrar una algo más divertida, haciéndome saber que ya no está molesto. O al menos no tanto. Pero no puedo decir que a mí me pase lo mismo. Sigo sin querer verlo ni en pintura, así que me doy la vuelta de nuevo para seguir centrada en mi bizcocho.

—Me apetecía hacer uno para darles las gracias a tus padres por invitarme y acogerme en su casa —digo sin mirarlo.

—¿Y para mí qué?

—Para ti no hay.

No me hace falta darme la vuelta para saber que se ha ido acercando y que ahora está justo detrás de mí. Su voz cada vez suena más cerca y puedo oler su perfume. Me obligo a no inspirar demasiado profundamente y a mantenerme serena.

Una de sus manos se cuela en mi campo de visión y se mete en el tarro de las pepitas de chocolate.

—Me parece muy feo, Martina…

Le lanzo una mirada rápida y lo veo con una sonrisa en la cara. «Qué rápido se le pasan los enfados a este chico, ¿no?», pienso.

Intento ignorarlo. Que coma todo el chocolate que quiera, yo solo necesito unas cuantas pepitas para adornar el bizcocho. Me concentro con todas mis fuerzas en evitar mirarlo o dirigirle la palabra cuando me lanza una pepita de chocolate en la cara. Pero ¿qué…?

—¿Se puede saber qué estás haciendo, Pardo?

—Endulzarte un poco.

Me tira de nuevo otra pepita de chocolate y me giro para lanzarle una mirada de «o paras o te degüello». Pero parece ser que él hoy ha decidido pasar de mis indirectas.

—No me hace gracia, Víctor.

—¿Desde cuándo me importa si algo te hace gracia o no para meterme contigo? —Me lanza otra pepita de chocolate y esta se me cuela por dentro de la camiseta—. Canasta.

—Eres un cerdo.

—Ya lo sé. Ayer me lo dijiste unas… cuatro veces.

Si fuera posible que la mandíbula se desencajase y cayese al suelo, la mía habría hecho justamente eso. Pero ¿este chaval? ¡¿De qué va?!

—¿No te has dado cuenta todavía de que no quiero hablar más del tema? ¡Hemos dicho que lo íbamos a olvidar!

—No sé tú, pero a mí me cuesta olvidar las cosas buenas. Dame tiempo, Avellaneda. El mundo no se arregló en dos días.

Me lanza otra pepita de chocolate y entonces decido unirme a él. Como dicen: «Si no puedes con tu enemigo, únete a él». Así que cojo un puñado de pepitas de chocolate y se las tiro a la cara.

—¿Quieres jugar? —pregunto.

—Yo siempre.

Sonríe y a mí se me activa algo por dentro. No sabría decir con exactitud qué es, pero sé que, si metiera la bandeja con la masa del bizcocho dentro de mi cuerpo, se cocinaría mucho más rápido que en el horno. Y eso ya es decir.

Cojo otro puñado de pepitas y me acerco a Víctor, salvando los dos únicos pasos que nos separan. Él, sin pronunciar palabra, me mira expectante. No sé si se da cuenta de lo que llevo en la mano porque nos estamos mirando a los ojos muy fijamente. Tanto que incluso dejo de ver todo lo que nos rodea.

Cuando estoy prácticamente pegada a él, le levanto la camiseta lentamente y le espachurro las pepitas de chocolate, que ya están medio derretidas en mi mano, en el estómago. En su cara aparece una mueca de asombro.

—Si quieres lamerme el cuerpo, solo tienes que decirlo, princesa.

Víctor me imita: coge unas cuantas pepitas (las suyas parecen derretirse con mucha más rapidez que las mías) y, antes de que pueda reaccionar, me aparta el pelo del cuello y aplasta el chocolate justo en esa parte de mi cuerpo que besó, mordió y lamió tantas veces anoche.

—¿Debería decir lo mismo?

—Deberías. No te escondas.

Decido dejar de pensar —porque en realidad no me queda otra opción— e inclino el cuello para despejarle el camino hacia la parte manchada de chocolate. Mientras Víctor se inclina ligeramente hacia mi nuca, me doy cuenta de que el corazón está a punto de salírseme del pecho. Nunca nadie me ha puesto más nerviosa de lo que me pone Víctor Pardo. Pero es que con esos ojos, esos labios, esas manos, esos…

—¡Chicos! —grita Verónica desde la puerta de entrada de la casa, sacándome totalmente de la escena que me tenía embelesada—. ¡Ya estamos aquí!

Me separo de Víctor con un ágil movimiento, como si me estuviese quemando, y me doy un golpe en el culo con el cajón.

—¡Auch! —Él se da cuenta y se acerca a mí para ver qué ha pasado—. Déjame, estoy bien. ¡Aparta! Tus padres van a aparecer en la cocina en cero coma.

—¿Mis padres? —Sonríe—. Justamente ellos deberían encontrarnos pegados como dos caramelitos superenamorados. ¿Te recuerdo que creen que somos novios de verdad?

Tengo que reconocer que tiene razón, no lo voy a negar. Pienso en mi trabajo en el VP, en el futuro que quiero vivir, y me pego a Víctor como si fuese un imán. Él está a punto de abrir la boca cuando sus padres entran en la cocina con unas pintas de haber ido a hacer senderismo que no las podrían disimular ni queriendo.

—¿Qué tal, chicos? —pregunta Jesús.

—Estábamos haciendo un bizcocho juntos. ¿A que sí? —Me pego a Víctor, colocando la cara sobre su pecho y apretando mis brazos a su alrededor para que me devuelva el abrazo.

—Eh… Sí.

—Pues tenéis un poco de chocolate en la cara —dice su padre mientras camina hacia nosotros para coger un vaso de agua y servirse un poco—. Y en más partes.

—¡Qué romántico, por favor! —exclama Verónica, ilusionada.

—Eh… Voy a ducharme.

Ignoro el comentario de Víctor y agarro la bandeja con la masa del bizcocho para meterla en el horno. Ignoro también la mirada que me dirige Verónica con esa sonrisa que siempre tiene en la cara cuando nos habla. «Madre mía, la decepción que se llevará cuando se entere de que en realidad su hijo y yo no estamos saliendo», pienso. Porque en algún momento tendremos que decirle que todo era una farsa, ¿no? No vivirá siempre pensando que hubo una vez en la que su hijo y yo estuvimos enamorados, ¿no? Porque eso sería hacerla vivir en una mentira muy gorda, ¿no? Porque nunca nos hemos enamorado ni lo haremos, ¿no?

¿No…?

28

VÍCTOR

Nunca he tenido menos ganas de montarme en un coche como las que tengo ahora mismo, y eso ya es decir. Pero solo de pensar en encerrarme en mi coche con Martina durante media hora hace que el estómago me dé media vuelta y termine boca abajo. Por no hablar del momento en el que subamos a nuestro apartamento y tengamos que quedarnos solos dentro de esas cuatro paredes.

Todo lo que comienza termina, y el fin de semana que acabamos de vivir no va a ser menos. Estamos a cinco minutos de dejar atrás la casa de la montaña y, con ella, todo lo que ha pasado allí. La noche en mi habitación y la mañana en la cocina. Los besos por su cuerpo y el chocolate en su cuello. Cómo nos hemos mirado y todo lo que hemos sentido.

—Ya nos llamaréis para venir a comer algún día a casa —dice mi madre antes de darme un abrazo para despedirse de mí—. Tened cuidado en la carretera.

—Sí, mamá.

—Vigílalo para que no corra —le dice a Martina, como si el verdadero peligro aquí fuera yo y no ella por revolucionarme entero.

—Claro, Verónica. —Sonríe ella—. Muchas gracias por haberme invitado. Ha sido todo un placer.

Si tuviera fuerza de voluntad, habría evitado sonreír al escuchar esta última frase. Pero, como evidentemente me la dejé en Madrid, no hago más que sonreír mientras recuerdo todo el placer que sentimos. Martina dirá lo que quiera, pero evitar pensar en lo que ocurrió es imposible, tanto para mí como para ella.

—¿Nos vamos?

Ella asiente y nos subimos al coche tras meter nuestras cosas en el maletero.

—Bueno, pues... ha estado bien, ¿no? —pregunta para romper el silencio que nos envuelve más allá de la canción de Jay Wheeler que suena.

—Creo que ya sabes mi respuesta.

—Oye... —La miro durante un segundo antes de coger una pequeña curva—, nosotros estamos bien, ¿no? Bueno, como siempre, quiero decir. Todo lo bien que podemos estar teniendo en cuenta que nos odiamos bastante.

—«Odiar» no creo que sea la palabra más adecuada. Pero sí, supongo que sí.

—¿Supones?

—Sí.

—¿Por qué solo supones?

—Martina, déjalo. —Le lanzo una mirada algo más larga, ya que sé que no se avecina ninguna curva. Solo cuando mis ojos vuelven a la carretera soy capaz de continuar—. Nos acabamos de marchar de la casa. Y, como ya hemos dicho esta mañana..., ahí se queda todo. Haremos como que nada ha pasado. Como se suele decir: «Lo que sucede en Las Vegas se queda en Las Vegas».

Martina no me responde. Supongo que se limita a asentir, porque no la miro para asegurarme de ello.

Sumido en las pocas palabras que nos envuelven, me centro en la canción que se está reproduciendo. «Garabatos» nunca me había parecido tan triste como me está resultando ahora. Noto cómo el pecho se me encoge y, antes de que desaparezca dentro de mí, alargo el brazo hacia la pantalla táctil y paso de canción. Empieza «Caras vemos», de Eladio, y me pregunto por qué todas las canciones tristes de mi repertorio han decidido sonar ahora y por qué todas me hacen pensar en Martina.

Quiero irme de mi propia casa.

Nunca pensé que diría eso, pero sí, quiero largarme de aquí porque la presencia de Martina me enferma. Y, por primera vez, no me enferma nivel me sale sarpullido por todo el cuerpo. Por primera vez es nivel quiero subirla a la mesa del salón y hacerlo hasta que los vecinos nos toquen al timbre para que dejemos de hacer ruido.

Joder, necesito despejarme.

Saco el móvil del bolsillo de mis pantalones y abro el chat de Cristo.

Ya he vuelto.

Necesito salir. Estas paredes me ahogan.

Hombreeeeee, colega. ¿Qué tal ha ido la convivencia?

¿Olvidas que ya vivimos juntos de normal?

Tienes razón. Entonces... ¿nada importante para contar?

Como es de esperar, no, no se lo conté a Cristo. ¿Que eso me hace el peor amigo del siglo? Puede ser. Pero suficiente tenía soportándome a mí mismo como para aguantar sus preguntas, que estoy seguro de que hubiesen sido un montón.

Muchas cosas por contar.
¿Te hace salir esta noche?

Mañana es lunes, tío.

¿Y? Como si el taller no fuese nuestro.

Hostia, estás jodido, ¿eh?

¿Te hace Shoko?

Paso a por ti en veinte minutos.

Vuelvo a guardar el móvil donde lo tenía antes de sacarlo y me dirijo directo al baño. Voy a abrir la puerta cuando desde dentro oigo una voz:

—¡Estoy yo!

No he escuchado el agua correr hasta ahora. Martina se está duchando.

—¿Te queda mucho? —digo abriendo la puerta y pasando—. Necesito entrar.

—Pues me acabo de enjabonar el pelo. ¿Tanta prisa tienes? —Asoma la cabeza por la cortina cutre de plástico y la veo con los ojos achinados.

—Bastante.

Frunce el ceño y vuelve a correr la cortina, dejándola tal y como estaba antes.

En una situación normal le hubiese vacilado con quitarme la ropa y entrar. Pero, claro, esto no es una situación normal. Desde que cometimos la mayor locura cometida en la historia, todo dejó de ser normal. Por esa razón me callo las palabras que me piden con ansia salir de mi garganta.

Me miro al espejo y me peino un poco. Agarro la maquinilla de afeitar del primer cajón del armario de debajo de la pica y me rasuro la barba de dos días que me cubre las mejillas. No me lavo la cara porque tengo previsto ducharme. Y no me perfumo porque lo haré justo después.

Martina cierra el grifo cuando saco el móvil y le envío un mensaje a Cristo:

Mejor calcula treinta minutos.

—¿Puedes salir?

Me giro para verla ya con la toalla enrollada.

—¿No tienes la toalla puesta? —Asiente—. ¿Pues? No te veré nada. No me importaría salir y dejarte todo el tiempo del mundo, pero tengo prisa. —Comienzo a desabrocharme los pantalones.

—¡Vale, vale! Ya me voy yo a mi habitación, tranquilo —dice con sorna mientras se agarra la toalla con una mano y con la otra se asegura de que la que tiene en la cabeza alrededor del pelo no se le caiga mientras camina hacia la puerta—. ¿Sales por ahí? —Asiento—. ¿A dónde vas?

—A Shoko.

—No sabía que ibas a salir.

—Pues ya lo sabes. ¿Acaso quieres acompañarme?

Le guiño un ojo, esforzándome todo lo posible por volver a la normalidad que teníamos, y ella pone los ojos en blanco.

—Ni de coña. —Sale del baño y yo no puedo evitar admirar su cuerpo moviéndose debajo de la toalla camino a su habitación—. ¡Pásalo bien y no hagas mucho ruido cuando vuelvas!

—¡Descuida, no me atrevería!

Trato de ignorar lo que el mini-Víctor que tengo dentro me está queriendo decir y termino de quitarme la ropa para meterme en la ducha.

Esta noche me lo pienso pasar de puta madre y sin tener a Martina en mente, como que me llamo Víctor Pardo.

29

VÍCTOR

Llegamos a Shoko cerca de la una de la mañana. Por suerte, no hay mucha cola al ser domingo y Cristo y yo no tenemos que esperar más de diez minutos para entrar. Lo de espacio libre de humo es un concepto que aquí no entienden demasiado. La gente fuma y bebe sin ningún tipo de escrúpulo. Pero no me quejo. En menos de cinco minutos, yo estaré igual que ellos.

¿He dicho cinco minutos? Quería decir cinco segundos. Porque es lo que tarda Cristo en proponerme:

—¿Quieres un piti? —Asiento sin pensármelo dos veces. Los pulmones me están pidiendo humo, y el hígado, alcohol—. Lleva sorpresa.

No me hace falta preguntarle de qué trata la sorpresa. Mi afición son las motos; la suya, cultivar maría. Aunque todo muy legal. Se limita a cultivar las dos plantas que la justicia permite por persona. Y digamos que aprovecha los frutos.

Cristo me tiende el piti enrollado y yo saco mi propio mechero. No sé si esto será muy legal ni si perjudicará demasiado la salud de la gente que está aquí metida, pero no me quedaré de brazos cruzados mientras los otros fuman. Así que lo enciendo y le doy una calada sin evitar toser.

—Joder, tío, esto está cargadísimo.

—¿Cargadísimo? ¿Cuánto hace que no te fumas uno? Porque es de los flojos.

Sacudo la cabeza. El humo me quema la garganta y se me aguan los ojos, pero me lo trago y trato de contenerlo; sin embargo, al final, termino expulsándolo entre toses.

—Te falta práctica, tío.

—Martina, que es una obsesiva del humo y del olor que deja en la ropa —digo, dándome cuenta de que he tardado dos minutos en nombrarla. Le pego otra calada al piti. Ahora está mejor—. Me hace sacar la cabeza por la ventana si quiero fumar. En mi propia casa.

—Hablando de Martina…

—¿Ron-cola o un Jägerbomb?

Cristo niega con un gesto sonriendo y suelta:

—Un ron-cola, anda. —Alzo el pulgar mientras me doy la vuelta y me alejo de él para ir a la barra, pero no se resigna a que lo ignore y me grita—: ¡Qué bien se te da huir de las situaciones que no te interesa afrontar, Pardo!

Intento no tomármelo demasiado en serio. Aunque, qué cojones, tiene razón. Más de lo que nadie ha demostrado tener en los últimos minutos, y eso me incluye a mí. Porque sí, estoy huyendo. De hecho, llevo huyendo desde que me he subido al coche y he dejado atrás la casa de El Barrueco. Estoy huyendo de Martina y de lo que ha sucedido allí. ¿Qué otra cosa puedo hacer cuando ella se arrepiente tanto de lo que ha pasado entre nosotros y yo, sin embargo, no me lo puedo sacar de la cabeza, porque me ha gustado tanto que lo único que quiero es repetirlo?

—¡¿Qué ponemos?! —pregunta entre voces el barman.

—¡Un ron-cola y un Jägerbomb!

—¡Marchando!

El chaval —que dudo incluso de su mayoría de edad— empieza a prepararnos los cubatas. Decido apoyarme en la barra pegajosa y observar a mi alrededor. Hay luces por todas partes que tiñen el humo de colores. A lo lejos veo a Cristo con un grupo de chicas; está hablando animadamente con ellas. Me río al pensar que no puede mantener el culo alejado de las pibas ni cinco minutos.

Cuando el chico que hay detrás de la barra me da una voz para decirme que ya están las copas preparadas, sacudo el móvil delante de él y lo entiende al momento. Saca el datáfono, marca el precio y me lo tiende para que yo acerque el móvil. Cuando retira el cacharro, entiendo que ya ha cogido la tarjeta, porque el clin típico no soy capaz de escucharlo.

Me voy con las copas en las manos y el cigarro en la boca, tratando de que no se me apague, hacia donde está Cristo. Para sorpresa de nadie, todavía sigue hablando con las cuatro chicas. Si se lo proponen, se lo comen de un bocado.

—¡Pardo! —grita cuando me ve aparecer—. Justo les estaba hablando de ti.

—Espero que solo hayas dicho cosas buenas.

Sonrío y, mientras le tiendo la copa a Cristo, aprovecho para echarles un vistazo rápido a las tías.

—De hecho, todas muy buenas —dice una, la que tiene el pelo más rizado. Morena, bajita y con un vestido negro ceñidísimo.

—Me parece a mí que tienes bien sobornado a tu amigo —comenta otra, un poco más alta que la primera, rubia, con una coleta tan apretada que juraría que incluso le duele, y con los labios más brillantes que he visto en mi vida—. No recuerdo que seas tan bueno.

Frunzo el ceño y le doy otra calada al cigarro. Sus amigas cuchichean entre ellas y Cristo abre mucho los ojos mientras bebe de su copa.

—¿Nos conocemos?

—Me ofende que no te acuerdes de mí.

La vuelvo a mirar de arriba abajo, fijándome en ella y tratando de recordar quién es y por qué nos conocemos. Estoy a punto de decirle que se debe de haber confundido de Pardo cuando me doy cuenta de quién cojones es. Una chavala con la que me enrollé en el viaje de fin de curso que hicimos en bachillerato. ¿Cómo se acuerda de mí? Por Dios, si hace un siglo de aquello.

—A mí me sorprende tu memoria.

Sus amigas sueltan unas risas.

—A eso tendrías que añadirle muchos atributos más. Creo que, si te esfuerzas un poco, quizá te venga alguno a la cabeza.

Me guiña un ojo y, sin dejar que responda, se pira de nuestro lado hacia el centro de la pista de baile. Con la copa en la mano, comienza a bailar moviendo todo su cuerpo contra el de otros desconocidos. Sin vergüenza, sin pudor. Bebo de mi copa y dejo que el alcohol me queme la garganta a medida que va bajando hasta mi estómago, donde cae como una pelota de cien kilos. Me termino el piti —diría que demasiado rápido— y tiro la colilla. Lo siento, Greta Thunberg, ahora mismo tengo otras preocupaciones.

Con la mirada todavía fija en la chica, que se mueve en el centro de la pista sin parar, al ritmo de lo nuevo de Yandel y Feid, le pego otro trago a mi copa y me acerco a ella con paso decidido.

Conecto mi mirada con la suya cuando estoy a medio camino. Ella me mira fijamente, esboza una sonrisa y se da la vuelta. Azota a alguien con su coleta y al momento bajo la mirada hacia el vestido, que tiene un escote en la espalda que le llega casi a la cintura. Madre de Dios, está de infarto. Es entonces cuando comienzo a recordar todo lo que me hizo hace años.

—No puedes besar sin morder —le digo al oído, por detrás, cuando he llegado hasta ella—. Disfrutas las primeras veces. Primero, tú arriba. Después, de espalda. —La cojo de la nuca y hago que incline su cabeza un poco hacia atrás, exponiendo su cuello—. Te pone mucho que te hagan esto. Y exiges que te hagan todo lo que te dé la gana. —Noto cómo el corazón me va a mil cuando termino de hablar—. ¿Voy bien o me he equivocado en algo, rubia?

—Te doy un nueve. —Se suelta de mi agarre y se da la vuelta para quedar frente a mí, mirándome. Con los tacones que lleva me atrevería a decir que mide lo mismo que yo—. ¿Mi nombre?

¿Su nombre? Me esfuerzo por encontrarlo en mi mente, pero no lo consigo. ¿Lucía? ¿Laura? ¿Empieza por ele? Le pega que empiece por ele. Pero no voy a mentir; no tengo ni puta idea.

—Tu nombre no lo sé.

—¿Recuerdas cómo le gusta follar a una chavala, pero no su nombre? —Niega con la cabeza lentamente. Yo solo puedo ver cómo la cola se balancea detrás de ella—. Me decepcionas, Pardo…

Entonces recuerdo que nunca me lo dijo.

—No me exijas saber algo que nunca llegaste a decirme. —Es entonces cuando suelta una risa e inclina la cabeza hacia atrás. Veo su cuello en primer plano y, como si tuviese sed de sangre, me entran unas ganas descomunales de mordérselo—. Me merezco un diez, entonces.

—No. Yo nunca doy un diez.

—¿Ni siquiera a mí?

—Especialmente a ti.

Sonríe con malicia y comienza a moverse despacio contra mí.

Me termino el cubata de un trago y me alejo de ella para dejar el vaso sobre la barra. Luego, cuando me doy la vuelta para volver con ella a la pista, me la encuentro justo detrás de mí.

—¿Qué pasa, rubia? ¿No soportas la idea de que vuelva a alejarme de ti? —Vacilo al recordar que lo nuestro duró lo mismo que duró el viaje, tres días, ni más ni menos. Una vez que regresamos a Madrid, ella tomó su camino y yo el mío, sin llantos ni rencores.

—Lo que no soportaré es que esta noche no termines en la cama conmigo.

Su boca está tan cerca de la mía que puedo notar cómo su aliento se mezcla con el mío. Huele a alcohol con limón y eso me hace tener unas ganas locas de besarla. Lo nota y, mientras sonríe con esos labios perfectamente delineados, se acerca todavía más a mí y roza su boca con la mía, pero no llega a besarme, no porque ella no quiera, sino porque yo retrocedo un milímetro.

—Tu nombre primero.

—Carla.

«Ya sabía yo que la ele estaba en su nombre», pienso justo antes de devolverle la sonrisa que tiene puesta y agarrarla por la nuca para, por fin, besarla.

Desde luego, hacerlo en los baños del Shoko es lo último que me apetece. Aparte de ser un poco de cerdos, también sería de exhibicionistas. Y yo, a eso de que me miren..., todavía no le he cogido el gusto.

—Vámonos de aquí.

La alejo de mí con suavidad para ver las chispas que saltan de sus ojos. Siento que, si me quedo un segundo más mirándola, terminaré quemándome. Por eso aparto la mirada de ella, la agarro de la muñeca y la saco fuera de los baños.

De Cristo no he vuelto a saber nada desde que me separé de él para juntarme con Carla en la pista, y de eso hace ya cuatro horas. No sé si se habrá ido a casa solo o con alguna de las chicas del grupo, o si seguirá bailando aún. No me esfuerzo por averiguarlo. Estoy concentrado en sortear a la gente que sigue bailando. Ahora suena una canción de Bad Bunny y, mientras me alejo en dirección a la salida, identifico que es «Dos mil 16».

El aire gélido me sacude nada más abrir la puerta del local y me pregunto a cuántos grados debíamos estar ahí dentro. Ah, y también cómo es que Carla no está tiritando.

—¿No tienes frío? —Me saco un cigarro, esta vez uno normal, de la cajetilla que guardo en el bolsillo y lo enciendo, protegiendo con la mano la llama del mechero del ligero viento que se ha levantado.

—Una se acostumbra a las bajas temperaturas. —Me quita el cigarrillo y le da una calada antes de devolvérmelo.

—La experiencia hace al maestro.

Le sonrío con el cigarro entre los labios y, acto seguido saco el móvil para marcar en el buscador las palabras que no dejan de repetirse en mi mente desde que he entrado en este local. Miro la hora. Las seis de la mañana. Genial. Clico en el primer resultado que me aparece y la web del VP Plaza Madrid aparece delante de mí.

—¿Todavía quieres que terminemos en la cama?

—He dicho «cama» por decir algo. Ya sabes que me sirve cualquier superficie. No soy quisquillosa.

—Entonces te gustará la habitación que acabo de reservar en el VP Plaza.

—¿Me vas a llevar a un hotel de lujo? —Vuelve a quitarme el cigarrillo y le da una larga calada.

—¿Te mereces menos?

—Muy bien, Pardo —dice orgullosa, soplándome el humo en la cara y tirando el cigarro que todavía está a medio consumir al suelo para luego pisotearlo—. Vas escalando poco a poco hacia el diez.

Le doy un beso en el cuello y la invito a caminar por delante de mí en dirección a mi Cupra.

30

MARTINA

Nunca un primer día ha sido tan primer día como lo está siendo este. Casi no he dormido en toda la noche por miedo a no oír el despertador, que me ha sonado a las cuatro y media de la mañana, y llegar tarde. Los nervios me han traicionado.

—Martina, ¿verdad?

Asiento ante la pregunta que me hace la recepcionista del VP, cuyo turno supongo que está a punto de terminar.

—He avisado a Adela de que ya estás aquí. Llegará en nada para enseñarte cómo funciona todo esto.

Yo vuelvo a asentir. La pobre chica pensará que se me ha comido la lengua el gato, pero estoy tan nerviosa que no sale nada por mi garganta. Lo único que puedo hacer es apretujarme los dedos y mover las piernas con nerviosismo.

«Por Dios, Martina, tranquilízate de una vez. Menuda imagen estás dando», me digo a mí misma. Así que trato de estarme quieta hasta que llega su compañera.

—¿Martina?

Asiento de nuevo.

—¡Hola! Soy Adela. Hablamos por teléfono.

—Un placer.

Me acerco a ella y le doy un abrazo porque me niego a vivir el incómodo momento de… ¿un beso?, ¿un apretón de manos?, ¿una sonrisa?, ¿un abrazo?

—Ella es Belén, la chica que cubre recepción en el turno de noche. Cuando vengas por las mañanas, estará ella para darte el relevo. Cualquier cosa que necesites, también se lo puedes preguntar si yo no estoy disponible. —Le lanza una mirada y le guiña un ojo—. Es mi mano derecha en el VP.

—Tenía muchas ganas de conocerte, Martina.

Respondo algo sin demasiado sentido —mis conexiones cerebrales todavía no están muy activas, son apenas las seis menos cuarto de la mañana, y de momento les cuesta comunicarse entre ellas—, pero, aun así, Adela procede a mostrarme el hotel. Como es un lugar enorme, solo me enseña unas cuantas estancias para que sepa más o menos donde se encuentra todo.

—De todas formas, en la recepción hay un mapa por si algún cliente te pregunta cómo ir a alguna sala. No te preocupes. Poco a poco, irás cogiéndole el truquillo. ¡Al final te moverás por aquí como si fuese tu propia casa!

Agradezco que Adela sea tan agradable. Después de las experiencias que he tenido con varios jefes, me esperaba cualquier cosa. Por suerte, parece que me he topado con una persona maravillosa.

Mientras volvemos hacia el vestíbulo del hotel, me pregunta si tengo alguna duda. Le respondo con sinceridad:

—Por ahora ninguna, pero probablemente en un rato se me ocurra una lista bien larga.

Ella se ríe.

—No te preocupes. Tienes mi número para cualquier cosa. Además, hoy no me iré muy lejos de aquí. —Le doy las gracias por ello. No sé qué haría si me saliese algo mal estando sola en la recepción de un hotel en el que nunca he trabajado—. Toma, te he traído el uniforme. Es la talla que me dijiste, pero, si necesitas otra, no dudes en decírmelo y trataré de encontrarte uno que te vaya bien o lo pediré para que lo traigan cuanto antes.

Cojo la ropa que me tiende Adela y me meto en la sala de empleados que hay justo al lado de la recepción del hotel. Allí hay una especie de vestuario e incluso una taquilla con mi nombre. ¡Con mi nombre! Miro el montón de ropa que tengo en los brazos y sobre él veo un sobre que también tiene escrito mi nombre. Lo abro tras dejar el uniforme sobre un banquito que hay al lado de las taquillas y veo que contiene la llave para abrir la mía.

¡Qué fuerte!

Estoy a punto de llorar de felicidad.

No puedo creer que esté en el trabajo de mis sueños y que todo esté yendo tan bien.

Desde que he entrado por la puerta del VP, he dejado de pensar automáticamente en Víctor. Y eso ya es un motivo muy grande como para estar agradecida. Porque, en el momento en que Víctor salió por la puerta anoche, el mundo se me cayó a los pies. En parte, porque no me esperaba que, después del fin de semana que hemos tenido, se marchara así como así, y también porque no quería que, después de lo que hemos vivido, se marchara por ahí, a vete tú a saber qué. A pesar de que sé que no tengo motivos para recriminarle ni pedirle nada —recordemos que fui yo quien le dijo que teníamos que hacer como si nada de eso hubiera pasado—, hay una parte de mí que se resiste a dejar ir todas y cada una de las sensaciones que sentí en El Barrueco.

Dejo de pensar en Víctor y me cambio de ropa. Nunca un uniforme me ha quedado tan bien como este. Me miro en el espejo y me veo preciosa. ¡Preciosa! A pesar de no haber dormido ni cuatro horas.

Que te den, Víctor Pardo, no vas a conseguir joderme este día.

Me hago una foto en el espejo que hay sobre la pila, le pongo un filtro bonito, unos cuantos corazones por encima, y la subo a Instagram.

«Dulces comienzos. ¡Empiezo una nueva etapa más feliz y orgullosa que nunca!».

Guardo el móvil en la taquilla tras subir la foto y hago lo mismo con todas mis otras pertenencias. Luego salgo del vestuario para volver a reunirme con Adela. Cuando llego junto a ella, en el mostrador, me doy cuenta de que Belén ya se ha marchado. Así que… ahora sí que empieza de verdad mi turno.

Durante un buen rato, Adela me enseña cosas básicas que he de saber del puesto de recepcionista. Me voy apuntando aquello que sé que mi cabeza olvidará en una libreta pequeña que he decidido traer de casa.

Estamos delante del ordenador hablando de cómo se gestionan las reservas cuando suena una notificación y en la pantalla sale un mensaje emergente con el texto «Nueva reserva».

—¡Mira, genial! Así podré enseñarte en *real time* cómo las gestionamos.

Me emociono al saber que voy a hacer la primera asignación de habitación. ¡Qué fuerte!

—Vale, haz clic encima de la notificación. —Hago lo que me dice y entonces aparece una pestaña de registro—. Si en alguna ocasión no te da tiempo a pinchar sobre la notificación o no la ves, también puedes ir a este apartado de aquí. Ahí te aparecerán todas las peticiones de reserva —explica señalando una pestaña superior.

Le echo un ojo a la página que tengo delante y veo un montón de información que no me paro a leer de momento. Únicamente soy capaz de leer las dos letras que encabezan la página. VP.

—¿Se gestionan peticiones de más de un hotel? —pregunto, pensando que las iniciales pertenecen al hotel.

—No, solo gestionamos las de este. ¿Por qué? —Señalo con el dedo a lo que me refiero—. ¡Ah, eso! Eso son las iniciales de la persona que ha hecho la reserva. Aquí no funcionamos por número. Directamente nos aparecen las iniciales del nombre con el que se ha registrado la persona. —Paseo la mirada por la pantalla tratando de obtener algo más de información y se me congela el cuerpo cuando veo de quién se trata—. En este caso es…

—Víctor.

El mismo que está por todas partes. Incluso en el maldito nombre del hotel.

—¡Exacto! ¿Ves? Víctor Pardo es el nombre del cliente que ha hecho la reserva. Ahora lo siguiente que tienes que hacer es…

Y ahí ya dejo de escuchar.

Porque lo único que ocupa mi mente ahora mismo es que Víctor Pardo, mi compañero de piso, mi archienemigo, el chico con el que finjo una relación y con quien me acosté hace dos noches, ha reservado una habitación de hotel después de irse de fiesta hasta esta madrugada. Y, desde luego, no creo que vaya a venir solo.

Comienzo a marearme y a sentir que mi interior va cogiendo temperatura poco a poco. No me puedo creer que esto me esté pasando a mí. ¿En qué momento pensé que sería una buena idea comenzar toda esta farsa con un chico que parece el mismísimo diablo? Pero lo peor de todo no es eso. Lo peor de todo es ¿en qué momento lo que haga Víctor ha pasado a importarme tanto?

«En el momento en el que el curro de tus sueños —que acabas de conseguir, por cierto— está en riesgo, querida», me dice una parte de mí. Y, como esa opción duele menos que la otra que se pasea por mi mente, decido que es a la que me aferraré.

Logro salir del trance y atender a lo que Adela me explica. Que si clic por aquí, que si clic por allá. Revisa los datos, verifícalos y busca una habitación libre. Siempre la mejor que tengamos. Resérvala y prepara la ficha con las llaves. Y por último solo queda esperar a que aparezca el cliente. Asiento a todo y le doy gracias cuando me dice:

—Ahora tengo que marcharme porque he de hacer algunas gestiones, pero, para cualquier cosa que necesites, no dudes en mandarme un mensaje o llamarme. Tendré el móvil disponible.

No quiero ni imaginarme el cacao que sería que Adela estuviese aquí cuando Víctor llegue. A pesar de que dudo que sepa quién es —él no es tan conocido como sus padres y supongo que ella no ha reconocido su nombre cuando lo ha leído en la ficha—, y debo fingir que yo tampoco. Al menos hasta ahora, que Adela ya no está. Y a mí eso de fingir… Menos que lo soporto. Eso, delante de los demás, me sale de coña.

Porque, evidentemente, no lo hago. Lo de soportarlo, digo.

Si no fuese porque es mi primer día y no quiero que me echen por irresponsable, iría ahora mismo al vestuario para coger el móvil de la taquilla y enviarle un mensaje a Víctor prohibiéndole que viniese.

También le preguntaría en qué estúpido momento había pensado que era buena idea presentarse con una chica en el hotel donde yo trabajo. Porque Víctor no ha reservado una habitación extradoble —con sofá incluido— porque le apetezca pasar una noche —o más bien una madrugada— solo en un hotel de categoría de Madrid. Podré ser inocente, pero no estúpida.

También barajo llamarlo desde el teléfono de recepción, pero, una vez más, no quiero que me echen.

Así que la única opción que me queda es esperar a que aparezca por la puerta de la mano de vete tú a saber quién. Que, recordemos, no me importa que venga con alguien. Lo único que me importa es que venga. A secas. Porque recordemos que tenemos una relación fingida, gracias a la cual estoy trabajando aquí. Ese es el único motivo por el que tengo el corazón más acelerado de lo que lo tenía esta mañana temprano cuando llegué al hotel. O eso es lo que me digo a mí misma.

Cuando la puerta del hotel se abre y entra Víctor, más guapo que nunca, junto a una chica alta, rubia, con una coleta apretada y unas piernas de infarto, me quiero morir. Intento aferrarme a la idea de que solo me molesta verlo ahí porque se trata de mi trabajo, pero ¿a quién quiero engañar? El dolor que me atraviesa cuando lo veo con esa chica, con esa sonrisa en la cara y con el brazo por encima de los hombros de ella, es imposible de ignorar.

—Hola, Martina —suelta el muy sinvergüenza cuando llega al mostrador.

—¿«Hola, Martina»? ¿Cómo que «hola, Martina»? —digo tratando de no alzar demasiado la voz—. ¿Qué narices haces tú aquí?

Intento ignorar todo lo que puedo a la tía que está con él, pero es que es tan guapa que no puedo evitar lanzarle alguna que otra mirada. Más que de odio, de «¿cómo lo haces para tener ese aspecto después de toda una noche de fiesta?». Y no puedo evitar preguntarme qué me vio Víctor en común con ella. O a ella conmigo. Porque ya os digo yo que ni el blanco de los ojos lo tenemos igual. Seguro que el suyo también es elegantísimo.

—¿No te ha llegado mi reserva?

—¡Claro que me ha llegado! ¿No hay hoteles en todo Madrid, que tienes que venir precisamente a este? —Hago énfasis en la última palabra que sale por mi boca.

—Oye —dice la chica que sigue a su lado—, ¿es tu novia? Porque me dijiste que…

—¡Pues sí, soy su novia!

—¿Qué? —pregunta Víctor con la mueca de estupor más grande que ha puesto en la vida—. A ver, a ver, a ver, no líes la perdiz, Martina. —Se gira hacia la chica y ahora comienza a hablarle a ella—. No estamos juntos de verdad. Solo fingimos que lo estamos porque ella necesitaba este puesto de trabajo y…

—¡¿Te puedes callar?! Como mi encargada venga y te escuche…

—Pardo, yo solo quería pasar un buen rato contigo. Si voy a causar algún problema…

—¡No, no! ¡Qué va! —dice Víctor—. No causas ningún problema. Martina… —prácticamente me suplica—, ¿puedes hacer el favor de darme la llave de la habitación?

—¿Y tú puedes hacer el favor de largarte a casa? ¡Que la tienes disponible, hostia! Ya me dirás tú la necesidad que tienes de venir al hotel donde trabajo con tu nueva follamiga a destrozar la cama. Por favor, sé más civilizado.

—¿Me estás hablando de civismo precisamente tú?

—Evidentemente.

Por primera vez en todo el rato en el que llevamos hablando —o cuchicheando, más bien—, su mirada se queda tan clavada en la mía que soy incapaz de moverme.

No sé qué demonio se le ha metido dentro, pero traer a una chica al puesto de trabajo que he conseguido gracias a fingir que tengo una relación con él… Eso ya ha sido pasarse.

—Te lo pido por favor, Víctor. No hagas de mi primer día un infierno. Vete a casa.

—No me voy a ir a casa, Martina. He reservado una habitación y pienso utilizarla —dice mirándome muy fijamente sin titubear ni un segundo—. ¿Me vas a dar la llave o voy a tener que llamar a tu encargada?

Noto cómo se me enciende el cuerpo de ira. Nace un fuego en mi interior que va subiendo poco a poco hasta calentarme absolutamente todo, de arriba abajo.

Pero ¿de qué va?

Busco el sobre que he dejado guardado hace un rato con su llave dentro y lo pongo sobre el mostrador.

—Aquí la tienes. —Víctor está a punto de coger el sobre cuando vuelvo a hablar—. Pero antes tienes que confirmarme los datos de la reserva. ¿Llevas el DNI?

Rezo para que me diga que no, que se lo ha dejado en casa. Rezo para que por primera vez pueda ganar a Víctor en algo, pero no tengo tanta suerte. Saca el DNI de su bolsillo trasero, como si ya lo tuviera preparado.

—Aquí lo tiene, señorita.

Su afición de creerse superior me pone enferma.

Le quito el DNI de la mano y finjo mirarlo para validar la información registrada en la página web. Me tomo el tiempo que me da la auténtica gana, por supuesto. Yo no tengo ninguna prisa.

—Es para hoy.

—Qué impaciente, señor Pardo. Deme un momento, ya casi estoy. Es que es mi primer día, ¿sabe? —Le hablo como si fuera un desconocido. Ojalá lo fuese. Todo sería más fácil.

Víctor no me responde. Lo único que hace es lanzarle una mirada cómplice a su cita de esta noche justo antes de besarla delante de mis narices.

Durante un periodo de tiempo que no logro averiguar cuánto es, me quedo inmóvil. ¿Qué acaba de pasar? Sostengo el DNI con una mano, mientras que la otra la tengo quieta sobre el ratón del ordenador, todavía mirándolo boquiabierta.

Vale que yo he sido la que ha querido hacer como si nada hubiese pasado. Pero de ahí a fingir que no me afecta ni me importa lo más mínimo lo que estoy viendo… Lo siento, mi sueño era ser recepcionista de un hotel de clase, no actriz. Y, evidentemente, se nota en mi cara —y en todo mi cuerpo— que lo que acaba de hacer Víctor delante de mí no me ha sentado nada bien.

Eso él lo sabe. Por supuesto que lo sabe. Porque nada más besarla a esa tía me mira buscando cualquier atisbo de emoción. Solo que no se la pienso dar. Así que cambio mi pose y me obligo a fingir que no ha pasado absolutamente nada.

—Aquí tiene la llave de su habitación, señor Pardo —digo, entregándole, ahora sí, la tarjeta que funciona como llave y su DNI—. Su habitación es la trescientos nueve. Está en la tercera planta. Justo al final de ese pasillo —les indico, señalando hacia dónde tienen que ir— encontrarán el ascensor y las escaleras. Cualquier cosa que necesiten, estoy aquí. Tienen un teléfono en la habitación que conecta directamente con recepción. Espero que disfruten de su estancia en el VP Plaza.

—No lo dudes, reina.

Entrecierro los ojos justo en el momento en el que Víctor y la chica se dan la vuelta y comienzan a caminar hacia el ascensor.

¿Y ese tono condescendiente con el que me ha hablado? ¿Cómo puede ser tan maleducado? Aunque aquí la única que tiene ser educada y profesional soy yo, que soy la que está trabajando. Él no tiene por qué… ¡Agh! Ahora mismo lo odio. Lo odio muchísimo. Solo espero una cosa; que a Víctor hoy no se le empalme.

Me reafirmo a mí misma: esta noche el diablo lo ha poseído. Y sigue dentro de él horas más tarde.

31

VÍCTOR

Ya son las doce del mediodía y el cartel de HABITACIÓN OCUPADA sigue colgando del exterior de la puerta.

Carla está plácidamente durmiendo a mi lado. Cayó rendida vete tú a saber a qué hora, y podría asegurar que todavía le quedan muchas horas de sueño. Yo, por el contrario, doy gracias si he conseguido dormir más de cuatro horas.

Desde que anoche entré en este puto hotel no he podido dejar de pensar en Martina ni un maldito momento. Ni uno. Y eso conlleva todo lo que estaréis pensando. No dejé de pensar en ella ni cuando me metí en el ascensor, ni cuando apreté el botón, ni cuando abrí la puerta de la habitación que iba a compartir con Carla, ni mucho menos cuando le hice todo lo que no le había hecho a Martina la noche anterior. Porque, después de hacérselo a ella, no me he visto capaz de hacérselo a otra chica. Ni siquiera a Carla, que tiene lava en lugar de sangre.

Me levanto de la cama y me pongo la ropa que terminó sobre el sofá. Me vuelvo a sentar en la cama y observo a Carla, que está acostada desnuda boca abajo, tapada con el nórdico. De repente, su desnudez me molesta.

Descuelgo el teléfono que Martina me dijo que comunicaba con recepción con la única intención de averiguar si sigue trabajando. ¿Cuándo terminará su turno? Espero que el teléfono haga señal y rezo para que al otro lado de la línea aparezca ella.

—Martina Avellaneda, ¿qué desea?

«A ti», quiero responder.

—Un desayuno americano doble. Para tomar en la habitación, si puede ser.

—Víctor… —Solo ha pronunciado mi nombre, pero es lo más parecido a una súplica que he escuchado desde la noche anterior. Solo que esta vez no sale de los labios de Carla, sino de los de Martina—. ¿No te cansas?

—Un poco cansado sí estoy.

—No me refería a… Mira, da lo mismo. Un desayuno americano doble. ¿Algo más?

—¿Lo traes tú? —No puedo evitar preguntar.

—No. ¿Algo más? —Su voz suena llena de desesperación. Y yo me desespero por verla, aunque sé que tener estos pensamientos con una chica desnuda durmiendo a mi lado es de ser un cabronazo de primera.

—Olvida el desayuno. No apuntes nada. Olvida… Olvida todo esto.

Y cuelgo.

Me quedo mirando a Carla con el corazón palpitando a toda velocidad. «¿Qué cojones acabas de hacer, Pardo?», me pregunto, dándome cuenta de que ni Martina ni Carla se merecen esto.

Es por esa razón por la que decido levantarme de la cama, meterme en el baño y darme una ducha lo más rápido posible. Necesito que el agua me aclare las ideas, pensar y empezar a actuar con cordura. Lo único que sé es que no quiero usar a Carla ni ser el culpable de que ella se sienta usada.

Salgo del baño con la piel caliente y el pecho encogido. Carla sigue durmiendo.

Me acerco a la cama y comienzo a moverla suavemente tratando de despertarla.

—Carla…

—Hum… —Al darse la vuelta, el edredón se mueve y su torso desnudo queda a la vista. Estiro el brazo y la vuelvo a tapar.

—Carla, despierta.

Abre poco a poco los ojos y pone una mueca al toparse con la luz procedente de la ventana.

—¿Qué hora es? ¿Dónde…? Ah, ya, en el hotel de tu… Bah, todavía no tengo claro ni qué es para ti esa chica… —Se incorpora en la cama, sujetando el edredón contra ella, y se frota la cara con la mano que le queda libre—. ¿Ya estás vestido? ¿Cuánto tiempo llevas despierto?

—Pues… bastante rato. —Silencio—. Creo que deberíamos irnos de aquí. ¿Te llevo a casa?

—¿Ya? —pregunta, arrastrando la vocal y acercándose ligeramente a mí mientras yo retrocedo hacia atrás—. ¿No quieres…?

—No, Carla. Vámonos. —Me levanto de la cama forzando una distancia necesaria entre los dos—. Te espero abajo.

No sé si Carla asiente, si me dice que se irá en metro o si me manda a la mierda. Apostaría que lo que pasa es la última opción de todas, pero no me atrevería a poner la mano en el fuego.

Tras cerrar la puerta de la habitación y asegurarme de que lo llevo todo encima, bajo al vestíbulo del hotel. Paso por recepción con la clara intención de salir al exterior del edificio, pero no puedo evitar mirar a mi derecha para buscar a Martina con la mirada. Ahí la veo, con la cara enterrada en un archivador y los papeles escapándosele de las manos.

Intento no llamar su atención. No tengo ganas de hablar con ella ahora mismo. Pero parece ser que no tengo suerte, porque ella sí me ve a mí y sí tiene ganas de decirme cuatro cosas.

—¡Eh, tú! —grita todo lo bajito que puede con intención de que solo la oiga yo—. ¿Dónde te crees que vas?

—A casa, Martina.

—¿Hace media hora me estabas pidiendo un desayuno doble y ahora dices que te vas?

—Sí —digo sin titubear—. La habitación ya está pagada, ¿verdad?

—Sí. La pagaste esta madrugada cuando hiciste la reserva… Oye, ¿qué te pasa? —suelta cerrando el archivador de golpe—. Aquí la que debería estar enfadada soy yo, no tú. Parece que vengas de un velatorio, no de haber pasado una noche de sexo desenfrenado.

Suelto una risita. Vuelvo a mirar el objetivo que tenía hace unos segundos cuando he bajado por las escaleras, la puerta de salida, y lo descarto al instante.

Ahora, mi único objetivo es el mostrador donde Martina está apoyada. Y hacia allí me dirijo. Ella, en cuanto nota que me acerco, yergue la espalda de tal manera que parece que le hubiesen metido un palo por el culo.

—Creo que te estás confundiendo de espacio-tiempo. —Apoyo los codos sobre el mostrador y aprovecho que no hay nadie alrededor para soltar—: La noche de sexo desenfrenado fue la que tuvimos tú y yo en El Barrueco. Pero, claro, te estás esforzando demasiado en fingir que en realidad no ocurrió.

Estoy a punto de largarme cuando Martina me agarra de la muñeca y me obliga a quedarme cinco segundos más.

—Estás siendo muy cruel.

—Aquí la única cruel eres tú, Martina.

Me deshago del agarre y me dirijo, ahora sí, hacia la puerta de salida.

Una vez fuera, cojo aire, llenándome los pulmones, y lo expulso a la par que enciendo un cigarro. Espero a Carla fumándomelo como si la vida me fuera en ello. Siento que el pecho me arde y no precisamente por el humo.

Por suerte, Carla no tarda mucho en aparecer por la puerta del hotel vestida tal y como me la encontré ayer, solo que con una mueca en la cara totalmente distinta a la de anoche.

—Tengo el coche por allí —digo, tirando la colilla y pisoteándola.

—Eso es un polvo menos.

—¿Qué? —pregunto, confundido.

—Pisar las colillas. ¿Nunca te lo han dicho? Se dice que cuando apagas una pierdes un polvo.

«Irónico —pienso—. Hace un rato he perdido muchísimos».

—No lo sabía.

Carla asiente lentamente con la cabeza, pero no hace ni el menor gesto de caminar hacia donde aparqué el coche. Yo me limito a mirarla y esperar a que haga o diga algo que rompa esta situación tan incómoda.

—Oye, que… no hace falta que me acerques a casa.

—No es ningún problema.

—Lo sé, pero tampoco es necesario. De hecho —dice sacando el móvil del bolso y, tras trastearlo, mostrarme la pantalla—, ya he pedido un Uber.

—¿Has pedido un Uber?

Carla asiente con la cabeza. La he cagado tanto que prefiere pillar un taxi antes que subirse en mi coche conmigo. «Estás que te luces, Pardo», me digo a mí mismo.

—Bueno, eh… Si es lo que quieres…

—Creo que es lo mejor.

—Está bien.

No sé si acercarme a ella para despedirme o largarme de una vez y terminar con todo esto. Con todo esto que nunca debería haber empezado. Por suerte, Carla sí sabe lo que hacer. Se acerca a mí y me da un abrazo corto.

—Me he alegrado de verte y me lo he pasado muy bien esta noche. Pero creo que nuestros caminos se vuelven a separar aquí. —Asiento porque ¿qué otra cosa puedo hacer?—. Que la vida te sea muy bonita, Pardo.

No me da tiempo ni a pensar en algo que decirle. Carla desaparece de mi lado, en dirección contraria hacia donde comienzo a caminar yo para llegar a mi coche. Quién me diría hace menos de doce horas que ahora estaría tan hecho mierda como lo estoy. «¿Para qué te metes donde no te llaman, Víctor?», dice mi voz interna. Le mando callar tan rápido como me doy cuenta de que tiene razón.

Espero que la llamada dé señal y que Cristo aparezca al otro lado de la línea mientras me dejo caer en el sofá y estiro las piernas sobre la mesita que hay delante. Un tono, dos… Cuando está a punto de sonar el tercero y yo de colgar, oigo su voz al otro lado del aparato.

—Hostia, si estás vivo.

—Puedo decir lo mismo de ti.

—Yo al menos te envié un mensaje diciéndote que me piraba con la bajita a mi casa.

Paso por alto el comentario porque, de ser verdad, no me di cuenta. Cuando me fui del local con Carla, el móvil pasó a un tercer plano. Y, hasta ahora que lo he cogido para llamar a Cristo, sigue estando en el mismo lugar.

—¿Te lo pasaste bien? —pregunto.

—La mejor noche de mi puta vida, tío. ¿Y tú? ¿Dónde carajos te metiste? —Sonrío al escuchar el acento gallego que de vez en cuando le sale.

—Me fui con la rubia.

—¡¿Te la llevaste a casa?! —pregunta, extrañado.

—No, no me la llevé a casa. Pero, de ser así, ¿qué pasa? ¿Por qué te sorprendes tanto? Tú hiciste precisamente eso.

—Porque yo no vivo con Martina. Casi me da un infarto al pensar que te la follaste en la habitación de al lado.

Menos mal que no me está viendo. Alzo las cejas todo lo que mis músculos me lo permiten y me callo durante unos cuantos segundos.

—Digamos que me la follé un par de pisos por encima de Martina.

—¿Qué coño estás diciendo?

—Que me la llevé al hotel donde Martina, justamente hoy, ha comenzado a trabajar.

—Por Dios, Pardo… ¿Nunca te han dicho que eres un auténtico cabronazo?

—Más o menos un día de media.

Cristo se ríe, pero a mí no me hace ni puta gracia. No sé dónde meterme al pensar que me follé a otra unos cuantos metros por encima de donde estaba Martina. En su puesto de trabajo. En su puto primer día. Después de hacerle de todo a ella. Pero, bueno, Cristo no sabe todo lo que le hice, y, como este asunto me está quemando por dentro, termino desembuchando y contándoselo absolutamente todo.

—No. Me. Puto. Jodas —dice en cuanto termino de decirle todo lo que pasó en la casa de El Barrueco.

—Sí te puto jodo, sí. ¿Lo entiendes ahora?

—Lo que ahora entiendo es que eres todavía más cabronazo que hace un rato. Joder, Víctor, ¿en qué puta mierda pensabas cuando decidiste acostarte con Martina? Por no hablar del hecho de que lo hiciste con tus padres al lado.

—No estaban al lado, puto enfermo. Nos separaban unas cuantas paredes bien gordas.

—Me la suda. Te follaste a tu compañera de piso, tío.

—No me lo recuerdes. Bastante me torturo yo solito recordándolo por mi cuenta.

Justo entonces escucho que alguien introduce la llave en la cerradura de casa. De primeras, lo único que se me ocurre es mirar en dirección a la puerta para ver entrar a Martina. Pero, pensándolo mejor y teniendo en cuenta la situación en la que estamos metidos, vuelvo a concentrarme en lo que me está diciendo Cristo al otro lado del auricular. En resumen: que soy un gilipollas por a) haber follado con Martina, b) no habérselo dicho y c) haber llevado a Carla al hotel donde Martina pasaba su primer día de trabajo, trabajo que había conseguido gracias a fingir una relación conmigo.

—No sé qué quieres que te diga, porque tienes toda la razón del mundo —asiento mirando de reojo hacia la puerta y viendo entrar a Martina con cara de cansancio.

—Eso es precisamente lo que quería que me dijeras. —Puedo imaginarlo sonriendo orgulloso.

—Estás muy callado. ¿Te ha comido la lengua la conciencia?

—No. Es que ha…

—Ah, ya ha llegado. Menos mal que no vivo con vosotros. La tensión que debe de haber ahí dentro se tiene que poder cortar con un cuchillo.

No le digo que no, porque para qué mentir. Desde que Martina ha entrado en el apartamento y ha dejado las cosas sobre una silla —sin saludar siquiera—, el corazón se me ha acelerado y los pulmones han parado de hacer su función. No sé qué estará pensando ella ni lo que sentirá en estos momentos, pero no debe de ser muy diferente a lo que estoy sintiendo yo.

No es hasta que ella se mete en la cocina para, supongo, prepararse algo de comer, que empiezo a responder a todo lo que me dice Cristo con un «sí», «no», «psss».

—No sé qué coño hacer, Cristo —susurro para que Martina no me oiga—. Me mata fingir que no ha pasado nada cuando lo único que quiero es volver a enterrarme entre sus piernas, joder.

—Tampoco hace falta que me des detalles tan… gráficos.

—Es para que entiendas la magnitud del problema.

—No, si… la entiendo muy bien, no te preocupes.

—Ella me ha pedido que hagamos como si nada, pero solo han pasado dos días y estoy que me muero. Porque ocurrió. Y mi mente no es capaz de olvidarlo.

—¿Has pensado en decírselo? Creo que así es como se solucionan muchos problemas, hablando.

—¡Si no quiere ni escucharme! Es imposible hablar con ella, tío. Ya sabes cómo es Martina, cabezota como ella sola.

En lo que tarda Cristo en pensar una respuesta, oigo que Martina se está cocinando algo. No le tenía nada preparado cuando ha llegado después de trabajar; de hecho, yo no he comido. Ha sido llegar a casa y tirarme en el sofá sin ganas de nada.

—Si no puedes con el enemigo, únete a él.

Frunzo el ceño.

—¿A qué te refieres con eso?

—Que, si no puedes convencer a Martina de hablar las cosas, actúa igual que ella.

—¿Como si de verdad no nos hubiéramos acostado? ¿Haciendo ver que no la soporto como antes de todo esto?

—Tal cual.

—No sé si tengo tanta fuerza de voluntad.

—Joder, tío. Eres Víctor Pardo. Puedes con prácticamente todo. ¿De verdad crees que no podrás con esto?

—Es que Martina…

—Sí. Es que Martina todo lo que tú quieras, pero no te queda otra. O espabilas o te pudres en la miseria.

Me despido de Cristo sabiendo que tiene razón. Que en el mundo siempre hay alguien que debe dar un brazo a torcer. Y en esta ocasión yo soy esa persona. Así que, si Martina quiere hacer como si nada, haremos como si nada. Empezando por este preciso momento.

Me levanto del sofá y me dirijo a la cocina, donde ella ya ha terminado de cocinar y está comiendo sentada en la pequeña mesa que tenemos con un par de sillas. Miro por encima de su hombro y veo que se ha preparado unas hamburguesas de berenjena que había en la nevera con un poco de ensalada. No digo nada al respecto y abro el armario de las conservas bajo su atenta mirada. En cualquier otra ocasión me hubiese dicho algo ya —estoy seguro de que le está reconcomiendo por dentro no haberme saludado—, pero, teniendo en cuenta la situación en la que nos encontramos, suficiente es que me mire.

Saco una lata de albóndigas y, tras abrirla (es de las de abrefácil), vierto el contenido en un plato para después calentarlo en el microondas. Estoy seguro de que Martina está conteniendo una arcada. Cuando el microondas pita y saco el plato con las albóndigas calientes, ella suelta el primer suspiro. El segundo llega cuando me inclino sobre la encimera para llevarme el primer bocado a la boca.

—¿Vas a comerte eso? —Sin mover el cuerpo, giro ligeramente la cabeza para mirarla por encima del hombro—. ¿Sabes? Da igual. Si parece que para lo único que pones interés es para…

Se calla de golpe.

—¿Para qué, Martina? Va, dilo.

—Ya lo sabes.

Sonrío y vuelvo a dirigir mi mirada hacia mi plato.

—Qué inocente te pones a veces, Avellaneda. —Mastico la albóndiga que me acabo de meter en la boca y, cuando trago, le pregunto—: ¿Cómo te ha ido el primer día de curro?

—Eres insoportable. —Se levanta de la silla y, dejando su plato a medias, se va de la cocina mientras dice—: Curioso que me lo preguntes cuando has sido tú el causante de que haya sido el peor primer día del mundo.

Da un portazo al encerrarse en su habitación y yo sigo comiendo más tranquilo de lo que he empezado. Qué bien sienta volver a los tiempos en los que nos odiábamos, por más que sepa que cada vez la odio menos.

32

MARTINA

—No lo soporto, Gala. No puedo con él. ¿Sería demasiada locura buscarme una habitación en un piso compartido?

—Hombre, pues teniendo en cuenta que no tienes ahorros, que los alquileres por Madrid están muy caros, que acabas de comenzar en un trabajo nuevo y que en el piso de Víctor no tienes que pagar nada…, un poco locura sí que es.

Resoplo mientras me termino el agua. Han pasado dos días del terrible y dichoso lunes y presiento que esta semana va a ser la más larga de toda mi vida. ¡Solo estamos a miércoles! Y mi cuerpo me pide unas vacaciones donde sea, pero lejos de Víctor.

—Cualquier sitio es mejor que el apartamento de Víctor en estos momentos.

Me meto en la boca el último trozo de verdura que quedaba en el plato y lo mastico lentamente justo antes de que Gala, que ya se ha terminado su entrecot, empiece a hablar.

—¿Por qué no comienzas lo que dijiste que querías hacer?

—¿Mandarlo a la mierda? —digo con la boca llena.

—No… Comportarte como si nada.

Me jode reconocerlo, pero mi amiga tiene razón. Desde que pasó El Incidente, juré que haría como si nada. ¿Y sabéis quién no lo ha cumplido? Aparte de Víctor, claro. Yo. No he cumplido ni media. Porque no dejo de pensar en él y en que todo lo que hace es con el único propósito de joderme.

Terminamos de comer en el restaurante del hotel y estamos a punto de levantarnos a por el postre cuando un niño de no más de cinco años aparece a nuestro lado y me toca la pierna con sus deditos diminutos.

—¡¿Sabes qué?! Tienes el mismo pelo que mi mamá.

Sonrío; es adorable, y, aunque no sé si su comentario es un cumplido o no, me parece de lo más gracioso.

—Ah, ¿sí?

El niño asiente enérgico y, cuando estoy a punto de preguntarle por qué, aparece un chico por detrás de él.

—¡Izan! —dice el chico en cuestión cuando ya está cerca de nosotros—. Por Dios, qué susto me has dado. ¿Por qué has echado a correr? Anda, ven aquí. —Lo atrae hacia él y le revuelve el pelo castaño que le cae por los ojos en forma de tirabuzones monísimos, al contrario que él, que lo tiene liso y mucho más corto, y lo lleva peinado hacia arriba de manera alborotada—. Perdonad, chicas…, no sé en qué momento ha salido disparado.

—No te preocupes. —Sonrío, y veo con el rabillo del ojo que Gala hace lo mismo.

—Es que tiene el pelo igual que el de mamá, ¿verdad?

El chico asiente y se rasca la nuca.

—Pero eso no es motivo para que salgas corriendo, Izan… Como tu madre se entere…

Lo miro con las cejas alzadas. Lo único que se me pasa ahora mismo por la mente es qué edad tendrá. Siendo sincera, no aparenta muchos años más que yo. Teniendo en cuenta que el niño debe de tener unos cinco o seis… y que él ha podido ser padre joven…, ¿veintitrés?, ¿veinticuatro?, ¿veinticinco como mucho? Y no sé…, pero su cara me resulta vagamente familiar.

—Pero ¡si no es nada malo!

Gala y yo contemplamos la escena mientras ellos dos discuten. Mi amiga, todavía con una sonrisa, y yo, con una mueca. Siento curiosidad y no me quedaré tranquila hasta que averigüe lo que me come por dentro. Y, como últimamente el filtro se me ha despegado de la lengua, suelto lo que estoy pensando.

—¿Cuántos años tienes? Pareces muy joven —digo, hablando directamente con el chico.

—Veintidós —dice, riendo—. Todavía me considero joven, sí, así que gracias.

«Santa Virgen, es padre adolescente», pienso.

—Soy Jorge.

Sigo bastante impresionada con que haya sido padre con diecisiete años, en el caso de que su hijo tenga cinco. Como tenga más... Creo que me estoy mareando solamente de pensarlo.

—Ella es Martina —dice Gala al darse cuenta de que estoy convirtiéndome en piedra—. Y yo soy Gala, su amiga.

—Un placer.

—¿Gala? —pregunta el niño—. ¿Gala es un nombre? ¡Hala! Es superchulo. Yo me llamo Izan. Es chulo también, ¿a que sí?

Gala se ríe y yo lo miro todavía con las cejas levantadas.

—Izan es un nombre muy muy chulo. ¿Cuántos años tienes?

—¡Seis! Hoy es mi cumpleaños. Soy suuupermayor.

«Seis años». Vale, ahora sí que estoy a punto de sufrir una embolia.

—¿Seis años? —pregunto.

El niño asiente y yo creo que me estoy empezando a marear.

—Justo ahora que he terminado mi turno nos íbamos a celebrarlo al parque de toboganes que hay aquí al lado.

—¿Tu turno?

—Sí —me responde Jorge con una sonrisa, como si yo no estuviese al borde de un infarto—. Trabajo aquí.

¡Ostras! Por eso me suena tanto... Claro, ya lo recuerdo. Así vestido, con sus tejanos algo holgados y su camisa a cuadros desabrochada que deja ver una camiseta debajo, no lo había reconocido. Pero si me lo imagino con la vestimenta negra y el gorro reglamentario... ¡Claro! Por eso su cara me resultaba familiar...

—Yo trabajo en el hotel. —Jorge se ríe porque, evidentemente, en el hotel también lo hace él—. O sea..., que trabajo en la recepción, quiero decir.

—¿En la recepción? —pregunta—. No te he visto nunca.

—Es que empezó el lunes —interviene Gala, notando que me he puesto ligeramente nerviosa. Bueno, a decir verdad, llevo nerviosa desde que Jorge ha aparecido detrás del niño—. Es bastante novata.

—¡Oye!

—¿Qué? ¿Acaso miento?

No me da tiempo a responder —y menos mal, porque todavía no sé qué hubiese dicho— cuando aparece una mujer por detrás de nosotros llamando a Izan.

—Reza para que no le cuente lo que has hecho, mocoso.

El niño echa a correr hacia la mujer —es mayor que Jorge, pero tampoco sabría decir cuántos años más exactamente—. El chico se despide de nosotras mientras el niño abraza las piernas de su madre.

—Un placer conoceros, chicas. Ahora, si me disculpáis…, mi hermano quiere celebrar su cumpleaños.

«Mi hermano». ¿Eso es lo que se siente al caer sobre un mar de nubes? Por Dios, ¿cómo me puede aliviar tanto saber que no se trata de un «padre adolescente»? No me quiero poner en la piel de uno de ellos. Imagino el estrés y la responsabilidad tan grande que debe de ser criar a un hijo siendo un crío. Muy preparado hay que estar para eso…

—Nos vemos por aquí, Martina.

Se despide de nosotras con un guiño. Digo «nosotras» porque todavía no tengo el superpoder de leer mentes, pero parece ser que Gala sí lo tiene porque, nada más darse la vuelta Jorge, se ha marchado junto a la mujer —que ahora entiendo que es su madre y la de Izan—, suelta:

—¡Menudo guiño te ha lanzado, tía!

—¿A mí?

—¿A quién si no?

—¿A ti?

Hace un gesto con la mano, como si estuviera ahuyentando una mosca.

—¡Qué va! Miraba claramente en tu dirección.

—Si tú lo dices…

—Cuando se te quite la tontería de Víctor, te darás cuenta de que hay mundo más allá de él, cariño.

La miro con los ojos como platos. ¿Qué acaba de decir?

—Para tu información, no tengo ninguna tontería llamada Víctor.

—Lo que tú digas, pero este chico te acaba de guiñar el ojo y ni te has enterado.

No discuto más con ella porque, quién sabe, quizá tiene razón. Con lo de Jorge y con lo de Víctor también.

Me levanto de la silla con energía, una vez que ya no hay ni rastro de Jorge, Izan y la madre de ambos, me sacudo los pantalones y, decidida a pasar página de una vez de mi insoportable compañero de piso y dispuesta a celebrarlo con un postre como Dios manda, le digo:

—¿Tiramisú o lionesas?

—Lionesas.

33

MARTINA

Mis horarios en el VP son de lo más complejos. En el centro comercial trabajaba seis días y descansaba uno, y así hasta llegar a tener vacaciones, pero en el hotel es diferente. Por semana trabajada me dan tres días de fiesta, lo cual es mil veces mejor, a mi parecer.

Así que no me molesta ir a trabajar el sábado y el domingo, porque sé que después me esperan dos maravillosos días en los que podré tumbarme en el sofá y dedicarme a no hacer absolutamente nada. Bueno, mejor me tumbaré en mi cama, porque si me tumbo en el sofá corro el riesgo de toparme con Víctor, y es lo último que quiero. Estoy logrando con bastante éxito no cruzarme con él en casa, a ver cómo lo hago el fin de semana.

Dejo el coche en el aparcamiento para empleados del hotel —todo un privilegio que, en el centro comercial, tampoco tenía— y antes de salir veo que un BMW, elegantísimo, de un color azul eléctrico que me encanta y que seguramente cueste cinco veces lo que me costó mi coche, aparca al lado del mío. Ahora sé que es de Jorge, pero el primer día que lo vi casi se me cae la mandíbula al suelo. Llevamos unos cuantos días encontrándonos en el aparcamiento justo antes de que empiecen nuestros turnos.

—Buenos días, Martina —me saluda cuando decido que ya va siendo hora de bajarme del coche.

Las luces de su BMW Coupé alumbran su vestimenta y resuelvo la duda que tenía sobre si quedaban chicos en la faz de la tierra que no fueran con sudadera los siete días a la semana. La respuesta es «sí». Va con unos tejanos, una camisa que parece ser de lino y un abrigo espectacular. Elegantísimo todo. ¿Cómo es posible que alguien pueda tener tanta clase?

Prefiero no pensar demasiado en lo que llevo puesto, porque verme con la bufanda más grande que he encontrado por casa tiene que ser un show. Pero es que el frío que hace en Madrid estos días es inhumano. Diciembre ha llegado pisando fuerte.

—¿Qué hay, Jorge? Parece que nos ponemos de acuerdo para llegar al hotel.

—¿Quién diría que comenzamos a la misma hora?

A pesar de que hay buen rollo en su tono de voz, me guiña un ojo y me da un ligero codazo amigable, me siento un poco ridícula porque quizá con mi comentario he dado a entender que el hecho de que coincidamos en el aparcamiento sea algo intencionado por parte de uno de los dos, cuando, evidentemente, es de lo más lógico, teniendo en cuenta que ambos entramos a la misma hora.

—¿Preparada para el sábado? —dice antes de encaminarse hacia la puerta del restaurante.

—Más de lo que lo estaré mañana.

Jorge se echa a reír y de repente me siento pequeñísima. Además de su físico —creo que es más alto que Víctor—, su personalidad hace que parezca un hombre más mayor de lo que es. Y eso que lo conozco nada y menos.

—Que tengas un día genial, Martina.

—Lo mismo tú, Jorge. No te canses en exceso.

—Imposible tratándose de la cocina del VP.

Me guiña un ojo, de nuevo, y se va hacia la entrada del restaurante. Yo, cuando logro recuperar el oxígeno que he estado perdiendo, abro la puerta principal del hotel y veo a Belén tras el mostrador. No es hasta que me acerco a ella que veo la cara de sueño que tiene.

—Qué feliz me hace verte, Martina —dice sonriendo.

—Se te deben de abrir las puertas al cielo cuando aparezco por la puerta. —Asiente y suelta una carcajada—. ¿Mucho ajetreo esta noche?

—Qué va, todo lo contrario. Ha sido de lo más aburrida.

Antes de marcharse me pone un poco al día de las cosas que debo tener en cuenta y de las reservas nuevas que han entrado. Como es habitual, me quedo sola en la recepción del hotel hasta que los huéspedes más madrugadores bajen a desayunar —y tengan que pasar por aquí— o aparezca algún nuevo cliente.

Lo que no me espero es que, minutos antes de que empiece el horario de los desayunos, Jorge aparezca en la recepción con el uniforme reglamentario de la cocina y una gran sonrisa en la cara.

—Buenos días, de nuevo —dice sin dejar de sonreír.

—Creo que ahora estamos más despiertos que hace unas horas. —Se me acelera el pulso sin poder evitarlo. Tiene una sonrisa tan bonita y ese uniforme negro le queda tan bien…—. ¿Qué te trae por aquí?

Se acerca al mostrador y apoya los codos en él, quedando todo lo cerca de mí que puede.

—No sé qué le pasa a nuestro ordenador, que no podemos ver cuántos planes de desayuno están contratados para hoy. ¿Te importaría imprimirme las reservas? Temas de logística de la comida.

Toco un par de botones y la impresora comienza a hacer su trabajo.

—Paso de no saber de tu existencia como trabajador aquí a verte cada día, y más de una vez.

Le tiendo el folio impreso y, tras echarle un vistazo al papel, me echa otro a mí.

—Supongo que saber de tu existencia hace que todo sea más fácil. —Juro que, de ser posible, el corazón se me habría parado. Pero, si eso sucediera, me moriría, diré que me ha comenzado a latir más fuerte, que eso sí es posible—. Hace un rato se me ha ocurrido algo. ¿Te apetecería que comiéramos juntos?

«Espera, ¿qué?».

—¿Hoy?

—Si no tienes ningún plan…, sí, hoy.

Reviso mentalmente mi agenda durante un microsegundo para verla más impoluta que el vestíbulo de este hotel.

—Hoy me va perfecto. —Sonrío, entre nerviosa y coqueta.

—¡Genial! Mi turno acaba a las dos. ¿Vengo a buscarte?

—Aquí te estaré esperando.

Jorge se marcha de recepción tras lanzarme una última mirada antes de cruzar la puerta principal. No sé en qué momento comenzamos a hablarnos sin palabras, si fue el primer día que nos vimos, cuando también conocí a su hermano Izan y a su madre, o si ha sido alguna de estas mañanas en las que hemos coincidido en el aparcamiento del hotel. Pero sin duda, ahora mismo, me apetece muchísimo comer con él.

Lía es la chica que se encarga de la recepción en el turno de tarde. Llega cuando yo estoy a punto de marcharme y se va en cuanto Belén aparece por la puerta. La primera vez que la vi pensé que era una huésped que debía de estar esperando a que sus padres aparcasen el coche, porque no aparenta más de dieciséis años, pero en realidad tiene dieciocho y resulta que no es ni más ni menos que la hija de los dueños de VP. Así que… he de tener mucho cuidado con ella. Porque no olvidemos que estoy aquí gracias a ser la (falsa) novia de Víctor Pardo.

Por eso, cuando aparece por la puerta dispuesta a darme el relevo, y recuerdo que he quedado justamente aquí con Jorge, se me encoge un poco el estómago. Aunque no pasa nada, ¿no? Una chica y un chico pueden irse a comer sin que eso signifique nada, ¿no? Quiero decir, ella puede pensar así, ¿no? ¿No?

No me da tiempo a darle vueltas al tema. Jorge llega al vestíbulo del hotel ya vestido de calle antes de que yo siquiera me haya cambiado el uniforme.

—¿Llego muy pronto?

—¡Hola, Jorge! —exclama Lía desde detrás del mostrador, y sale corriendo hacia él.

—Hola, pequeñaja. —Lía rodea el cuerpo de Jorge, con dificultad, y él la abraza—. Hacía mucho que no te veía.

—Y que lo digas. Pensé que te habían despedido. Ya estaba comenzando a plantearme cómo interrogar a mis padres para saber qué narices habías hecho.

—Tú siempre tan dramática.

Ambos se echan a reír. Cuando se separan y Lía regresa tras el mostrador de recepción, vuelvo a sentirme visible.

—¿Qué haces por aquí, por cierto?

—He quedado con Martina para ir a comer. —Fuerzo una sonrisa algo incómoda, rezando para que Lía no piense que se trata de una cita—. Todavía no he tenido el placer de hacerlo.

—¡Oye! A ti no te hemos hecho la fiesta de iniciación a VP, ¿verdad? —salta ella, y yo respiro aliviada al ver que no hace mención alguna a que tengo novio.

—Eh… Diría que no. No me suena haber hecho nada más que quedarme tras este mostrador. —Suelto una risita y Jorge me mira con… ¿ternura?—. ¿De qué trata esa fiesta de iniciación?

—¡De salir por ahí y bebernos hasta el agua de los floreros!

—Se nota que Lía adora todo lo que tenga que ver con una buena fiesta, ¿no? —Nos echamos a reír, y Jorge no necesita que nadie diga nada para organizar mi fiesta de iniciación—. Vale, ahora mismo te añado al grupo de WhatsApp que tenemos los que nos apuntamos a las fiestas. Tus padres están excluidos, Lía, lo siento. Con ellos en el grupo, la fiesta se hunde más rápido que el *Titanic.*

Abro los ojos como platos. ¿Cómo se atreve a decir algo así de los padres de Lía? ¿Se ha olvidado de que son los dueños del hotel? Pero enseguida me tranquilizo cuando veo que ella se echa a reír incluso más que el propio Jorge.

—Descuida, ni yo los quiero ahí. Entre nosotros: son unos aguafiestas.

Tras apuntar mi número en su móvil, Jorge me añade al grupo, en el que hay unas veinte personas. ¡¿Toda esta gente está por aquí?! Pero si yo solamente conozco a Belén, Adela, Lía y Jorge…

Antes de irnos a comer, Jorge envía un audio al grupo presentándome y explicando la idea de la fiesta.

Chavales y chavalas, es todo un placer presentaros a Martina Avellaneda, la nueva recepcionista del VP con la que tenemos el placer de trabajar. Hoy me he enterado de que no ha tenido su merecida fiesta de iniciación, así que Lía y yo hemos decidido ponerle solución a eso. ¡Mañana nos vamos de fiesta a Shoko! Poneos vuestras mejores galas.

—Pero ¡si no conozco ni a la mitad de este grupo! —digo cuando veo cómo mi teléfono se llena de mensajes de totales desconocidos.

—No te preocupes, preciosa, mañana será el día en el que los conozcas a todos.

34

VÍCTOR

Ha pasado una semana desde la noche de Shoko y siento una necesidad imperiosa de volver a ese antro. No tardo ni dos minutos en enviarle un mensaje a Cristo. Su respuesta: «Estamos cogiendo una muy mala costumbre de salir los domingos, tío». Pero no me dice que no, así que quedamos en que a las doce y media lo pasaré a recoger con el Cupra por su casa.

Me dirijo a la cocina para prepararme algo de comer antes de meterme en la ducha. No sé cuántos días llevo sin alimentarme bien. Llevo muy mal eso de vivir prácticamente solo. Echo de menos los piques con Martina, gastarle bromas y, en definitiva, la relación que teníamos antes. Y no os penséis que no lo intento. A veces por mi boca sale alguna coña para volver un poco a la normalidad, pero entonces ella me mira con esos ojos endemoniados y se me quitan todas las ganas de continuar.

Estoy con los codos apoyados en la encimera viendo cómo burbujea el agua de los macarrones que me estoy cociendo cuando Martina aparece en la cocina después de haber estado una hora —como mínimo— encerrada en el baño. Pensé que el café que se había tomado hace un rato largo le había sentado mal y que se encontraba indispuesta —lo pensé de verdad, incluso le pregunté a través de la puerta si estaba bien, pero solo recibí a cambio un gruñido—, pero ahora que la veo está claro que no podía estar más equivocado. Lleva unos pantalones negros de traje con un top de encaje que podría pasar simplemente por sujetador. Evidentemente, no estaba indispuesta.

—¿Qué celebramos? —pregunto, devolviendo mi mirada al agua de los macarrones.

—Tú y yo nada —dice sin mirarme siquiera—. ¿Te estás haciendo pasta para cenar? —pregunta, extrañada.

—Sí, ¿qué pasa?

—¿Hay para mí?

—¿Ahora quieres que cocine para ti? Manda cojones, Avellaneda. —Remuevo la pasta y, aunque sé que soy capaz de comerme todo lo que hay en la olla yo solo, le digo que sí—. ¿No decías que comer pasta por la noche es malo para el estómago?

La miro y una especie de vértigo me recorre de arriba abajo.

—Sí, si lo que vas a hacer después es meterte en la cama. Pero esa no es mi intención esta noche.

—¿Sales? —pregunto, más para confirmar que para saber. Está claro que esta noche Martina, así vestida, no se va a quedar en casa.

—¿Lo has adivinado tú solito? —Saca de la nevera un bote de pesto—. No sé qué te ha ayudado a saberlo, si el maquillaje o la ropa.

—¿Honestamente? Que hayas decidido hablarme teniendo en cuenta que llevas una semana ignorándome. —Me mira por encima del hombro—. ¿A cuál vas?

—¿Qué más te da? Seguro que ni la conoces.

—No te preocupes, reina, es solo para asegurarme de que no me cruzaré contigo esta noche.

—¿Tú también sales? —Me mira de arriba abajo.

—Sé que no estoy tan despampanante como tú, pero dame tiempo.

Pone los ojos en blanco y me aparta de al lado de la olla. Me envuelve el aroma de su perfume, que me hace cerrar los ojos e inspirar profundamente.

—¿Te apartas?

—¿Eh?

—Voy a colar esto. ¿Me dejas?

Estoy a punto de decirle que no, que me aparte ella, pero al final decido no jugar y hacer lo que me ha pedido. Presiento que se está cabreando y no queremos a Martina cabreada. Al menos no un domingo por la noche, en el que voy a salir y, aún más importante, en el que ella ha decidido dignarse a hablarme.

Cuela los macarrones, se echa los que quiere en un plato y le pone la salsa por encima, pero deja mis pobres macarrones en el triste colador.

—¿Vas a fingir que estás cabreada conmigo durante mucho tiempo más?

Sin dejar de remover los macarrones para que se impregnen de salsa, me mira por encima del hombro desnudo.

—No finjo que estoy cabreada contigo, Pardo. Estoy cabreada contigo.

—¿Por llevar a otra chica a un hotel?

—Por llevar a una chica al hotel donde curro, teniendo en cuenta que era mi primer día, y donde se supone que he entrado por estar saliendo contigo. —Se mete un macarrón en la boca, lo mastica y, cuando se lo traga, sigue hablando—: No sé si para ti es una razón de peso, pero ya te digo yo que sí. Ahora, si no te importa, me gustaría cenar tranquila.

Cojo un plato para verter mis macarrones y saco otra salsa de la nevera. Se la echo por encima mientras observo de reojo a Martina. Los mechones le caen por la espalda, desde la coleta alta que se ha hecho, y la ropa se le ajusta perfectamente al cuerpo, aunque a mí me gustaría arrancarle hasta la última puta prenda que lleva... Siento que tengo que salir cagando leches de la cocina.

Dejo el plato de macarrones a medio comer y, bajo la atenta mirada de Martina de no estar entendiendo una mierda, me meto en el baño para darme una ducha de agua fría.

«Vives con ella, tío. Aprende a controlarte o lo tendrás jodido», me digo. Pero la cosa es que, en todo el tiempo que llevamos viviendo juntos, nunca he tenido ni un solo problema con ella. No, todo ha empezado ahora, porque uno tiene sus debilidades. Y la mía es la mismísima Martina.

Salgo del baño duchado, peinado y perfumado. Gracias al sonido del agua en la ducha y de la música que he puesto con el altavoz, no sé si Martina todavía sigue en casa o si ya se ha ido a la fiesta. No mentiré y reconozco que camino intentando hacer el menor ruido posible por si escucho algo que me indique si aún está en casa. Porque claramente es lo que hago. Vuelvo a la cocina con la excusa de beberme un vaso de agua, para ver si la encuentro allí. Pero no está. Ni allí, ni en su habitación. Así que, teniendo en cuenta que el piso no tiene más habitaciones en las que pueda estar, doy por supuesto que se ha largado.

Y yo sin saber a qué puta discoteca va.

He aparcado el Cupra a unos metros de Shoko. Dejarlo en la mismísima puerta es un acto de valentía y, también, de confianza en la gente que está en esa discoteca. Y yo ni tengo esa valentía ni confío en la peña que hay ahí dentro. Mientras caminamos hacia la entrada, termino de darle las últimas caladas al cigarro que me estoy fumando y noto la mirada de Cristo encima de mí.

—¿Vas a soltar ya por qué cojones me miras tanto?

—Estás muy callado para ser tú. No has puesto ni música en el coche.

—Ya la escucharemos ahora. —Suelto una bocanada de humo.

—Ya, pero no es normal en ti. —Se calla durante unos segundos. Al ver que no digo nada, porque no tengo mucho que decir, vuelve a hablar—: ¿Seguro que estás bien?

—Que sí, hostia. ¿Qué quieres que me pase?

Llegamos a la puerta, tiro la colilla al suelo, y, cuando alzo la vista hacia la puerta y me iluminan la cara las luces que brillan en el interior, Cristo encuentra lo que me pasa. O, más bien, quién me pasa.

—No me jodas —decimos los dos a la vez.

—¿Tú sabías esto? —suelta mi amigo.

—¿Qué coño voy a saber? ¿Tú te crees que soy tan tonto como para venir de fiesta al mismo sitio que ella?

—Si fuiste capaz de follártela…

—No me lo recuerdes.

Suspiro todo lo fuerte que puedo. Necesito otros pulmones nuevos.

A pesar de que Martina está a unos cuantos metros de nosotros con un grupo de gente que no conozco, intento ser optimista: quizá no entran en Shoko y esto solamente es un punto de encuentro. Conozco a Martina y no le pega salir de fiesta a un sitio como este. Y, teniendo en cuenta el vestuario que tienen los demás…, a esos tampoco. En especial, al chico que no se separa del culo de mi compañera de piso. El mismo que se encarga de subirme la temperatura de la sangre.

—¿Quieres entrar? ¿O prefieres que…?

Las palabras de Cristo logran que despegue la mirada del chaval remilgado. ¿Serán todos del hotel?

—Vamos a entrar. Ella todavía no lo ha hecho. Así que, con un poco de suerte, se piran a otro lugar.

—Muchas esperanzas tienes tú.

—Gracias, Cristo, eres un colega de la leche.

Él me sigue, ignorando mi comentario, y entramos en la discoteca tras enseñar nuestros pases a seguratas que están plantados frente a las escaleras.

Nos acercamos a la barra para pedir lo de siempre. Por los altavoces suena Feid, y las luces han pasado de violetas a verdes. No dejo de mirar hacia la puerta de la entrada mientras nos preparan las bebidas.

—¡Tío!, ¡¿seguro que no quieres irte?! —me chilla Cristo.

—¡No creo que entren!

Un par de tías se acercan a nosotros en la barra. A simple vista podrían ser dos chicas que solamente quieren una bebida, pero, tal y como noto que nos miran y lo cerca que están, quieren algo más que pedir un par de copas. Quieren nuestra atención. Lo que no saben es que hace rato que la mía la acapara una sola persona que… justamente está entrando por la puerta.

—¡¿Qué decías, Pardo?!

No soy capaz de responder. Primero, porque no sé qué decirle. Segundo, porque no puedo pensar en otra cosa que no sea el brazo que el chico tiene puesto sobre los hombros de Martina. El mismo chico remilgado de antes. El que tiene aspecto de acudir a misa cada domingo. ¿Acaso no sabe que a Shoko no puede venir con esas pintas?

—Todavía estamos a tiempo de pirarnos.

Pero justo en ese momento el camarero nos coloca nuestras bebidas sobre la barra y nos acerca el datáfono para que paguemos.

—Tarde.

Acerco el móvil al cacharro a la vez que agarro la copa con la otra mano y, sin apartar los ojos del grupo que acaba de entrar, le pego un largo trago.

—El único propósito que me he marcado esta noche es disfrutar. Y eso es lo que pienso hacer. Con o sin Martina en la discoteca.

Camino hacia el centro de la pista y Cristo lo hace junto a mí. Nos acercamos un poco más al grupo, pero tampoco demasiado.

—Joder, ni que fuese Año Nuevo —dice Cristo antes de beber un trago de su copa.

Ahora suena «Ojos colorau», de Mora, y, en cuanto llega la parte animada de la canción, comienza mi momento de disfrute.

«Que te jodan, Martina. A ti y a tu grupo que no sabe dónde se acaba de meter».

35

MARTINA

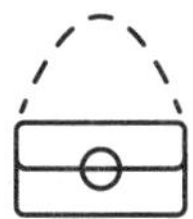

—¡Madre mía! ¡Nunca había venido aquí! —digo al entrar y subir las escaleras de la famosa discoteca de Madrid. A decir verdad, yo me muevo más por otros locales de la ciudad, pero este sitio tiene un ambientazo espectacular.

—Bienvenida a tu primera vez en Shoko, Martina.

Jorge me sonríe y yo no puedo evitar hacer lo mismo.

—Bueno, ¿qué? ¿Pedimos algo? —pregunta Lucas, una de las personas del grupo que no conocía de nada y que se han apuntado a la salida de esta noche. Es compañero de Jorge. Jorge es cocinero y Lucas es pinche de cocina. Llevan juntos desde que entraron en el hotel.

—¡Por supuesto! —grita Lía, enganchándose del brazo de Lucas y empezando a abrirse paso hacia la barra. Jorge y yo los seguimos, y tras nosotros vienen Tom y Nadia, el botones del hotel y la friegaplatos.

Llegamos a la barra y le pedimos al chico que está preparando bebidas lo que queremos. Por suerte, en la entrada que nos consiguió Jorge se incluye una consumición, así que, por el momento, no he de sacar la tarjeta.

—¡Tu vodka con limón! —grita Jorge para que le oiga por encima de la música, y me da la copa.

La cojo dándole las gracias y bebo un trago. Noto cómo un ardor baja por mi garganta. Dios, cómo necesitaba esto.

Los demás no tardan mucho en tener su copa en la mano.

—¡A bailar, hostia!

Todos reímos ante el comentario de Lucas. Hace un rato que lo conozco y ya sé que es el alma de la fiesta. Nadia y Tom ríen y, junto con Lía, salen los cuatro disparados hacia el centro de la pista. Yo me quedo con Jorge un rato más antes de unirnos también a ellos.

—Oye… Gracias por esto.

—¿Por esto? ¡Qué va, Martina! Estábamos deseando salir de fiesta y tu llegada ha sido una buena excusa. —Se acerca a mí, acortando la distancia que nos separa y el limón de mi copa se mezcla con el perfume que lleva, aguándome la boca—. Nadie puede trabajar en el VP sin su debida fiesta de bienvenida.

Mientras se vuelve a alejar de mí, me guiña un ojo y yo me obligo a mantenerme cuerda. Le pego otro trago a mi copa y ya noto cómo todo mi cuerpo empieza a burbujear.

—¿Bailamos?

—¿Quién te diría que no a ti?

Nos movemos hacia el centro de la pista al son de alguna canción cuyo nombre desconozco, pero que estoy segura de haber escuchado alguna vez en el coche de Víctor.

Noto una punzada en el pecho al pensar en él y en cómo me he ido de casa esta noche sin decirle nada, aprovechando que estaba duchándose. Pero sabía que, si me esperaba y le veía salir vestido, perfumado y arreglado, sería peor. Porque ese es el efecto que causa en mí, a pesar de lo mucho que me estoy esforzando en odiarlo.

Nos unimos a Lía, Lucas, Nadia y Tom en la pista y reímos al verlos bailar como cuatro desquiciados. Con media copa en la mano —la otra ya ha bajado por mi garganta—, comienzo a bailar al lado de Jorge, sin despegarme de él. Nos intercambiamos la copa y bebemos de la del otro. Aprovecho y le doy un largo trago mientras las luces van variando de color y laten al ritmo de la música.

Siento que el alcohol me está haciendo efecto cuando Jorge me chilla por encima de la música:

—¡Si querías la mía, solo tenías que pedírmela!

—¡Es que está más rica!

Ambos reímos y me quedo con su copa. Termina la canción que sonaba y comienza una que me resulta más conocida. No os penséis que sé quién la canta, es solo que me conozco las dos primeras frases.

—«¡No soy tímida ni a palos! ¡Lo que falta de tetas me sobra de gramos!».

Jorge se desternilla. Me agarro a su cuello con el brazo que tengo libre porque de la risa que me ha entrado casi me caigo al suelo y al instante noto su mano agarrándome la cintura desnuda, por dentro de la chaqueta. Todos mis sentidos se centran en su mano, en cómo mis ojos encuentran los suyos y cómo solo soy capaz de escuchar «te gusta cómo toco» por los altavoces.

No es hasta que termina la canción que mis caderas dejan de moverse al ritmo de la música y logro separar los ojos de los suyos. Pero no porque ya no haya música, que, en cuanto se ha acabado la que sonaba, ha empezado otra. Más bien ha sido porque alguien me ha agarrado del brazo y ha pronunciado unas palabras con una voz que conozco demasiado bien.

—¿Se puede saber qué cojones haces aquí?

Y, de todas las personas que podrían ser, no es ni más ni menos que mi dichoso compañero de piso.

—¿Y tú? —respondo alejándome un poco de Jorge y dándole otro trago a mi bebida, que ya no es de limón sino de cola.

—No me jodas, Martina, sabes que esta es mi discoteca.

—Ah, ¿sí? ¿Pone tu nombre por alguna parte? —Me hago la sorprendida y hago ver que lo busco a mi alrededor—. Yo no lo veo.

—¿Me acompañas un momento?

Y ahora la mano que se ha cernido alrededor de mi brazo tira de mí hasta conseguir que mis pies lo sigan y quedemos a una distancia razonable de Jorge.

—¿Qué quieres? Me lo estaba pasando bien con mi amigo —digo, zafándome de su agarre, al llegar a una de las esquinas del local donde se puede hablar con más tranquilidad.

—Lo sé. Créeme que lo sé.

—¿Entonces? —Bebo otro trago y me doy cuenta de que estoy a punto de terminarme la copa—. ¿Por qué me molestas?

—Porque estoy tratando de salvarte el culo.

—¿Salvarme tú a mí? —Me río, incapaz de aguantar la risa—. ¡No me hagas reír! ¿De ser devorada por el lobo feroz? —Rujo, imitando cutremente el sonido de un lobo. Noto que Víctor me mira con lástima—. ¡Qué miedito!

—Del corderito, más bien. —Frunzo el ceño al no entender la referencia—. Da igual. Lo que te estoy tratando de decir es que estás en Shoko y aquí todo el mundo se conoce. Menos vosotros, que es la primera vez que pisáis esta discoteca. En serio, Martina, ¿no había discotecas en todo puto Madrid?

Me pierdo ante tanto palabrerío e incluso me tambaleo hacia atrás. Pero Víctor no tarda ni un segundo en acercarse a mí y evitar que me caiga al suelo. Al final será verdad eso de que ha venido a salvarme el culo.

—¿Sinceramente? He desconectado después de que hayas dicho el nombre de la discoteca. Que, por cierto, mola que te cagas. Todo un descubrimiento. Tendré que darle las gracias a Jorge. Al menos él me enseña cosas que molan, no como tú, rancio, que nunca me has invitado a este sitio.

Víctor alza ambas cejas y me comienzo a descojonar en cuanto lo hace. De repente, su cara me parece de lo más graciosa. Y eso, tras haberle llamado rancio, hace que se cabree más y más.

—¿Me acabas de llamar rancio?

—Puede ser.

—Mira que te suelto —me advierte todavía agarrándome.

Si quisiera soltarme, y si lo hiciese, iría directamente al suelo. Pero no es capaz de hacerlo. Lo conozco lo suficiente. Por eso no dudo ni un momento en retarlo.

—Atrévete.

—Me atrevo a muchas cosas, pero nunca a esa.

Nos sumimos en un silencio sepulcral. Hasta la música la oigo alejada. No tengo valor ni de escuchar mis propios pensamientos.

Porque ahora mismo a lo único a lo que puedo prestar atención es a cómo Víctor me mira, a cómo ha pronunciado esas palabras y a cómo me acaricia el brazo por el que me sujeta para que no me caiga.

—Martina… —dice una voz, sacándome de mi momento más parecido a un viaje astral—, ¿estás bien?

No soy capaz ni de girarme para ver a Jorge detrás de mí. Sé que es él, conozco su voz a pesar de que solamente llevo escuchándola unos cuantos días. Pero no me apetece dejar de mirar a Víctor.

—¿Martina? —repite.

—Tío, ¿te puedes largar? —le dice Víctor.

Jorge lo ignora y me pregunta:

—Martina, ¿conoces a este chico?

—Creo que sí que me conoce, soplapollas. Soy su novio.

Ahora ya sí que, si me caigo, no le sorprendería a nadie. ¿Víctor acaba de decir que es mi novio? ¿Delante de Jorge? ¿No lo puede repetir? Siento que los ojos me hacen chiribitas y, aunque quiera controlarlo, no puedo. Me acabo de quedar hipnotizada.

—¿Su novio? —La cara de Jorge debe de ser un cuadro. No lo sé, porque no lo miro, pero estoy segura—. Perdona, tío, pensé que ella estaba…

—¿Soltera? Pues lo siento por ti, pero no lo está. Ahora, si no te importa…

Víctor hace un gesto con la cabeza queriéndole decir por segunda vez que se largue. Jorge no tarda en marcharse tras levantar las manos como si en realidad Víctor le hubiese dicho «manos arriba, esto es un atraco».

—Ahora que volvemos a estar solos, ¿por dónde íbamos?

—¿Por qué le has dicho que eres mi novio? —lo interrumpo. No puede pretender que ignore ese pequeño, pequeñísimo, detalle.

—Porque es la razón por la que te estoy salvando el culo.

—¿Qué?

—Antes te he dicho que aquí prácticamente siempre se mueve la misma gente. Todo el mundo tiene contactos y sabe de más. Te he salvado el culo porque, si no, te hubieses liado con ese niño de papá esta noche y mañana no te dejarían ni entrar en tu curro por farsante. —No repito «¿qué?» porque habría sido ridículo, pero me lleva unos segundos comprender lo que está queriendo decir—. La canija con la que has venido de fiesta, la rubia de pelo liso —dice señalando en dirección a mi grupo, donde entreveo a Lía bailando con Lucas— es la hija de los dueños del VP. ¿Te crees que no me conoce?

—Puede que no. No eres el centro del mundo, Pardo.

—Estuvo años colada por mí. No sabes lo mucho que insistió esa chavala en que nuestros padres se aliasen. Quería entrar en mi vida como fuese. Incluso hizo todo lo posible para ganarse a mis padres. Diría que alguna vez hasta escuché «matrimonio concertado». —Se ríe—. Pero ya sabes que mis padres siempre te han preferido a ti.

—Pues en ningún momento me ha tratado mal. ¿No debería odiarme por ser tu novia?

—Supongo que la gente evoluciona. No va a pasarse toda la vida colada por mí, entiendo. Pero ya te digo yo que sabe quién soy, quién eres y lo que hay entre nosotros. Supuestamente, claro. —Aclara con cierta ironía—. Así que de nada por evitar que te comieses la boca con el repeinado.

—No me pensaba comer la boca con él.

—Ya. —Se ríe—. Pero él contigo sí.

—Y dale… ¡Que solo somos amigos!

—Que sí, Martina, que sí…

No puedo evitar encenderme de rabia. Dejo atrás toda la admiración que he sentido por él hasta ahora cuando noto sus aires de salvador del mundo. Si hay algo con lo que no puedo, es con el paternalismo. Y lo que él está haciendo ahora mismo conmigo es tratarme como si fuera una criatura estúpida.

—Ahora estás «salvándome el culo» —digo, haciendo comillas con los dedos sin soltar mi copa— y el otro día llevas al hotel a una chica y te la follas unas plantas más arriba. ¿Te parece normal? ¡Eres de chiste!

—El plan es tuyo, no mío. Yo no soy quien tiene que fingir.

Me termino la copa de un trago. Necesito otra. Y la necesito ya.

—¿Y no crees que esto que acabas de hacer no ha sido un poco demasiado para alguien que no tiene que fingir? Si tanto te importan tus relaciones sexuales, céntrate en ellas y déjame a mí gestionar mi propia vida. ¡Que no pusiste tantos problemas en fingir que éramos novios cuando saliste tú beneficiado en la cena de inauguración!

—Igual es que estoy hasta la polla de fingir —suelta, sin anestesia, sin prepararme para lo que está a punto de soltar por la boca—. Igual es que lo único que quiero es que nos vayamos de aquí y tenerte de una puta vez en mi cama. Igual es que eso es lo único que llevo queriendo todo este tiempo, mientras que tú te estás esforzando como nunca por hacer como si no hubiese pasado nada entre nosotros.

La madre que me trajo.

—Necesito otra copa —suelto, incapaz de decir otra cosa.

—No te vas a beber otra copa.

—¿Y qué propones?

—Ya lo has oído. Ahora falta saber qué propones tú.

Lo miro directamente a los ojos. ¿Qué propongo? Ni yo misma lo sé. ¿Qué pienso? Demasiadas cosas como para centrarme en solo una. ¿Qué quiero? Irme a casa.

—Tengo que irme. Voy a irme. Voy a...

Me alejo de él, pero en cuanto doy un paso me tambaleo.

—Te llevo a casa —dice, agarrándome de nuevo del brazo.

—No. ¡No! —Me suelto y me arrepiento al instante por haberme tambaleado y por el frío que noto en el trozo de piel que él me toca—. Puedo ir yo sola. Cogeré un Uber. O un taxi. O lo que sea.

—Martina, iba en serio lo de que nunca me atrevería a soltarte.

Vuelvo a escoger el silencio.

¿Qué narices puedo responder cuando lo único que quiero hacer es lanzarme a sus brazos y comerme esos labios que está frunciendo en estos momentos? «Contrólate, Martina, no puedes jugar con él como te venga en gana y después exigirle que haga como si nada».

Por esa razón no me lanzo a sus brazos, no le lamo el cuello que brilla bajo las luces de neón y tampoco le muerdo los labios para pedirle más.

—Deja que me despida de mis amigos.

Víctor asiente con la cabeza y me dice que me espera fuera.

Me acerco hacia donde están todos para despedirme de ellos. No me centro en ninguno en concreto. Sé que mañana alguno que otro me preguntará, pero al menos ahora no lo hacen. Y se lo agradezco. Porque ahora mismo suficiente tengo con mantenerme en pie y no echarme a llorar por todo lo que ha dicho Víctor y toda la razón que ha habido en sus palabras.

Salgo y me congelo nada más poner un pie en la calle. Busco a Víctor con la mirada y no tardo demasiado en verlo apoyado en la pared de ladrillo fumándose un cigarro.

—¿Vamos?

Me limito a asentir. Víctor me ofrece su chaqueta y, tras ponérmela sobre los hombros, pasa un brazo por encima y así caminamos hasta llegar al coche.

Una vez dentro, acomodada en el asiento, me vuelvo hacia él repentinamente al darme cuenta de algo.

—¿Has venido solo?

Niega con la cabeza.

—Con Cristo. No te preocupes, ya lo he avisado.

—¿Y no le ha importado que…?

—No, Martina, él ya sabe que… Da igual.

Enciende la cadena de música y en la pantalla veo «Playa privada», de Mora y Elena Rose.

—No da igual. ¿Qué ibas a decir?

Víctor suspira. Sabe que no es tan fácil que me dé por vencida.

—Que tú siempre serás lo primero.

Sonrío con los ojos cerrados, que se han declarado en huelga nada más comenzar a sonar las primeras notas de la canción, y me dispongo a escucharla entera mientras empezamos a ponernos en movimiento. La chica canta: «No te vayas, quédate un ratito. No te vayas, que yo te necesito». Por primera vez me gusta una canción de la *playlist* de Víctor.

No es hasta que termina que me decido a abrir la boca.

—No sé a qué príncipe azul te has tragado, Pardo, pero no lo escupas nunca —murmuro antes de quedarme dormida en el asiento.

36

VÍCTOR

Nunca pensé que terminaría subiendo a Martina en brazos hasta el apartamento, pero, como se suele decir, siempre hay una primera vez para todo. Desde luego que no pensaba despertarla.

Una vez arriba, en cuanto la dejo en el sofá y la tapo con una manta —tras haberle quitado mi chaqueta, que hasta ahora llevaba sobre los hombros—, abre los ojos de golpe.

—¡Es lunes! —grita.

—Baja la voz, Martina, son las tres de la mañana.

No he terminado de hablar cuando se incorpora de golpe, como si no hubiese estado profundamente dormida hasta ahora.

—Pero es que… —Se tambalea en cuanto coloca un pie en el suelo y me veo obligado a sostenerla y volver a hacer que se siente—. ¿En qué momento pensaron que era buena idea salir un domingo? —Se pasa las manos por la cara, importándole una mierda el maquillaje que se ha puesto hace unas horas—. Solo de pensar que tengo que trabajar habiendo dormido… ¿Cuánto?, ¿veinte minutos en tu coche?

—Puedes tranquilizarte y dormirte un rato más. Te despertaré cuando tengas que irte.

Entra en pánico.

—No, no, no. No puedo dormirme. Imagínate que tú te quedas dormido. Además, no voy a obligarte a quedarte despierto solo para despertarme. No sería justo por mi parte. Suficiente que… Bueno, da igual, voy a... —Se intenta levantar de nuevo. Digo «intenta» porque la vuelvo a sujetar del brazo, tratando de darle tiempo para que baje las revoluciones.

—Martina, cálmate, por favor. —Cuando me mira a los ojos, veo que está realmente preocupada—. Es de madrugada. Si no quieres dormir, está bien, no duermas, pero relájate. Tienes tiempo de sobra para hacer lo que sea que quieras.

Suspira y se deja caer en el sofá. Parece que me está haciendo caso. Digo «parece», porque nada más pasar unos segundos vuelve a catapultarse hacia arriba sin darme tiempo a volver a retenerla.

—Listo, calmada. Ahora, si me lo permites, voy a la ducha.

Levanto las manos, queriéndole decir que haga lo que quiera, y la veo marcharse del salón para entrar en el baño y cerrar la puerta detrás de ella y de ese conjunto que, esta noche, me está volviendo loco.

Hasta que no escucho el agua correr y me imagino a Martina en la ducha, no me doy cuenta de lo jodido que estoy en realidad.

«No me perdonaría nunca dejarla durmiendo vete tú a saber dónde», me había dicho mi madre, con ojos de corderito degollado, cuando me obligaron a cederle una habitación. No me hacía ninguna gracia, claro, pero pensé que no sería para tanto. «Yo ya he superado a Martina», me obligué a creer. ¡Qué equivocado estaba!

Pensaba que sería fácil convivir con la primera persona por la que había sentido algo en el pecho que podía llamarse amor, y con cuyos sentimientos yo había jugado después, tras obligarme a tirar los míos a la basura. «Lo mío con Martina no puede ser», me decía a mí mismo cada vez que se colaba en mi mente un «Y si...». «Somos muy diferentes, no pegamos ni con cola», continuaba. Pero lo que realmente ocurría era que yo no me sentía a su altura, sentía que no era bastante para ella. De hecho, sigo pensándolo.

Martina es la antítesis de lo que soy yo. Mientras que ella es amable, dulce, simpática, carismática, una enamorada de la vida y una optimista por naturaleza, yo soy todo lo contrario que te salga en el diccionario. Mientras que ella vive por y para dar amor —ya sea del romántico o del que le ofrece a su única y mejor amiga Gala—, yo vivo por y para mí. Eso es lo que ocurre cuando, a pesar de que tus padres siempre te lo han dado todo, se han dejado en el tintero lo más importante: demostrarte que te mereces que alguien pase tiempo de calidad contigo.

Nunca me ha costado entender que el trabajo de mis padres siempre ha sido muy sacrificado. Pasar de no tener prácticamente nada a tenerlo todo no es fácil. Han trabajado mucho para llegar adonde están ahora. Y, a pesar de que me criaron de la mejor manera que podían y sabían —estoy seguro, porque mis padres siempre han sido unas excelentes personas—, para mí no fue suficiente. Yo necesitaba más.

El Víctor Pardo de cinco años necesitaba que su padre se lo llevase a jugar al fútbol los domingos por la mañana, que su madre le leyese un cuento por la noche antes de irse a dormir, que algún día hubiese pasado menos de once horas en el colegio entre servicios de comedor y extraescolares. Ese Víctor Pardo necesitaba pasar más tiempo en familia. Y, como la vida a veces te pone las cosas un tanto difíciles para ver si sales del paso, decidí que la única opción que había era centrarme en mí mismo y alejarme todo lo posible de ese mundo de lujo y esclavitud que yo no quería para cuando ese Víctor Pardo de cinco años creciese.

Por eso decidí estudiar Mecánica. Por eso no me importó humillar a Martina, porque había vítores y aplausos de los chavales de mi instituto detrás. Por eso luego fui incapaz de pedirle perdón a la primera persona que me hizo sentir que era merecedor de un amor puro. Porque siempre he sido de buscar mi propia felicidad sin importarme ni lo más mínimo los demás. Porque así nadie, nunca más, me podría hacer sentir vacío.

Por eso, en vez de amar a Martina, con lo fácil que podría haber sido, decidí odiarla, con todo lo que ello conllevó.

Lo que yo no sabía era que luego iba a tener que convivir con ella bajo el mismo techo —gracias a Dios que en dos camas separadas y con una pared de por medio— y tendría que soportar verla por casa de mil maneras diferentes. Con más y menos ropa, más contenta o más triste, más fuerte o más vulnerable, más despierta o más dormida, más simpática o más refunfuñona... Daba igual la manera. Siempre iba a estar ahí. Siempre olería su perfume o el aroma que desprendía su melena rojiza cada vez que salía de la ducha. Siempre vería cómo se movía por la cocina y se ponía de puntillas para alcanzar algo. Daba igual lo que hiciera, ella siempre iba a estar ahí. Y yo también. Observando cada uno de sus movimientos.

Fue fácil odiarla hasta que rocé el límite. Y no es que solamente lo haya rozado, es que hace días que lo he sobrepasado. El sábado de El Barrueco lo sobrepasé con creces y odiarla se ha convertido en algo que no puedo sostener más. No hay nada que me haya costado más en la vida que fingir estos días que no existía para mí. Porque ahora existe más que nunca.

Eso es lo que pienso mientras oigo el agua correr. Cuando se detiene, llego a una conclusión: no estoy dispuesto a fingir que la odio ni un segundo más. Víctor Pardo podrá ser un cabrón de primera, un hijo de puta sin miramientos, un ególatra sin fronteras, pero también es incapaz de odiar a Martina Avellaneda. Porque ella siempre ha sido la niña de sus ojos.

—¡Víctor!

No sé por qué mi cuerpo reacciona así, pero me levanto de un salto. Doy un par de zancadas hasta el baño y veo la puerta entreabierta.

—¿Qué necesitas? —pregunto desde el otro lado sin atreverme siquiera a abrirla.

—¿Puedes...? ¿Puedes traerme algo de ropa? No he cogido nada y, como salga así, me voy a congelar.

Le digo que sí y me alejo del baño con el corazón acelerado.

Entro en su habitación y me quedo inmóvil. ¿Qué significa «algo de ropa»? Miro hacia todas partes, como si la solución fuese a sorprenderme por cualquier parte. Evidentemente, no es así. Me movilizo hacia su armario y, al abrirlo, su aroma me invade. Descuelgo lo primero que veo que puede combinar y que le puede gustar: unos tejanos y un jersey de punto gris, y con ello en las manos me vuelvo a dirigir al baño.

Toco dos veces con los nudillos en la puerta cerrada y, cuando la abre ligeramente, una nube de vapor se escapa del interior.

—Toma. —Alargo el brazo con la ropa sujeta en la mano a través de la rendija sin querer abrir mucho la puerta. Todavía sigo con el corazón acelerado.

—Puedes entrar. No vas a ver nada que no hayas visto ya. Parece mentira —dice, abriendo, y me arrebata la ropa de las manos. Solo lleva puesta una toalla, y se ha enrollado otra en la cabeza, pero solo puedo fijarme en la que rodea su cuerpo.

—¿Todavía sigues borracha?

—Se me pasó cualquier estado de embriaguez en cuanto apareciste, Pardo.

No respondo. No porque no quiera, es que no sé qué responder. Parece ser que los papeles están cambiando y Martina Avellaneda es la que está dejando sin palabras a Víctor Pardo.

—Por cierto —dice tras observar las prendas que le he traído—. ¿Y la ropa interior?

«Eso no te hace falta», pienso.

—Voy —digo.

Cuando salgo del baño, me entra un frío que me cala los huesos, pero vuelvo a arder en cuanto abro el cajón donde guarda la ropa interior.

Cierro los ojos y me concentro en la tregua que quiero firmar con ella. «Cálmate, Víctor. Eres capaz de hacerlo. Tienes que hacerlo», me autoconvenzo. Porque sé que, si vuelvo a obedecer a lo que tengo entre las piernas y que cada vez me aprieta más bajo los pantalones, se volverá a joder todo. Todo iba bien hasta que viví con ella la mejor noche de mi puta vida.

Cojo un conjunto de tanga y sujetador negro —por si se lo quiere poner— y vuelvo al baño.

—No sé si he escogido bien. —Le tiendo las dos prendas y Martina me mira con una comisura alzada, ahora ya sin la toalla en la cabeza y con el pelo mojado rozándole los hombros—. Si no, puedo ir a cogerte otra cosa, o…

—Está bien, Víctor.

¿Qué coño me pasa? ¿Y por qué narices estoy tan nervioso?

«Quizá porque hace un rato le has dicho que estás hasta la polla de fingir y que la quieres en tu cama», me dice mi voz interior, a la que no mando callar porque tiene toda la razón.

No sé en qué momento se me ha ocurrido que era buena idea decirle eso, pero lo que sí sé es que no he podido hablar más desde la verdad. Llevo días hasta las pelotas de fingir. Desde la noche en El Barrueco ya no puedo mirarla con los mismos ojos. Ni puedo, ni quiero.

—¿Haces algo cuando salgas del curro? —le pregunto a bocajarro.

—Dormir estaría bien. —Se ríe, y observo cómo se coloca el tanga por debajo de la toalla, levantando una pierna y luego otra. Me quedo hipnotizado cuando, tras subírselo, sus manos comienzan a deshacer el nudo de la toalla y, ahora sí, la deja caer. Lo único que lleva Martina en este instante es un minúsculo jirón de tela entre las piernas. Me cago en la puta hostia—. ¿Por qué?

Como es de esperar, se pasa por el forro que le haya traído sujetador. Porque se gira, dándome la espalda —por no decir dándome el culo y las ganas de pegarme a él—, y comienza a desdoblar el jersey.

—Martina…

Se vuelve a dar la vuelta, con las mangas del jersey metidas, pero todavía con las tetas al aire. Cojo aire muy lentamente, reuniendo toda la serenidad que me queda —spoiler: es poca, poquísima, de hecho— y parpadeo para borrar la mirada de cerdo que debo de tener; estoy seguro de que es así por la sonrisa de Martina.

—Dime.

—Como no te vistas de una jodida vez y dejes de mirarme así, no voy a ser capaz de hacer lo que me pediste.

—¿Qué te pedí?

Da un paso hacia delante. Yo retrocedo unos mil. Mentalmente, claro, porque físicamente no me muevo.

—Lo sabes bien. —Me mojo los labios para ahogar las ganas que tengo de pasar la lengua por todo su cuerpo—. Cuando salgas de currar, ven a casa. Me gustaría hablar contigo.

—¿Y ahora? ¿Qué quieres hacer ahora?

—Ahora quiero que te vistas y te vayas a trabajar. Si lo prefieres, te llevo yo —le digo mirándola desde unos centímetros por encima mientras la ayudo a vestirse, tratando de rozar lo menos posible su piel—. Pero, por favor, no me sigas torturando así. Me vas a volver loco.

—¿Más?

—Del todo.

Entonces salgo del baño y es ahí cuando me doy cuenta de lo rápido que me va el corazón. Y en lo dura que tengo la polla.

«¿Quién me mandó a mí juntarme con esta tipa?».

37

MARTINA

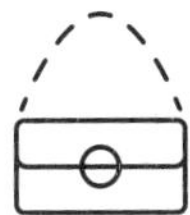

Puede que sí siguiese un pelín borracha. De lo contrario, no me hubiera atrevido a enseñarle las tetas, pero no lo estaba tanto como para no ser capaz de recordarlo después. Por esa razón lamento mucho no haber estado más borracha. Porque ahora, detrás del mostrador, siento que aquí es donde me quiero quedar para siempre. Solo de pensar en que tengo que volver a casa y enfrentarme a Víctor y a la conversación que quiere tener se me revuelve el estómago. No hay que ser muy lista para saber de qué quiere hablar. Creo que tiene que ver con la frasecita que ha soltado de «estoy harto de fingir» y con cómo le apretaban los pantalones hace unas horas en el baño.

«La única culpable eres tú, Martina, no te engañes», me dice mi subconsciente. Y la verdad es que tiene razón. Si yo no hubiese decidido dejar caer la toalla… Pero es que después de ahuyentar a Jorge y decirme que me quiere tener «de una puta vez en su cama», perdí la cordura. Por primera vez, Víctor fue el único que tuvo un poco de cabeza, porque, si llega a ser por mí, me hubiese metido de nuevo en la ducha, pero con él, y no precisamente para enjabonarlo.

—¿Martina? —oigo a Adela llamándome. Diría que por segunda vez.

—Dime.

—¿Estás aquí?

—Sí, sí, perdona. Es que estaba pensando en otra cosa. Lo siento, dime.

Me coloco unos cuantos mechones sueltos por detrás de las orejas y le presto atención. Comienza a explicarme no sé qué cosa de un evento que se celebrará el fin de semana que viene y de todas las habitaciones que hay que preparar. Vienen clientes exclusivos y todo tiene que estar perfecto. Asiento, como si la vida me fuese en ello, y sin estar muy convencida de que lo haya entendido todo, y luego ella se marcha.

Estoy a punto de abrir la agenda en el ordenador cuando Jorge aparece en el vestíbulo del hotel. Nada más verlo ya me empieza a faltar el aire. Incluso diría que me estoy mareando. La última vez que lo vi fue en la discoteca, después de que Víctor lo echase muy poco educadamente alegando que él era mi novio. Esta mañana no me he encontrado con él en el aparcamiento. Cuando he llegado, su coche todavía no estaba y, honestamente, esperaba que hoy no viniese a trabajar. Indisposición o algo. Yo qué sé. Pero la idea de verlo me retorcía el estómago, tal y como ocurre ahora mismo que lo veo al otro lado del mostrador, con los codos apoyados en él.

—Parece que has visto a un fantasma —suelta sin compasión, como si nada, en un tono de broma que me hace dudar de si se acuerda de lo de ayer—. Buenos días.

—Son casi las doce.

—Nunca es tarde para decir «buenos días». —Me callo porque ¿qué le respondo a eso? Suficiente tengo con poder vocalizar teniéndolo delante. Solo puedo pensar «qué vergüenza», como decía cada dos por tres Amaia en la novena edición de *Operación Triunfo*—. Oye, en serio, ¿estás bien? Estás pálida como la leche. ¿Te vas a desmayar?

¿Qué clase de pregunta es esa?

De repente, Jorge me cae mal. No mal de mal, no de «verdad», hablando claro. Sino mal de… ¿Te puede caer alguien mal sin que sea algo negativo? No lo sé. Lo único que sé es que no le respondo.

—Oye, Martina —empieza a hablar de nuevo—, que no pasa nada por lo de anoche. No te creas que estoy enfadado. De verdad que no. —Sonrío y asiento lentamente con la cabeza, queriéndole hacer saber que todo está bien, que no hace falta que hable del tema porque es algo que me pone muy nerviosa—. Es toda una lástima, eso sí. Porque eres una chica interesante, pero… buen rollo, ¿no?

—Claro, claro. ¡Buen rollo!

—Y… ¿llevas mucho tiempo con ese chico?

Es inevitable sentir que el corazón se me va a salir del pecho. «Mucho mucho, no. De hecho, solo hace una semana y un día que lo hicimos en la casa de la montaña de sus padres, con ellos en la habitación de al lado. Aunque en realidad no estamos juntos. Es todo un paripé, lo he hecho para entrar aquí, y la verdad es que no sé por qué sigo manteniendo esta farsa», quiero responder. Pero lo que en realidad le digo es:

—¿Necesitas algo? ¿Que te mire alguna cosa de la agenda o que te imprima algún documento?

Pongo una de mis mejores sonrisas, pero parece ser que no le sirve, porque frunce el ceño. No le ha gustado mi respuesta.

—La verdad es que sí. Venía a ver si me podías hacer copias de esto. Tres, por favor.

Me tiende una hoja impresa y la pongo en la impresora para que la escanee. La situación entre nosotros es algo incómoda y el silencio se hace pesado, por lo que le doy las gracias a la impresora de que haga ese ruido que tanto odio en otras circunstancias.

—Aquí tienes.

Asiente, coge las hojas y me sonríe con algo de pena.

—Te diría que ojalá se pueda repetir la fiesta, pero con un buen final, aunque no creo que eso vaya a pasar, así que… —Tuerce un poco el gesto y aprieta los labios—. Nos vamos viendo por aquí.

—Claro, cada día.

Lo último que le dedico es una sonrisa sincera, para hacerle saber que no voy a desaparecer, que seguimos trabajando juntos y que, en realidad, es un buen chico que me cae bien. Aunque las palabras que haya elegido quizá no hayan sido las más adecuadas.

Jorge se marcha y vuelvo a quedarme sola en el vestíbulo. Entonces Víctor aparece en mi mente y me vuelvo taquicárdica perdida.

Quiere hablar conmigo cuando vuelva a casa, y eso es lo último que yo quiero hacer, sobre todo después de haberme insinuado en el baño. Por Dios, ¿en qué estaba pensando?

Saco el móvil de donde lo tengo guardado en el mostrador y abro rápidamente el chat de Gala.

Dime que tienes el móvil a mano y que puedes responder. Por favor. Solo será un minuto. Solo dime sí o no.

Necesito una sesión urgente de uñas y café. Dime que tienes la tarde libre.

Había quedado con Ale para ir a hacer la compra, pero los tomates y la lechuga pueden esperar.

¿Donde siempre?

Déjame preguntarle a Vane si tiene hueco. Espero que sí.

Abro el chat de Vanesa, la chica que siempre se ocupa de que mis uñas estén impolutas, y le escribo un mensaje todo lo rápido que mis dedos son capaces de teclear. Se lo envío y rezo para que me diga que tiene hueco para mi urgencia de esta tarde. No las tengo todas conmigo de que sea así, porque Miss Uñas es uno de los mejores centros de todo Madrid. Por eso, cuando me responde que sí, que una de sus citas de esta tarde le ha avisado de que no podía ir, siento cómo toda la sangre me baja de golpe. «Menos mal».

¡Tienes hueco! A las cinco y media. ¿Comemos juntas?

Ya tengo la comida hecha... Pero ¡vente!

¿Seguro? No quiero molestar...

¡No digas tonterías, anda!
Sabes que no molestas.

¿A Ale tampoco?

No, Martina, a él tampoco...

Vale... A las dos y media estoy allí.

Suspiro y, tras responderle, bloqueo el móvil y lo vuelvo a dejar justo donde estaba, con el corazón un poco en el puño.

Ale es Alessandro, el novio de Gala. Creo que esto no es ninguna sorpresa para nadie, pero por si acaso yo lo aclaro. Más que nada porque tengo la firme teoría de que me odia. Quizá la palabra «odiar» es algo demasiado intenso para lo que él siente por mí. Quizá la palabra correcta sería «repugnancia». Lo de «odiar» le pega más a Víctor. Alessandro y yo, simplemente, nunca hemos llegado a conectar del todo.

—Anda. Hola, Martina —dice él, sorprendido, con una sonrisa falsa en la cara.

—Ale... ¿Está Gala? —Asiente, sin apartarse de la puerta, con una mano apoyada en ella y con la otra dejándola caer a un lado de su cuerpo—. Me ha invitado a comer.

—¿Aquí?

—Sí.

Frunce el ceño, como si a él no le hubiese llegado esa información. Yo me pregunto dónde narices se ha metido mi amiga para haber dejado a su novio —que no me soporta— abrirme la puerta.

Parece que la he invocado, porque de repente escucho su voz cantarina por detrás del chico que tengo plantado delante y la veo aparecer con una toalla en la cabeza.

—¡Martina! —Se hace un hueco entre su novio y yo y me da un abrazo de los que reconfortan—. ¿Qué haces que todavía no has entrado? Anda, pasa.

Su abrazo me calma la ansiedad que lleva rato acechándome. Y es que sé que Víctor me está mandando mensajes. No hay que ser muy lista para saberlo. Tampoco me hace falta mirar la pantalla. Sé que es él, porque habíamos quedado en que iría a casa para hablar y yo estoy aquí, en la casa de Gala.

Mientras mi amiga termina de secarse el pelo (no ha tenido mejor momento para ducharse que este), Ale y yo nos quedamos a solas sin absolutamente ningún tema del que hablar y en un silencio más que incómodo entre nosotros.

Nos ponemos a comer en cuanto Gala acaba de arreglarse el pelo porque la mesa ya está puesta y la comida servida en los platos. Es pasta con salsa de berenjenas, uno de mis platos favoritos, pero hoy tengo el estómago cerrado…

—¿Qué te pasa? ¿No están buenos? —me pregunta mi amiga al verme remover el mismo macarrón por quinta vez. Al instante noto los ojos de su novio acribillándome a la espera de una respuesta.

—No, no es eso. Es que no tengo mucha hambre.

Gala sonríe, pero Ale me mira con las cejas alzadas, al puro estilo «no me lo creo». De verdad, con un pedante en mi vida tengo suficiente.

—He desayunado mucho y tarde.

Baja las cejas, dándose por vencido y volviendo a fijar la atención en su plato. Gala me sonríe y me dice que coma lo que quiera, que tampoco me vea obligada a terminármelo porque los haya hecho Ale. «Gracias, amiga, ahora o me los termino o tu novio ya se ocupará de asegurarse de que no vuelva a pisar esta casa nunca más».

Consigo terminar de comer deshaciendo el nudo que tengo en la garganta. Por suerte, el móvil ha dejado de vibrar, pero debo de tener un montón de mensajes.

«¿De verdad piensas que ignorándolo evitarás la conversación que tienes pendiente con él?», me pregunto a mí misma, sabiendo perfectamente que la respuesta es un «no» más claro que el agua.

Sé que en algún momento tendré que ir a casa y enfrentarme con la escena. Y que, además, ahora me encontraré con un Víctor más cabreado que un chimpancé. Y todo por haber retrasado el momento de manera estúpida.

Soy consciente de que no estoy haciendo las cosas bien. Pero, en vez de rectificar, responder a Víctor pidiéndole perdón por no haber ido y decirle que «estoy cagada de miedo», decido continuar ignorándole. Solo un rato más.

—¿Vamos en mi coche? —le pregunto a Gala tras tomarnos un café sentadas en su sofá, tranquilamente, ahora que Ale se ha marchado a currar al despacho que tiene en casa.

Mi amiga asiente y, un rato después, hemos dejado el auto en un aparcamiento cerca de Sol. Me van a dar un sablazo por aparcar el coche un par de horas, pero ahora mismo todo me da igual. Lo único que de verdad me jode es saber que tendré que volver a casa.

Llegamos a Miss Uñas y entramos, haciendo sonar los cascabeles que hay enganchados en la puerta. Vanesa nos recibe con una sonrisa y un abrazo a cada una. Desde que descubrimos su salón, es nuestro sitio para arreglarnos las uñas. Normalmente, siempre llego con una idea bastante clara de lo que quiero, pero esta vez solo puedo pensar en Víctor. Así que, cuando me pregunta qué me voy a hacer hoy, le respondo:

—Te doy carta blanca. Hoy te dejo hacer lo que te apetezca.

—Uy, ¿y eso? Con lo claro que lo tienes siempre todo —dice Vane.

—Hoy está rara —responde mi amiga, la que se supone que me debe defender a capa y espada. Pero, como ya he dicho, es mi amiga, y no necesita más que un «no tengo hambre» para saber que algo me pasa.

—Y dale… Que no estoy rara.

—No has comido y estás muy callada.

—Porque todavía me estoy adaptando al nuevo trabajo. —Vane nos mira con una sonrisa—. ¿A que eso es lo normal, Vane?

Asiente.

—Anda, siéntate, que te voy a quitar todas las penas.

Me siento en la silla de princesa —de verdad, es una corona de princesa en forma de sillón— y dejo el bolso a resguardo de Gala. Vane procede a quitarme el acrílico que llevo en las uñas y, cuando llega el momento de construirme las nuevas, veo cómo comienza a esculpirlas en forma de bailarina. Respeta el largo que normalmente siempre suelo llevar, que no es demasiado corto ni extremadamente largo, y, cuando llega el momento de pintar, me pregunta:

—¿Sencillitas o cañeras?

—Sencillitas, sencillitas, me siento en este modo últimamente.

«Si llego a casa con unas uñas holográficas o de un rojo sangre, no serán de ayuda cuando tenga que apaciguar a la bestia».

Vane asiente y comienza a darme una base de color rosita claro, para luego, a mano alzada, hacerme una minifrancesa negra, repasándome solamente los bordes inferiores de la uña.

Estoy todo lo quieta que puedo estar con la mitad de la mente en casa, pensando en mi compañero de piso, hasta que el móvil comienza a vibrar sin parar dentro del bolso. Y eso solo puede significar una cosa: me están llamando.

—Tía, te está sonando el teléfono —dice Gala, y abre la cremallera del bolso y empieza a buscarlo—. ¿Te lo paso?

Lo saca antes de que yo pueda gritarle: «¡No, ni se te ocurra!», y, en cuanto mira la pantalla, mientras yo estoy con las manos dentro de la máquina de luz ultravioleta, frunce el ceño.

«Y yo que no quería hablar del tema…».

—¿Es Víctor? —pregunta, sin poder creerse del todo que Víctor me esté llamando. Porque Víctor nunca me llama—. ¿Te está llamando?

No contesto porque no sé qué responder.

A los pocos segundos Víctor parece darse por vencido y corta la llamada. Es entonces cuando en la pantalla aparecen los tropecientos mensajes que me ha estado enviando hasta ahora y que, por supuesto, Gala ve.

Si no fuera porque Vane sigue pintándome las uñas, me hubiese llevado las manos a la cabeza para esconderme entre mis brazos.

—Martina... ¿Por qué tienes... como veinticinco mensajes de Víctor? —Le lanzo una mirada de reojo y veo que sigue con el entrecejo fruncido—. ¿Se puede saber qué pasa?

Podría haber leído los mensajes y haberse enterado de todo, porque estoy segura de que Víctor me estará pidiendo explicaciones al ver que no he aparecido en casa. Pero es mi amiga y prefiere preguntarme.

No sé si seré capaz de responderle.

—¡¿Martina?!

Reacciono y me pongo la mejor careta que tengo para que no vea que, en realidad, estoy cagada de miedo.

—Bueno, es que había quedado en que iría a casa a comer con él para hablar de un temita que tenemos pendiente y no he aparecido.

Ahora sus cejas se alzan y sus ojos se abren como dos platos. A todo esto, Vane sigue dibujando —es toda una profesional—, aunque no puede evitar ir echándonos miradas de vez en cuando. Se está enterando de todo, pero se mantiene al margen y no hace ningún comentario.

—¿Habíais quedado con Víctor en vuestra casa para comer y te plantas en la mía? —Asiento, aparentemente sin remordimientos—. Tú estás zumbada, tía. ¿Es algo importante?

—¿Lo que tenemos que hablar? —Mi amiga asiente con ganas, como si mi pregunta fuese bastante absurda, y la verdad es que lo es—. Pues me parece que sí.

Se echa las manos a la cabeza.

—¿Cuándo dejarás de huir de las situaciones a las que tienes que enfrentarte por narices?

—¿Cuando no me quede otra opción que enfrentarme a ellas?

Vane me hace un gesto para que meta la mano en la lámpara de luz ultravioleta y le tienda la otra para comenzar a dibujar en ella.

—Madre mía, Martina… ¿Qué ha pasado?

«¿Qué no ha pasado…?», pienso.

—A ver… ¿Recuerdas que te conté que los del hotel me dijeron de salir el domingo? ¿Para darme la bienvenida? —Mi amiga asiente—. Vale, pues parece ser que en Madrid solamente hay una discoteca. Fuimos a Shoko, esa que está cerca de la Puerta de Toledo, y parece ser que es a la que Víctor siempre va. Evidentemente, yo no tenía ni idea. Y, mientras estaba bailando y tomándome un cubata con Jorge, el cocinero que conocimos el otro día cuando estábamos comiendo, apareció Víctor.

Gala sigue con los ojos abiertos como platos y Vane ha dejado de dibujar y está mirándome expectante, para ver cómo acaba la historia.

—¿Y qué pasó después?

—Pues casi de todo —digo—. Víctor me vio con Jorge y se acercó. Me preguntó si podíamos hablar y me alejé del grupo para escucharle mejor y entender más de media frase. Ahí es cuando él me preguntó qué narices estaba haciendo con Jorge, claro, acordándose de pronto del estúpido plan que teníamos entre manos, el que se me ocurrió para entrar en el hotel, ¿te acuerdas?

—¿Lo de fingir que estáis juntos?

—Espera, ¿qué? —pregunta Vanesa, sorprendida a más no poder. Como buena manicurista que es, conoce a Víctor y sabe el odio profundo que siento, o sentía, por él. Por eso se queda petrificada al escucharnos.

Gala le cuenta un poco por encima mi plan para entrar en el VP y que, de momento, los dueños del hotel siguen creyendo que estamos juntos. Eso sí, lo que pasó en El Barrueco se lo ha saltado. No es necesario airear por ahí mis debilidades.

—Total, a lo que iba, Jorge se acercó a nosotros para saber si todo estaba bien, porque, claro, el chaval no sabía que yo tenía novio. Que en realidad no lo tengo, porque Víctor no es mi novio de verdad, pero ya sabéis… —Las dos asienten con la cabeza, sin decir ni una palabra para no interrumpirme—. Entonces Víctor lo echó de malas maneras, hablándole fatal, y estalló contra mí diciendo que está hasta la polla de seguir fingiendo y que quiere… Bueno, literalmente dijo que quería tenerme de una puta vez en su cama.

Corto en seco mi narración y las dos abren tanto las bocas que parece que se les vaya a caer la mandíbula al suelo.

—Espera, ¡¿qué?! —grita Gala, acercándose exageradamente a mí.

—Joder, con Víctor.

—Pero esperad, es que todavía hay más. —Gala se escurre por la butaca en la que está sentada y finge desmayarse—. Nos marchamos de la discoteca y me llevó a casa. Que es la misma que la suya, pero bueno, eso. Yo hoy trabajaba, así que entré en pánico porque casi no tenía tiempo de dormir. Intentó tranquilizarme, me metí en la ducha y, como todavía llevaba algo de alcohol en el cuerpo, cuando terminé de ducharme le pedí que me trajese la ropa.

—No, Martina…

Gala se echa las manos a la cabeza. Vanesa me escucha sin decir ni mu.

—Chisss, déjame seguir. Cuando me la trajo, me puse las bragas y me quité la toalla delante de él. Claramente, yo tenía una intención y, ahora que veo la situación con perspectiva, no sé en qué momento se me pasó por la cabeza hacer lo que hice. A ver, en parte, sí lo sé, pero… Después de lo de…

Vanesa nos mira confundida, perdiéndose en la narración.

—Follaron cuando los padres de Víctor, que tampoco saben nada de que todo es una farsa, la invitaron a pasar un finde a una casa de la montaña.

—Pero, ¡¿niña?! —Me encojo de hombros—. ¿Tú no odiabas al chico?

—Tanto que tuvo la necesidad de follárselo con rabia.

—¡Gala!

—¡¿Qué?! Me dirás que es mentira.

—No estoy aquí para hablar de cómo… lo hicimos.

—No, estás aquí porque ahora Víctor quiere hablar de qué narices está pasando y tú has creído que es una buenísima idea huir de él. Cosa que no podrás hacer para siempre. Lo sabes, ¿no?

Asiento, de repente tímida.

—Si quieres un consejo de vieja sabia —dice Vanesa, autoproclamándose vieja, aunque no sobrepasa los treinta y pocos a la vez que retoma el dibujo en mis uñas—, vuelve a casa y enfréntate a la conversación que tienes pendiente con ese chico.

Miro a Gala, pidiéndole consejo a ella también, y alza las manos mostrándome la cara interna.

—Sabes que yo pienso igual que Vane.

—Pero… es que no quiero verle la cara.

—Claro, tú lo que quieres es verle otra cosa.

—¡Gala, por Dios! —chillo tratando de no moverme para no entorpecer, todavía más, el trabajo de Vanesa—. Ahora mismo solo quiero meterme debajo de una piedra.

Vanesa acaba el dibujo de la última uña y, tras introducir mi mano en la lámpara de luz ultravioleta, me pone aceite en las cutículas y luego me masajea ambas manos.

—Deja las piedras en paz, chiquilla, y ve a casa. Tómate una tila si lo crees conveniente. —Cuando termina el masaje le pido a Gala el móvil para pagarle, pero entonces suelta—: Ni se te ocurra, hoy a las uñas invito yo. Que suficiente tienes tú ya con lo tuyo…

Mentiría si dijera que no me emociono ni lo más mínimo. Porque la verdad es que estoy tan sensible que incluso podría haberme echado a llorar ahora mismo si no fuera porque sé que tengo que ir a casa y ponerme delante de Víctor. Para hablar.

Dios mío, tierra trágame.

38

VÍCTOR

La frase «estar más cabreado que una mona» me viene que ni pintada. No sé cómo todavía no ha saltado el detector de humo que tenemos instalado en el techo del salón porque noto como si mi cabeza estuviera en llamas.

He perdido la cuenta de las vueltas que he dado por el apartamento. Creo que hasta he desgastado la suela de los zapatos. A Perla la he vuelto loca, porque, evidentemente, me ha estado siguiendo todo el rato, y no ha parado de maullar porque no sabía muy bien qué estaba pasando.

—Tu dueña está chiflada, tía —le he dicho cuando se ha subido al respaldo de la silla para exigirme mimos, y yo se los he dado.

Cuando me he comenzado a marear de tantas vueltas, he recogido el comedor. No para sorprender a Martina, porque ahora mismo lo único que quiero es decirle lo irresponsable y maleducada que es, sino porque no puedo estarme quieto. Y lo de teclear mensajes y enviárselos de poco ha servido. La muy lista me está leyendo sin tener la dignidad de responderme. ¿Dónde cojones se habrá metido?

Ni las llamadas me coge.

Termino por sentarme en el sofá para hacer la espera algo más ligera. Y entonces un pensamiento intrusivo aparece en mi mente. No se habrá pirado para siempre, ¿no?

De forma instintiva, me levanto del sofá después de haber permanecido allí nada más que un par de segundos, y me voy flechado a su habitación. ¿Y si ha cogido sus cosas y se ha marchado cuando yo estaba en el taller? «Te estás emparanoiando, Víctor», me digo, tratando de calmarme. Pero, hasta que no entro en su habitación y veo que todo está tal cual estaba ayer…, no lo hago. Calmarme, digo. Aunque, bueno, para qué mentir, calmado, lo que es calmado…, tampoco estoy.

Pensaba que, cuando la puerta de casa se abriese y apareciese Martina, todos mis nervios se disiparían y la tensión me bajaría de golpe, pero nada más lejos de la realidad. Cuando la veo aparecer con esa cara de arrepentimiento, la tensión se me dispara y el corazón lucha por salir de mi pecho.

—¿Dónde estabas? —pregunto con toda la serenidad que soy capaz de reunir mientras me levanto del sofá.

—Eh…

Se quita el abrigo, la bufanda y el bolso y lo deja todo al lado de la puerta, en el suelo.

«Sí que está jodida; nunca deja sus cosas en el suelo», pienso.

—Me he ido a hacer las uñas. —Me las muestra, como si nada, y yo parpadeo dos veces—. ¿Te gustan?

—Muy bonitas, Martina, como siempre. Pero ¿de verdad no me vas a decir nada?

—¿Nada sobre qué?

Comienza a retorcerse los dedos de las manos. Intuyo que está nerviosa. Hipernerviosa.

—Ya sabes sobre qué. —Se me queda mirando sin decir palabra y me veo obligado a seguir hablando—. ¿Sobre todos los mensajes que te he enviado? ¿Sobre las llamadas que no has respondido? ¿Sobre que habías quedado en que vendrías a casa después del curro y has estado desaparecida de la faz de la tierra hasta ahora?

—Es que… —Se calla, como si no hubiese encontrado las palabras adecuadas para seguir hablando.

—Voy a prepararme un café y nos sentaremos a hablar como los adultos que somos. ¿Quieres uno?

Martina asiente y, sin decir nada más, se sienta en el sofá. Me encamino hacia la cocina y preparo los cafés en silencio mientras ella piensa qué decirme. Quizá debería hacerlo yo también, porque en todo el rato que me he pasado solo en casa no he sido capaz de elaborar un discurso con sentido. Pero tampoco soy capaz de hacerlo ahora. Solamente soy capaz de pensar en lo guapa que está, en lo bien que le quedan las uñas y en cómo quiero que me arañe la espalda con ellas.

Vuelvo al salón con los dos cafés calientes. Los dejo en la mesita que hay frente al sofá, justo donde ella está sentada, esperando a que se enfríen un poco. Me he pasado calentando la leche.

—Bien, pues… ¿de qué quieres hablar?

Suspiro.

Me inclino hacia delante y apoyo los codos en los muslos, armándome de paciencia para la conversación. Porque sé que Martina se hará la sueca a más no poder.

—Creo que es obvio de lo que quiero hablar.

—Adelante, te escucho.

Se inclina también hacia delante, como yo, y toma entre sus manos la taza humeante.

—¿Hasta cuándo vamos a seguir con esta mierda? —Me mira con una ceja alzada mientras toma un sorbo de café—. Fingir que estamos juntos ante los demás, y hacer ver que nos odiamos en casa. Y digo «hacer ver» porque tanto tú como yo sabemos que odio no es precisamente lo que sentimos el uno hacia el otro.

—Habla por ti.

—No, hablo por los dos. —Ahora levanta ambas cejas—. No me mires con esa cara, Martina. Si tanto me odias, ¿por qué prácticamente te has despelotado esta madrugada delante de mí? —No responde—. Exacto. Ni me odias tanto, ni yo te odio tanto a ti. Así que deberíamos dejar esta estupidez cuanto antes.

—¿La de hacer ver que nos odiamos?

—Y la de fingir que estamos juntos. No lo soporto más, y creo que tú tampoco. —Aprieta los labios en una fina línea y remueve su café, evitando mirarme—. No puedo fingir que estoy enamorado de ti sin acabar estándolo hasta las trancas. No puedo fingir que estoy enamorado de ti y follarme a otra, porque siento que soy una mierda de persona. No puedo fingir que estoy enamorado de ti porque creo que tengo derecho a cabrearme si te veo con otro. Y yo ya no sé a qué tengo derecho y a qué no.

—Víctor…

—No, déjame terminar. —Asiente y vuelvo a poner orden en mi cabeza—. Martina, no puedo seguir así si no te voy a tener cada noche en mi cama. Ya te lo dije antes y te lo vuelvo a decir ahora: cada día que pasa, me vuelves más loco. Y, como sé que tenerte es imposible, necesito parar ya con esta mierda.

—No podemos destapar la mentira. O al menos todavía no…, o no de golpe.

—Dios, Martina, no me lo pongas más difícil, ¿quieres?

—No es cosa mía.

—¿Y de quién es, pues?

Coge aire y se envalentona para decirme lo que está a punto de soltar por la boca:

—Lía me ha invitado a una cena. Bueno, en realidad nos ha invitado a los dos. A una cena con su familia y… con la tuya.

Por un segundo estoy a punto de escupir el café que tengo en la boca sobre la mesita que tengo delante.

—¿Qué?

—Quería decírtelo, pero me has abordado con el «tenemos que hablar» y… no he podido.

—Joder, Martina. Pero ¿cuándo te ha invitado a esa cena? ¿Y por qué mis padres no me han contado nada?

Se encoge de hombros.

—A mí me lo ha dicho esta mañana. Sobre lo de tus padres…

Entonces me vibra el móvil en el bolsillo trasero de los pantalones unas cuantas veces. Lo saco rápidamente para ver si se trata de algo urgente y me río del destino. Es mi madre, diciéndome exactamente lo mismo que me está diciendo Martina. Qué casualidad.

—¿Todo bien?

—Sí. Es mi madre. Me está contando lo de la cena.

Martina asiente con la cabeza sin mirarme.

—Entonces… ¿seguimos con esto? Al menos hasta esa cena. Por favor, Víctor.

—Qué remedio, Martina. —Suspiro y me tumbo hacia atrás en el sofá—. Qué puto remedio. —Me paso las manos por la cabeza, pensando en todo lo que esta farsa me está despertando por dentro. Sé que, si sigo con esto mucho más, me volveré loco de verdad por ella, y es lo último que quiero en el mundo—. Será la última vez. La última que finjamos estar juntos. Después de esto volveremos a la vida que teníamos antes. Nos llevaremos bien, compartiremos piso como hasta ahora y cada uno hará y deshará lo que quiera con su vida. ¿Estamos?

—Estamos. —Me mira con los ojos de cordero que pone a veces, cuando quiere conseguir algo, y me temo lo peor—. ¿Te puedo dar un abrazo?

Me limito a decirle que sí. Porque decirle de nuevo «qué remedio» es demasiado hasta para mí.

Sé que esta cena será la última oportunidad que tenga de estar cerca de Martina. En parte, quiero que pase lo más rápido posible, volver a mi vida de siempre y dejar todo lo que siento por ella enterrado. Pero, por otra parte…, solo quiero aprovechar esta última oportunidad todo lo que pueda y que, en vez de que sea el fin, sea el comienzo de algo.

39

MARTINA

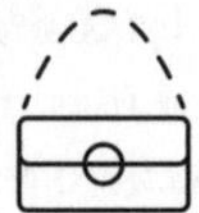

Ya han pasado dos días desde que tuvo lugar la conversación y en lo único que puedo pensar es en cómo Víctor pronunció: «Y, como sé que tenerte es imposible, necesito parar ya con esta mierda». Me he aprendido las palabras que salieron de su boca de memoria y me he grabado a fuego las que no salieron de la mía por pura cobardía.

Remuevo el café que tengo delante, dándole vueltas al igual que doy vueltas en mi cabeza estos días a la conversación que tuve con Víctor. En ese momento me quedé callada y, aunque ahora no dejo de repetirme todo lo que le hubiese dicho, siento que ya es tarde para hacerlo. No tengo derecho de sacar el tema de nuevo cuando la relación entre los dos ha mejorado notablemente. O al menos eso parece. Pero me niego a tener con Víctor algo más que una relación falsa, porque en una falsa no me puede hacer daño, pero en una de verdad… es donde pueden resurgir todos los fantasmas del pasado.

Me termino el café y, mientras enjuago la taza para dejarla secar en el escurridor, escucho ruido en el apartamento. Es Víctor, metiéndose en el baño. Cuando escucho la puerta cerrarse, me giro, buscándolo, como si el portazo no hubiese sido más que una imaginación y en realidad estuviese de pie detrás de mí.

—Buenos días —murmura cuando sale del baño, con el pijama caído y el pelo despeinado.

—Buenos días. Te he dejado café preparado.

Le echa un vistazo al vaso que hay en la cafetera y las comisuras de sus labios se elevan.

—Gracias, Martina.

Me lanza una mirada de las suyas que me derrite por completo y me obligo a comenzar a prepararme el almuerzo que me llevaré al trabajo para media mañana. Mientras, él se hace una tostada, como siempre.

Me quedo embobada mirándolo y pienso en cómo podría haber sido todo entre nosotros si ese dichoso día en el que fui el hazmerreír de todos sus amigos no hubiese existido en la vida de ambos. ¿Viviríamos en la misma casa? ¿Compartiríamos algo más que un techo? ¿Seríamos la pareja más feliz de todo Madrid?

Me río de mí misma al verme imaginando todas esas posibilidades. Por eso me obligo a dejar de pensarlas. Y por eso también decido romper el silencio que se ha instalado entre los dos.

—Hoy no como en casa.

Víctor se gira y me mira con el ceño fruncido.

—Vale. ¿Sales con los del curro?

Intuyo algo de miedo en sus ojos, pero evidentemente no lo demuestra.

—No. He quedado con Gala.

Asiente y vuelve a centrar su atención en el desayuno que tiene delante.

No le digo nada más. Bastante forzado me ha parecido ya ese «hoy no como en casa» como para volver con un segundo asalto.

Me visto en cinco minutos y salgo de casa en diez.

En el trayecto hacia el hotel no dejo de pensar en Víctor. Agradezco hacerme las uñas, porque así no hay nada que morder a menos que quiera partirme un diente. Últimamente estoy más nerviosa que de costumbre.

Y el único culpable de ello es Víctor Pardo.

—No puede ser —le digo a Gala cuando me subo a su coche. Habíamos quedado en que iríamos en el suyo hasta el centro, donde tengo que cambiar un par de prendas que me compré online.

—¿Qué pasa?

—Me he dejado la bolsa con la ropa en casa.

—¿La que tienes que devolver? —Asiento, comenzando a sentirme agobiada—. Bueno, pues vamos a buscarla. ¿Qué problema hay? Yo tengo toda la tarde libre, tranquila.

—No, si yo también. No es eso lo que me agobia.

—¿Entonces?

Le dedico esa mirada que entre amigas lo significa todo sin necesidad de acompañarla de palabras y Gala me entiende al momento.

—Ah, vaya... Víctor.

—Sí.

Evidentemente, estos dos días Gala ha estado al corriente de todo. Incluso cuando he salido de casa le he enviado un mensaje que decía: «Cualquier día este chico me mata de un infarto. ¿Por qué le odio y me gusta tanto a la vez?». Ella no ha tardado ni un minuto en contestar: «¿De verdad quieres que responda a esa pregunta?». A lo que yo le he dicho que no. En parte porque me olía la respuesta, y en parte porque no quería verlo escrito.

—Si quieres —dice Gala—, podemos ir otro día a cambiar la ropa.

—No. No puedo dejar de hacer cosas únicamente para evitar encontrarme con Víctor.

Gala se alegra de mi respuesta. Con una sonrisa en la cara cambiamos de coche, y nos ponemos rumbo a mi apartamento. Justo donde le había dicho a Víctor que no iría después de trabajar. Eso sí, de camino no podemos resistirnos a pasar por el AutoKing para coger algo de comer.

Cuando llegamos a mi casa, la hamburguesa y los *nuggets* veganos se me revuelven en el estómago porque desde el rellano escucho la risa de Víctor por todo lo alto. Miro a Gala con el ceño fruncido. «¿Estará con alguien?». O, mejor dicho: «¿Estará con alguna chica aprovechando que le he dicho que no vendré a casa?». A mi estómago encogido se le une el pecho. Lo siguiente ya es encogerme entera.

—Todavía estamos a tiempo de dar la vuelta.

—No, ni hablar. Esto no tiene por qué afectarme ni importarme. Que esté con quien quiera estar. No es de mi incumbencia.

No me lo creo ni yo, pero decirlo en voz alta hace ver que sí lo hago.

Meto la llave en la cerradura y abro lentamente, como si así la hostia fuese menor. Cuando la puerta está abierta del todo y entro, veo una coronilla por encima del respaldo del sofá que conozco muy bien. Es entonces cuando siento que mi cuerpo pesa la mitad de lo que pesaba hace dos segundos. «Cristo… —pienso—. Menos mal».

Gala cierra la puerta y Víctor y Cristo se giran a la vez.

—¿Martina? —pregunta el primero con la boca llena.

—Ni que en este piso no viviese también yo —bufo ante la sorpresa que refleja su cara. Pero siento que me ha quedado demasiado borde, así que busco una pregunta inocente para hacer—. ¿Qué coméis?

—Albóndigas. ¿No dijiste que no venías? Porque solo han sobrado dos y no son ni de Heura ni de tofu…

No sé por qué, pero su comentario me escuece. Yo siempre que cocino hago de más por si viene con hambre o por si… Vete tú a saber por qué. Pero lo hago. Y él no lo ha hecho. No debería molestarme, sé que no tengo derecho a sentirme molesta por algo así, pero en temas de corazón la razón deja de tener un papel protagonista.

No me hace falta más que lanzarle una mirada rápida a Gala para darme cuenta de que he puesto una de mis caras.

—Ya hemos comido.

—¿Ahora te vas a enfadar porque no he supuesto que venías a comer cuando me habías dicho muy claro que no?

—¡Que no estoy enfadada, Víctor!

—Vale, Martina.

Sigue comiendo albóndigas como si nada, Cristo suelta un silbido y luego se vuelve a unir a él.

—¡Eres insoportable! —grito, caminando hacia mi habitación, con Gala detrás, y dando un portazo después.

—¡La puerta, reina!

—Vete a la mierda.

Siento que la cara me arde. Me giro hacia Gala, que me está mirando, y es evidente que está haciendo esfuerzos por contener un ataque de risa.

—¿Y tú qué miras?

—Cómo te pones con él.

—¿Cómo me pongo? —Me cruzo de brazos, sintiendo que el pecho me sube y baja con fuerza.

—Como una tigresa.

—No digas tonterías, por favor.

—No digo tonterías, Martina. A él podrás decirle lo que quieras, pero claramente te ha molestado lo de la comida porque eso para ti significa que no ha pensado en ti cuando ha cocinado.

—¿Cocinado? Pero si seguro que las albóndigas son de lata. Víctor no cocinaría aunque se estuviese muriendo de hambre.

—No quiero meterme donde no me llaman, pero creo recordar que tu archienemigo te preparó unas riquísimas *gyozas* caseras.

Hace hincapié en esa última palabra y yo solo deseo tener rayos láser en los ojos para aniquilarla con la mirada que le acabo de lanzar.

—Oye, ¿no se supone que eres mi amiga?

—Por eso mismo, cariño.

Estoy a punto de responderle que en el contrato de amiga pone que debe defenderme a mí en cualquier circunstancia, sea verdad o mentira, cuando un trueno hace retumbar toda la habitación.

—¿Qué ha sido eso? —pregunta Gala, asustada. Le dan pánico las tormentas.

—Un trueno. ¿No has visto lo negro que estaba el cielo cuando veníamos para aquí?

Caminamos hacia la ventana que hay en mi habitación. Apartamos la cortina y al asomarnos vemos que acaba de comenzar a diluviar.

—De todos los momentos en que puede llover, ¿tiene que ser precisamente ahora?

Me alejo de la ventana y me dejo caer en la cama. Estupendo, a la mierda el plan de ir de tiendas.

—A ver, si quieres podemos ir igualmente… —dice Gala, leyéndome la mente.

—¿Con la que está cayendo? —Niego con la cabeza—. Sería una locura… Prefiero quedarme en casa.

—Me apuesto lo que sea a que te encanta.

Me mira con una sonrisa pícara en la cara y yo me pongo nerviosa.

—No digas tonterías, anda… —Miro un poco a todas partes, intentando huir de la charla, y se me abre el estómago—. ¿Te apetece comer algo?

—Pero si acabamos de comer, tía.

—Un café, un té, algo… No sé, yo tengo hambre.

—El amor a ti te abre el estómago.

—¡Y dale!

Salgo de la habitación y lo primero que me encuentro es a Cristo en el sofá, con los platos vacíos en la mesita y ni rastro de Víctor. Lo busco con la mirada, pero no, no está en el salón.

Estoy a punto de preguntarle a su amigo dónde está cuando escucho que está abriendo una bolsa en la cocina. Voy para allá y veo a Víctor metiendo una bolsa de palomitas en el microondas.

—¿Acabáis de comer y ya vais a por palomitas?

Gira ligeramente la cabeza y me mira por encima del hombro.

—¿Vas a decirme tú que has venido a la cocina a por agua?

—Evidentemente —miento.

Cojo un par de vasos secos que hay en el escurridor y los comienzo a llenar de agua.

Las palomitas comienzan a petar dentro del microondas. Víctor saca el móvil y se entretiene mientras yo vuelvo a dejar la jarra en la encimera. Estoy a punto de salir por la puerta con los dos vasos —menos mal que Gala no me ha dicho «sí, me apetece algo de comer» y puedo salvarme con el agua— cuando el sonido de dos voces charlando en el salón hace que me quede ahí dentro, sin cruzar la puerta, escuchando una conversación ajena.

—No sé… —oigo que dice mi amiga—. No sé si Martina querrá. O si se sentirá cómoda. No sé si tú sabes lo que…

—Lo sé todo.

—¿Todo todo?

—Te lo juro. —Silencio—. Ahora están fingiendo que su relación está como siempre: insoportable. Pero lo que es de verdad insoportable son las ganas que se tienen.

—¡Dios! ¿Tú también lo notas?

—No solo lo noto, lo sé.

Veo la sonrisa de orgullo que se planta en el rostro de Cristo y levanto una ceja.

Estoy tan inclinada hacia delante, tratando de escuchar lo que dicen, que, si alguien me empujase lo más mínimo, seguro que me caería al suelo.

—Quizá por eso está guay que veamos la película los cuatro juntos. Total, está diluviando y no tenéis nada que hacer, ¿no?

Echo una pierna hacia delante, con la clara intención de avanzar hacia ellos y gritarles que están mal de la cabeza cuando una voz me sorprende por la espalda.

—¿No te enseñaron que escuchar conversaciones ajenas es de mala educación?

Casi me tiro los dos vasos de agua por encima. Víctor se ríe y un escalofrío me sacude entera.

—¿Qué se traen esos dos entre manos? —pregunto obviando su pregunta retórica.

—Sé lo mismo que tú. ¿Qué has oído?

—No sé qué de ver una película juntos.

—¿Ellos dos?

—Los cuatro, supongo. ¿Era tu plan?

—¿Que os unierais a nuestra sesión de peli y palomitas? No, la verdad… Ver una película contigo y con ellos dos en el mismo sofá, Martina, es lo último que me apetece.

Nos miramos durante dos microsegundos a los ojos, tan profundamente que por un instante pienso que me va a besar. No sé si me alivia o me frustra que se aleje un poco de mí y desvíe la mirada hacia donde están Gala y Cristo.

—Pero, vaya, si tú quieres… —dice.

—Tampoco es mi plan ideal.

—¿Y cuál es tu plan ideal?

El microondas pita, Cristo entra en la cocina y yo quiero meterme dentro de los vasos de agua que todavía sujeto.

—Oye —le dice a Víctor—, ¿qué te parece que se unan al plan?

—Que quizá *Smile* es demasiado para estas princesitas —responde Víctor como si no hubiésemos estado escuchando la conversación que Cristo ha tenido con mi amiga.

—Espero que con «princesitas» te refieras a ti y a tu ego increíblemente ridículo —salta Gala por detrás de Cristo.

El aludido suelta una carcajada chulesca y yo me quedo mirándolos con los ojos abiertos como platos.

—Vaya, la gatita tiene garras —dice Cristo.

Sigo sin poder decir ni pío. ¿Qué está pasando aquí? ¿Por qué, de repente, hay tanta complicidad entre Cristo y Gala? Vale que nunca se han llevado tan a matar como Víctor y yo, pero ¿de ahí al buen rollo que tienen? Aunque, pensándolo con una mente objetiva, quizá eso es lo que me parece raro: que no se odian.

—Bueno, ¿qué?, ¿os quedáis? Lo digo para hacer otro paquete de palomitas —dice Víctor, mirándome exclusivamente a mí, ya que Gala y Cristo parecen tener muy clara su opinión al respecto—. No es plan de dejarte sin comida dos veces en tan poco tiempo.

Estoy segura de que «no soy yo el que lleva días sin comerse lo que de verdad quiere» lo dejaría boquiabierto. De hecho, abro la boca para decírselo y hacer que se trague sus propias palabras. Pero me contengo. Me limito a sonreír con la cabeza torcida, falsamente, y a decir:

—De mantequilla, por favor.

Entonces cojo y me voy al salón todavía con los vasos en las manos.

—¿Dónde ibas con los vasos de agua? —me pregunta Gala viniendo detrás de mí.

—Mira, ¡yo qué sé! —Los dejo sobre la mesita del centro, al lado de los platos vacíos que me da pereza llevar a la cocina, y me giro hacia ella—. Tenía que disimular cuando he entrado a la cocina y es lo primero que se me ha ocurrido.

—Qué excusa más mala. Tienes una botella de agua en tu habitación.

—¿Sí? Pues haberte quedado contemplándola un rato más en vez de salir al salón. ¡¿Qué narices es eso de ver una peli con ellos?!

—¿Qué pasa? Me lo ha ofrecido Cristo y... me ha parecido un buen plan.

—¿Un buen plan? Gala, que no soporto tener a Víctor cerca. No puedo ni mirarlo a la cara después de... Bueno, ¡después de todo!

—Por eso ver una peli juntos será una buena forma de volver a la normalidad.

—¿Qué normalidad? ¡Si en mi vida he visto una película con él!

—Siempre hay una primera vez para todo. —Me guiña un ojo y finge abrazarme para susurrarme al oído—: Ahora disimula, están viniendo hacia aquí y estás taquicárdica.

—Taquicárdica estoy por tu culpa, mala amiga.

—Sí, sí. Todo lo que tú quieras. Pero ya me lo agradecerás más tarde.

Me ausento con la excusa de que voy a cambiarme y me meto en mi habitación. Me pongo un conjunto para estar por casa y, cuando siento que estoy más tranquila, vuelvo a salir.

Los platos sucios ya no están sobre la mesa. Ahora hay dos cuencos de palomitas, unos vasos de algo que no sé qué es y los que yo he traído de agua. Pero lo que más me sorprende —e impacta— es ver cómo están sentados en el sofá. Cristo en una esquina, Víctor en la otra y Gala al lado de Cristo. Frunzo el ceño a medida que me acerco a ellos.

—¿Ese hueco es para mí? —pregunto con cara de asco.

—Es para Perla, tú vas al suelo —responde Víctor, creyéndose gracioso. Lo peor es que los otros dos se ríen de su estúpida broma.

Me aguanto las ganas de decirle que la gata no se llama Perla y me siento en el hueco que me han dejado, muy a mi pesar. Luego me inclino hacia mi amiga y le digo:

—Me debes una.

Va a responder, pero el móvil le vibra y lo saca a toda prisa. No puedo evitar echarle un ojo a la pantalla. No porque me interese saber qué notificación le ha llegado, sino porque, con lo apretujados que estamos, se me hace imposible no mirar, por más que quiera evitarlo.

Se trata de un mensaje de Ale, su novio. Bueno, más bien..., es un mensaje más de los varios que tiene en su chat sin responder. Trago saliva sonoramente, sintiéndome mal por la angustia que tiene que estar sintiendo mi amiga, porque el último mensaje que le ha llegado es de todo menos amable. «Ya te vale, Gala. ¡Ya te vale! Me parece vergonzoso. Cuando vengas a casa... Aunque, bueno, ¡como si no vienes!», soy capaz de leer.

Miro a mi amiga, que tiene los ojos clavados en la pantalla de su móvil mientras lee y relee el último mensaje que sale en la previsualización del chat.

Cuando creo que va a entrar en la conversación y va a responder, baja el menú del móvil y aprieta el botón de «modo concentración» justo antes de bloquear la pantalla.

—Oye, ¿estás bien?

—Sí, sí, no te preocupes. Es solo que... Bah, da igual. Tranquila, no pasa nada.

Gala frunce un poco el ceño, pero se le pasa rápido. Cristo no tarda demasiado en darle un codazo amistoso, trayéndola de vuelta, y le ofrece palomitas de uno de los cuencos, del que tiene las saladas.

La sonrisa que se instala en la cara de Gala me apretuja un poco el pecho. ¿Qué acaba de pasar con Ale? ¿Y con Cristo? ¿Por qué siento que acaba de desconectar de su novio para conectar con el amigo de mi no tan odiado compañero de piso? Una chispa de ilusión y esperanza brilla en mi interior, pero pronto se apaga por culpa de Víctor, que se ocupa de traerme de vuelva al mundo real.

—¿Segura que quieres ver esta peli? Todavía estás a tiempo de echarte atrás. No me gustaría tener que soportar tus lloriqueos esta noche cuando no puedas dormir.

—Aquí el cagado de los dos eres tú, rey. A ver si quien no va a poder dormir esta noche por el miedo eres tú y terminas rogando que te deje dormir conmigo.

—Lo primero te lo paso. Lo segundo ya no.

Me guiña un ojo, seductor como solo él sabe ser, y coge un puñado de palomitas de mantequilla para metérselas en la boca a la par que fija su atención en la pantalla. Yo tardo dos segundos más que él, porque me quedo embobada con su perfil y con cómo su mandíbula se contrae cuando mastica.

Me concentro en la película después de girarme hacia mi derecha y ver que mi amiga y Cristo están más juntos que nunca, rozándose las manos cada vez que cogen palomitas y sonriendo cuando eso sucede.

No sé en qué momento ha pasado esto, pero me siento… en paz.

40

MARTINA

He perdido la cuenta de los sustos que han aparecido en la pantalla y por los que casi me da un infarto. Y eso que no llevamos más de media hora de película. Las palomitas se han terminado y los vasos están casi vacíos. Sorprendentemente, no he apartado los ojos de la pantalla ni un segundo, y eso es muy raro en mí, teniendo en cuenta que todas las películas me aburren muchísimo. Incluso las de miedo.

No es hasta que decido mirar a mi derecha que desconecto por completo de la película para fijar mi atención en mi amiga y en el chico sobre el que está prácticamente recostada. Frunzo el ceño al ver cómo se esconde en su cuello para no ver el siguiente susto que está a punto de suceder.

Lo que yo no me espero es que el susto me lo termine dando Víctor a mí cuando me susurra al oído:

—Oye, ¿me acompañas a la cocina un momento?

—¿Para?

—Para rellenar bebidas —responde, más a modo de pregunta que de afirmación.

Me levanto del sofá sin poner en pausa la película y Gala desconecta de la pantalla y también de Cristo. Como si no hubiese estado todo el rato tumbada encima de él, levanta las cejas repetidamente lanzándome una mirada acusadora. Yo me limito a negar con la cabeza y a caminar hacia la cocina, donde Víctor ya está con los cuatro vasos que ha cogido de la mesita.

—¿Se puede saber qué se trae entre manos tu amiga? —pregunta en voz baja nada más verme cruzar el umbral de la puerta.

—No sé a qué te estás refiriendo.

—¿No? ¿Hay que explicártelo todo? —Hace una pausa y retoma el discurso al ver que yo no le digo nada—. ¿Gala no es la del novio al que no aguantas?

—Sí. ¿Y? ¿Eso qué tiene que ver?

—Que no está actuando como si tuviese novio.

—¡Ay, Víctor, de verdad! —Pongo los ojos en blanco—. Qué anticuado estás. ¿Es que una chica no puede ver una película de miedo con un chico sin más?

—Está en su puto cuello, Martina.

—¿Y qué más te da a ti?

—Pues que es mi amigo, hostia.

—Entiendo que eso es un pecado capital, ¿cierto?

—Eres insoportable.

Abro la boca, ofendida. Con las manos en las caderas, me inclino ligeramente hacia delante, acercándome a él.

—Aquí el único insoportable eres tú, que no aceptas que un chico y una chica puedan tener una amistad normal y corriente. Que nosotros nos odiemos no significa que a todos les pase lo mismo. Además, te recuerdo que la idea de ver la dichosa película juntos ha sido de ellos.

—¿Y eso no te da qué pensar?

—¡No! Estás delirando, deja de beber Coca-Cola.

Abre la nevera, saca una botella de Fanta y vierte el líquido naranja solo en mi vaso.

—¿Qué haces? Yo quiero agua.

—No seas sosa. Toma y endúlzate un poco la vida.

Ya hace un rato que la película ha terminado, que Cristo y Gala se han ido y que me he encerrado en mi habitación. Llevo horas dedicándome a no hacer absolutamente nada. Bueno, miento. Sí que hay una cosa que no dejo de hacer: repetirme una y otra vez lo que Víctor me ha dicho en la cocina acerca de nuestros amigos.

Harta de no poder dejar de pensar en cómo Gala y Cristo han compartido más que una película, decido llamar a mi amiga. Tarda una barbaridad en cogerme el teléfono. Primero pienso que estará demasiado ocupada con Cristo como para atender al móvil, pero descarto esa idea de mi mente al instante. Esta misma mañana la he visto felizmente en su casa con Ale. Es imposible que ella…

«Nada en este mundo es imposible, Martina. Recuerda que estás enamorada del mayor enemigo que has tenido en tu vida», resuena mi subconsciente, al que deseo silenciar de por vida. Porque puede que yo esté enamorada de Víctor, lo reconozco, pero es que yo creía que Gala también lo estaba de Ale.

«No hagas suposiciones tan deprisa».

Termino de pensar en la última palabra cuando mi amiga aparece al otro lado de la línea telefónica.

—¿Martina? ¿Estás bien? ¿Ha pasado algo?

—¿Qué? —digo de primeras—. No, no ha pasado nada.

—Es que como tú nunca llamas… Pensaba que había pasado algo grave.

La tranquilizo, diciéndole que todo está bien, y, cuando me aseguro de que no hay más espectadores indiscretos, le suelto:

—¿Qué ha pasado entre Cristo y tú hoy?

—¿Eh? Pues no sé…, ¿que hemos visto una película?

—Y algo más que no es tan evidente. —No dice nada, así que decido seguir—: Estabais muy pegados, tía… Parecía haber mucha química entre vosotros.

—¿Qué dices que había? ¡Espera, que me río! —Se ríe a carcajada suelta, literalmente—. No digas tonterías, Martina… Solo nos llevamos bien.

—Ya, claro. Pues yo no me arrimo tanto a alguien con el que nada más me llevo bien.

—No, tú te tiras a alguien a quien odias.

«Ouch».

—Ahí te has pasado…

—No, no me he pasado. No he dicho ninguna mentira. Eres tú la que llevas meses haciendo como si nada cuando en realidad estás hasta las trancas por tu compañero de piso. Y lo mismo pienso de él. No sé a qué clase de juego estáis jugando, pero ¿no crees que es momento de ponerle fin?

—Frena el carro, Gala. Te he llamado para hablar de ti y de Cristo, no de el Innombrable —digo (está en la habitación de al lado y aquí las paredes son de papel)— y de mí.

—En serio, ¿por qué no dejáis ya este paripé? ¿Qué sacáis con él? Ya pasó el evento para el cual Víctor te necesitaba y tú ya tienes el trabajo que querías. ¡Es una tontería! No os hace bien a ninguno de los dos. Parad de fingir que os odiáis y aclarad de una vez qué es lo que sentís de verdad el uno por el otro de una santa vez.

—No es tan fácil.

—¿El qué?

—¡Nada! Nada es fácil con Víctor —cuchicheo—. Ya me dejó muy claro el otro día que está harto de todo esto, igual que yo, no te creas. Me dijo que no podía seguir así sabiendo que nunca podría tenerme como de verdad quiere.

—¡Ostras, Martina! ¿Y qué más quieres? ¡Ahí lo tienes! Te lo ha dado en bandeja, joder. Los dos estáis coladitos el uno por el otro. ¿Qué os impide dejar esta mierda y empezar algo real y sano?

—Pues el simple y tonto detalle de que yo me quedé callada sin saber qué responderle. No le dije «yo también». La verdad es que no le dije nada… Es más, incluso creo que lo miré con repugnancia.

—La madre que te… —Me la imagino pasándose una mano por la cara a modo de desesperación mientras me sigo mordiendo la lengua—. Vale, está bien. No pasa nada. Todavía estás a tiempo. Rectificar es de sabios.

—Menos mal, porque yo de sabia tengo bien poco.

—No seas tonta, Martina…

—No soy tonta, soy realista. No voy a volver a sacar la mierda de donde la hemos enterrado. Nos ha quedado claro qué es lo que tenemos que hacer. Los pasos son bien fáciles. Primero, asistiremos a la maldita cena que ha organizado Lía con su familia y la de Víctor, y luego cada uno se irá por su lado y yo me buscaré un apartamento donde poder vivir en el que él no estará al otro lado de la pared de mi habitación. Dejaremos de saber el uno del otro, y todos felices y contentos.

—¿Es eso lo que quieres de verdad?

—Es lo que debemos hacer.

—Entonces ¿por qué no lo hacéis ya? ¿Por qué tenéis que esperar a que pase la cena? Decid que lo habéis dejado y… Y ya está.

—No quiero hacer eso.

—¿Por qué?

—Porque es la última oportunidad que tengo de fingir que soy la chica de Víctor Pardo —digo en voz alta, ahora ya sin temor de que él me escuche decir su nombre y apellido. Qué más da ya. Si ha querido escucharme lo habrá hecho. Y si ha querido enterarse de que estábamos hablando de él, también.

—Mierda, Martina, estás perdidamente enamorada de él…

—Que quede escrito en acta que esas palabras han salido de tu boca, no de la mía.

Lo digo más para mí que para ella. Porque, al escuchar «perdidamente enamorada», el suelo parece haber desaparecido bajo mis pies y me he dado cuenta de que, para mi desgracia, Gala tiene toda la razón.

41

MARTINA

Cuando esta mañana he salido de casa, lo he hecho con un conjunto monísimo en la bolsa que me he llevado al hotel para vestirme al terminar mi turno. Después de toda la noche dándole vueltas a lo que hablé ayer con Gala, he llegado a una conclusión: cuando acabe mi jornada, iré al taller de Víctor y le diré todo lo que siento.

No miento cuando digo que es el día más largo de mi vida. Las horas pasan más lentas que nunca y no veo el momento de salir de detrás del mostrador. Por suerte, un incidente con un grupo de alemanes me tiene entretenida mientras no llega mi hora de fichar. Así que, al final, la jornada pasa más rápido de lo que me imaginaba y ya me encuentro en el vestuario cambiándome. Me quito el uniforme del hotel y me visto con el conjunto que esta mañana he metido en la bolsa.

Me miro al espejo que hay en el vestuario y me veo más guapa que nunca. El vestido blanco de lana hasta las rodillas con cuello vuelto queda increíble con las botas altas y también blancas. Lo que rompe con el blanco es la gabardina que he decidido ponerme por encima, de color camel, que prácticamente llega hasta el suelo.

—Guapísima —me digo a mí misma.

Tras perfumarme como una condenada, salgo del hotel levantando alguna que otra mirada. Sobre todo, de Lía, quien me mira con las cejas alzadas mientras paso por delante de ella.

—Vaya, chica, ¿quién tiene el placer de quedar contigo?

Sonrío nada más escuchar su pregunta.

—Víctor.

Sonrío yo por las dos, porque no hay ni rastro de alegría en su rostro.

Salgo del hotel y me pongo rumbo al taller, rezando para que Víctor siga estando ahí.

Aparco con el corazón a punto de salir disparado por mi boca. Pocas veces en mi vida he estado tan nerviosa como me siento ahora mismo. Quizá es porque estoy a punto de confesarme ante Víctor, o porque me he puesto guapa como nunca solo para dejarlo boquiabierto. Sea la opción que sea, siento que tengo mariposas en el estómago por culpa de Víctor, cosa que nunca pensé que ocurriría.

Me recoloco bien el vestido, la gabardina y el bolso, y al instante me arrepiento de no haber cogido también una bufanda. Ni el cuello alto del vestido es capaz de evitar que el frío me cale los huesos. En parte porque la temperatura ha caído. En parte porque me entra el pánico. Temo que Víctor no esté en el taller y vaya a hacer el ridículo estrepitosamente.

Camino con paso decidido hacia la puerta. A medida que me voy acercando, escucho cada vez más la música que siempre se ponen Víctor y Cristo para trabajar. Noto que los pulmones se me vuelven a llenar. «Al menos no me he arreglado para nada», pienso.

Aparto la cortina de plástico que hace de puerta y busco a Víctor con la mirada. No hay ni rastro de él por allí, aunque la música suena por todas partes y reconozco su voz canturreando el estribillo a lo lejos.

—¡¿Víctor?! ¡Soy Martina!

Doy un par de pasos más y me paro en seco cuando lo veo salir de una habitación —la única que hay además de la oficina— con el torso desnudo, en plena faena de enfundarse la camiseta.

—¿Martina? ¿Le ha pasado algo al coche?

—¿Qué? No, mi coche está bien. ¿Por qué iba a…?

Después de haber visto los músculos de su abdomen y pecho contraerse, fijo mi mirada en su cara, la misma que acaba de sacar por el cuello de la camiseta. Me mira confundido. Supongo que no me esperaba aquí. Mucho menos si mi coche está en perfectas condiciones. Y mucho menos vestida así.

—No te esperaba aquí.

—Quería hablar contigo sobre una cosa.

—Eh… ¿Puede esperar? —Una mueca de confusión aparece en su rostro y otra en el mío—. Es que justo ahora estaba preparándome para salir a comer.

—¿Sales?

—Sí, tengo una reserva en Oven.

—¿Ese restaurante de Gran Vía donde hacen la mejor pasta con burrata de todo Madrid y probablemente del mundo entero? —Víctor asiente.

Ese es uno de mis restaurantes favoritos.

Si no recuerdo mal, fui yo quien se lo recomendé.

Justo entonces la cortina se abre de nuevo y por ella entra Cristo dando un aplauso y gritando:

—¡¿Listo, Pardo?! —«Genial, va a comer con Cristo. Con un poco de suerte, no me pondrá ninguna pega en ir con ellos y podré aprovechar cuando Víctor tenga la boca llena de masa de pizza para confesárselo todo»—. Hostia, hola, Martina.

—¿Qué hay, Cristo? Justo me estaba diciendo Víctor que ibais a Oven. Y yo tengo algo que contarle, así que, si no os importa, ¿me puedo unir a vosotros y así se lo cuento mientras comemos?

—Esto… —comienza a decir él.

—Martina, yo… Verás, yo… Esto… No he dicho que…

—Es que no va a comer conmigo —suelta Cristo, interrumpiendo lo que Víctor está diciendo sin orden ni concierto.

Silencio.

Nunca ningún silencio ha sido tan frío y doloroso como este. Nunca.

—Oh, perdón. Es que, al verte salir y preguntar si estaba listo... —le digo a Cristo—, pensaba que era contigo con quien... ¡Dios, qué mal! Olvidad los dos lo que acaba de pasar, por favor.

Cristo no ha aparecido para irse a comer con Víctor. Cristo ha aparecido para sustituir a Víctor para que él se pueda ir tranquilamente a comer con quien quiera que se haya citado. Qué estúpida me siento.

Doy un paso hacia atrás para irme de allí cuanto antes y mostrar que en ningún momento me he intentado autoinvitar a la cita que Víctor tiene con otra persona, pero entonces él dice:

—¿Qué era eso que me querías contar? Tengo dos minutos.

—No te preocupes, no era tan importante.

—Pero si has retrasado tu cita para venir a decírmelo es porque debe de ser importante.

Me quedo con las dos palabras que resuenan en mi mente e ignoro todo lo demás que acaba de decir.

—¿Mi cita?

—Sí. ¿No tienes una cita tú también? —Evito carcajearme de lo irónico que es la pregunta que acaba de soltar—. Como vas vestida así y tal... —dice ahora tímido, sabiendo que ha metido la pata.

No miento cuando digo que no sé qué cara poner.

—Bueno, eh... Me tengo que ir. Ya sabes cómo se pone Gala cuando llego tarde... —Finjo que he quedado con ella cuando en realidad me iré a casa a quitarme todo lo que llevo encima para ver si así dejo de sentirme ridícula.

A Cristo se le ilumina la mirada al escuchar el nombre de mi amiga y a mí se me apaga la mía nada más darme la vuelta.

Salgo del taller con la música todavía sonando a mi espalda y con un nudo en el pecho que me costará horas deshacer. Porque, cuando por fin estaba dispuesta a decirle a Víctor todo lo que siento por él y a abrirme y dejar mis sentimientos al descubierto, resulta que él ha quedado con otra tía... Menos mal que no le he dicho nada. No habría habido nada más humillante que escuchar un «bueno..., no sé qué decirte, es que llego tarde a mi cita» después de decirle que estoy enamorada de él.

42

MARTINA

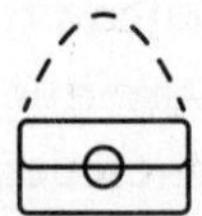

Después de tres intentos de ver tres películas dramáticas diferentes, he llegado a la conclusión de que la gente que ve este tipo de pelis después de una ruptura, un desengaño o un resquebrajamiento de corazón son personas a las que les gusta sufrir, simplemente, porque sí. Todavía no le he encontrado la parte positiva ni creo que lo haga en los cuarenta minutos que le queda a esta película.

Apago la tele y comienzo a cotillear mis redes sociales. En ellas cientos de personas muestran lo felices que están con sus parejas, con sus mascotas o incluso en la cabaña de la montaña que han decidido alquilar.

Cierro la aplicación cuando comienza a arderme el estómago. No sé en qué momento se me ocurrió que era buena idea hacer esto.

Me quedo mirando el techo un rato, pensando en lo que ha pasado en el taller. Pienso en la cara descompuesta de Víctor y en lo rápido que se ha pasado por el forro aquello que me dijo en la discoteca cuando me vio con Jorge. No tiene ningún tipo de sentido su cambio de actitud. O al menos eso es lo que piensa mi parte emocional. La sensata y racional me dice que eso me pasa por no haberle dicho qué sentía por él. «El chico no va a estar esperándote toda la vida», me dice. Y vale, toda la vida no, pero unos cuantos días de tregua para aclararme la mente hubiesen estado genial.

La puerta de casa se abre justo en el momento en el que menos ganas tengo de ver a Víctor. Evidentemente, es él y entra en casa llenando el salón del aroma de su perfume. ¿Cuántos frascos gastará al mes?

—¿Martina? ¿Estás aquí?

«No, soy su gemela. Encantada», pienso. Pero no lo digo, claro. Víctor no sabe que estoy cabreada con él. De hecho, quedaría como una persona horrible si le digo que estoy enfadada con él cuando realmente no ha hecho nada para que lo esté.

—Sí, hola —respondo más escueta de lo que él se espera, porque me mira con el ceño fruncido mientras se quita la chaqueta y la deja en el respaldo del sofá.

—Pensé que todavía no habrías llegado.

—Pero si son las seis de la tarde.

—Cuando quedas con Gala, no tienes hora de vuelta —dice, tan normal. Es entonces cuando caigo que yo, en teoría, había quedado con mi amiga—. ¿Dónde habéis ido a comer?

—Por ahí.

Víctor asiente. Sabe que estoy rara, ¡como para no saberlo! No suelo estar tan… fría sin razón aparente. Y, para él, no la hay. Por eso decido levantarme del sofá e irme a hacer cualquier cosa, lo que sea con tal de alejarme físicamente de Víctor y que así deje de hablarme.

Entro en la cocina y decido que necesita una limpieza a fondo. Me pongo un par de guantes —no soporto que los productos me toquen la piel— y comienzo por fregar los platos y dejarlos escurrir en la encimera, sobre un trapo.

—¿Martina? —Escucho la voz de Víctor acercándose. Me giro. Se queda apoyado en el marco de la puerta—. ¿Se puede saber qué te pasa?

—¿A mí? Nada. ¿Por qué me iba a pasar algo?

—Hombre, no sé. Pero acabas de decidir que es una buenísima idea ponerte a limpiar la cocina a las seis de la tarde de un día normal y corriente. Y eso solo puede significar una cosa.

—¿Qué? —pregunto, como si no fuese lo bastante obvio.

Me vuelvo a girar, perdiéndole de vista, y comienzo a frotar con ganas la olla que he usado para cocinarme la comida. Sin esperármelo, noto unas manos en mis hombros y un cuerpo pegado al mío.

—Martina... ¿Qué te pasa?

—Que me molesta que la cocina esté desordenada.

—¿Y además de eso?

Dejo de fregar y me obligo a calmarme.

—Nada más. Estoy bien. Solo necesito...

«Justo lo que estás haciendo», pienso al cerrar los ojos, notando cómo sus dedos me masajean los trapecios.

—Tú te piensas que todavía puedes engañarme, pero, reina, te conozco demasiado. —No soy capaz de responderle, no cuando mueve los dedos así de bien, ejerciendo la presión justa sobre mi espalda—. ¿Sobre qué querías hablar este mediodía en el taller?

—Sobre nada importante.

—No me ha dado esa impresión. Parecía algo bastante urgente.

—Te habrá traicionado tu percepción.

Víctor deja de masajearme los hombros y me da la vuelta.

—¿Qué pasa, Martina?

—No pasa nada...

—¿Tengo que volver a repetirte que ya no te sirve lo de intentar engañarme? —Me mira tan fijamente a los ojos que me veo obligada a apartar la mirada. Siento que en cualquier momento se podrá colar en mi mente y toparse con la verdad que ahora lucho por ocultarle—. Joder, que se te ve en los ojos, tía.

—Pues deja de mirármelos.

—No quiero.

—Pero yo sí.

—Me da igual lo que quieras ahora mismo.

—¿Solo ahora? —murmuro ahogando una risa en la garganta. Como si nunca le diese igual lo que yo quiero.

Solo que no sirve de nada murmurar si tengo a Víctor a menos de veinte centímetros. Porque, evidentemente, me ha escuchado a la perfección.

—A modo de pulla, pero al menos por fin confiesas que te pasa algo.

—Yo no he confesado nada.

—Claro que sí. ¿Me lo vas a contar de una vez o tengo que seguir con el interrogatorio mucho rato más?

—¿Tienes prisa? ¿Otra cita que te obligue a irte de nuevo? —suelto, sin poder contenerme más.

—Dios, ¡al fin! Así que eso es lo que te pasa. Te ha jodido que tuviese mesa reservada y me marchase del taller sin escuchar lo que tenías que decir, ¿verdad?

—Eso no se hace.

—No, Martina. Lo que no se hace es aparecer sin avisar y esperar que todo el mundo pare su vida por ti. Las cosas no van así. Era algo importante a lo que no podía faltar. Ni siquiera podía llegar tarde. Sabes que, de lo contrario, me habría quedado a escucharte.

—No sabía que tener una cita era algo de vida o muerte.

Las comisuras de los labios de Víctor se curvan hacia arriba y noto que está a punto de soltar una carcajada. Yo, en cambio, siento que cada vez me estoy cabreando más, a pesar de que sé que no debería.

—¿Cita? ¿Quién ha dicho nada de una cita?

—¿Para qué, si no, ibas a reservar en uno de los mejores restaurantes de Madrid?

—Dios, Martina. —Se pasa las manos por la cara y suelta la carcajada que se estaba formando en su garganta—. La comida era con un promotor de un evento de ralis... Vio nuestro trabajo y nos ha ofrecido ser los mecánicos oficiales de la competición.

Dejo de respirar. El cuerpo se me congela. Las piernas me flaquean. Quiero que se abra el suelo y me engulla para siempre.

«Tóxica, que eres una tóxica», me digo a mí misma mientras no puedo dejar de mirar a Víctor fijamente a los ojos.

Llevo toda la tarde fustigándome por ser una cobarde y no haberle dicho cuando debía lo que sentía por él, pensando que había tenido una cita con una chica... Y resulta que, en realidad, no ha habido ni cita ni chica. Cosa que no me esperaba y que me sorprende bastante teniendo en cuenta quién es Víctor, porque él no me debe nada. Sería totalmente comprensible que decidiese continuar con su vida tras el plantón que le di en cuanto me confesó lo que sentía por mí, por más que eso a mí me jodiese. Pero no es lo que ha pasado.

—Entonces... ¿era una comida de trabajo?

—Sí, Martina. —Su rostro refleja cansancio. Estoy segura de que el mío lo que refleja es alivio—. Pero ¿qué pasa si no hubiese sido de trabajo? ¿Qué pasa si la comida sí que hubiese sido con una chica?

«Eso, ¿qué? Lista. Que eres muy lista».

—Supongo que nada.

—¿Nada? Vamos, no me jodas. Casi te encuentro en un estado de descomposición en el sofá y ahora me dices que no pasaría nada.

No deja de mirarme con esos ojos que he descubierto que me encantan, pero es que ahora me veo totalmente incapaz de perderme en ellos.

—Martina, ¿qué narices te ocurre? Y, lo peor de todo, ¿por qué no me lo cuentas?

Estoy comenzando a notar cómo el corazón se me va acelerando poco a poco y cómo las palabras comienzan a unirse para formar una frase. Una que no quiero decir, pero que sé que terminaré escupiendo más pronto que tarde. Y como pronto quiero decir ahora mismo.

—¡Porque se supone que debemos odiarnos, Víctor! —escupo—. Se supone que somos enemigos, que después de lo que sucedió yo pasé a odiarte y que nunca más volveré a soportarte. Se supone que no hay espacio para ti en mi corazón, que estoy aquí viviendo hasta que encuentre algo mejor, que me largaré en cuanto pueda. ¿Y sabes lo que pasa? Que no estoy buscando un sitio donde marcharme porque no quiero encontrarlo.

Suelto las palabras a bocajarro, sin meditarlas ni medio segundo. Porque, de haberlo hecho, me hubiese vuelto a callar. Y estoy cansada de callarme. Estoy cansada de jugar al perro y al gato con todas las cosas que tenemos por decirnos.

Cuando termino de hablar, él se queda en silencio. El corazón aún me late más rápido de lo normal y solo puedo mirarlo fijamente a los ojos. Intento descubrir qué es lo que está pasando; si la he cagado o si, de lo contrario, está de acuerdo conmigo. Pero no identifico nada. Víctor es tan hermético que, si no quiere, nadie sabe en lo que está pensando.

Me relajo cuando cambia la mueca seria por una ligera sonrisa.

—No hay nada de malo en cambiar lo que se supone de nosotros, reina.

—¿No?

Acorta la poca distancia que hay entre ambos y niega con la cabeza.

—No. Si me odias, vale. Pero hazlo porque te nace de verdad. Si quieres irte de casa, vete. Pero porque te apetezca de verdad. Si quieres quedarte, quédate. Pero solo si de verdad quieres. —Nunca su voz ha sonado tan cálida y tranquila. Nunca he visto sus ojos con un brillo tan intenso como el que tiene ahora mismo—. Te pondré un ejemplo. A mí ahora me apetece darte el beso de tu vida. Y, como me apetece de verdad, si tú no me dices lo contrario…

El corazón me late a una velocidad que no se puede calcular y que no me permite hablar. Por eso asiento con la cabeza, por si necesita una señal evidente de que no, no digo lo contrario para nada.

Y, tras sonreír los dos como dos bobos, Víctor me agarra la cara con las manos, acunando mis mejillas, y me planta, por fin, el beso más intenso de mi vida.

43

VÍCTOR

La ropa desaparece de mi cuerpo a la misma velocidad que la ropa de Martina del suyo. La mesa termina cubierta de sus pantalones, y las sillas, de nuestras camisetas. Ni siquiera nos tomamos la molestia de irnos a su habitación o a la mía. Ni siquiera al sofá, donde al menos tendríamos algo mullido donde apoyarnos. No somos capaces de perder ni un segundo con las manos alejadas del cuerpo del otro. Así que nos quedamos en la cocina, despojándonos de toda la ropa que cubre nuestro cuerpo y devorándonos con la boca.

No es hasta que Martina está completamente desnuda que consigo alejarme un poco de ella y observar cada centímetro de su piel. Como nunca lo he hecho. Como quiero hacer cada día de mi vida a partir de hoy.

—Eres lo más precioso que he visto en mi puta vida, Avellaneda.

Tras decírselo con la boca y con los ojos, me acerco de nuevo a ella y, con un rápido movimiento, la subo sobre la encimera. Suelta un gemido cuando sus nalgas entran en contacto con el mármol frío y a mí se me escapa una risa. Martina me pega un mordisco suave en el hombro y, antes de que aparte sus dientes de mi piel, me arrimo a ella y ambos nos estremecemos.

—¿Cómo has podido disimular todo este tiempo que te morías por mis huesos? —suelta con un hilo de voz mientras yo me froto contra ella, húmeda como nunca.

—Con muchos rollos de papel higiénico —admito, riendo y haciéndola reír a ella también.

No intento negarlo. Sería absurdo. Sobre todo cuando ambos sabemos la realidad que hay. Porque sí, siempre he estado muerto por sus huesos. Desde el primer día que la vi de la mano de su padre. Y eso ella lo sabe mejor que nadie. Por más que los dos nos hayamos esforzado al máximo en ocultar bajo la fachada de «nos odiamos a muerte» lo que sentíamos realmente.

Le cojo las manos que ella no ha dejado de pasar por mi pecho y se las sujeto a ambos lados de los muslos, sobre la encimera. Comienzo a besarle el cuello. Le muerdo la piel con suavidad a medida que voy bajando hacia su pecho, buscando el pezón que no tardo en alcanzar. Se estremece entre mis brazos e intenta cerrar las piernas. Evidentemente, no puede. Estoy entre ellas y no pienso moverme. Al menos no hasta que esté a punto de entrar en ella. Le chupo el otro pezón y ella se deshace en gemidos, acercando como puede sus caderas a mi cuerpo, y entonces me acuerdo de que no llevo condón. Le suelto las manos y me reincorporo.

—Martina, espera...

Sale de su ensimismamiento y me mira con los ojos entrecerrados.

—¿Qué? Víctor, no...

Me coge por la cadera y me atrae hacia ella. Esta vez son sus manos las que me agarran la polla y la guían hasta su entrada. Me pide, me suplica, me ruega que no tarde ni un segundo más en follarla. Que necesita sentirme dentro de ella y que no está dispuesta a esperar más para repetir lo de El Barrueco. Yo no sé de dónde saco la energía y el valor para detenerla y darle un beso en la frente.

—Martina, no llevo condón.

—Qué importa...

—¿Cómo que qué importa? Escúchame. —Le cojo la cara con ambas manos y la obligo a mirarme para que me escuche con atención—. Martina, que la lujuria nunca te nuble la conciencia.

Asiente, pero sigo sin saber si me ha escuchado o no. Si ha entendido lo que le he dicho o no. Pero lo dura que la tengo me está comenzando a hacer realmente daño. Así que camino hacia mi habitación y saco un preservativo del cajón de la mesita de noche. Me lo pongo mientras regreso a la cocina, donde he dejado a Martina.

Cuando cruzo la puerta y la veo, con las piernas abiertas, con esa cara que pone que tanto me encanta y con la sonrisa más preciosa del mundo en los labios, no puedo hacer otra cosa que acercarme a ella con el corazón a punto de salírseme del pecho. La agarro de las caderas y me adentro en ella de la manera más lenta que soy capaz, controlando la desesperación que me está comenzando a nacer dentro. Porque no quiero que esto sea rápido. Quiero hacerlo lento, para que dure una eternidad.

Nadie me está asegurando que, cuando todo esto acabe, Martina no preferirá odiarme de nuevo. Por eso voy a disfrutar de este momento como si fuese el último.

Me despierto en la cama de Martina, envuelto en las sábanas blancas con corazones rojos que se compró en Ikea. Ella sigue durmiendo sobre mi pecho, ajena a cualquier cosa que pase en el mundo real.

Me muevo ligeramente para tratar de recuperar la circulación en el brazo. Me encanta tener a Martina durmiendo encima de mí, pero a mi brazo no tanto. Intento moverla, pero está tan dormida que lo único que hace es darse la vuelta. La verdad, no me apetece mucho que se despierte. Sé que en cuanto abra los ojos es más que probable que entre en pánico, y eso me acojona un montón.

Como la mala suerte siempre está de mi lado, a Martina le entra un ataque de tos y su instinto de supervivencia la despierta. Comienzo a morderme la mejilla por dentro esperando a escuchar el primer grito de pánico.

—¿Mmm…, Víctor?

Abro los ojos como platos. ¿Respondo? ¿Me quedo callado?

Se incorpora, perezosa, y el edredón le resbala pecho abajo, dejándolo a la vista. Me relamo los labios y me obligo a calmarme. Hemos tenido suficiente por hoy. O eso pienso. Ahora falta que me lo crea. Porque con Martina me pasaría las horas follando sin parar.

—Hola.

Sonríe, y a mí se me para el mundo.

Vale, eso significa que no va a echar a correr. ¿No?

Abre la boca, a punto de decir algo, y yo me preparo para recibir la primera bala.

—No sé qué es lo que comes para tener tanta energía, pero reparte para los demás.

Y se deja caer sobre mi pecho, todavía cansada.

«Vale, no ha echado a correr».

Me relajo yo también.

Le beso la cabeza y la estrecho contra mí. «Que esto no acabe nunca», pienso. Pero sé que sí acabará. Porque hay una conversación que tenemos pendiente. Y ni ella ni yo sabemos qué saldrá de ahí.

—Oye, Martina... —Mueve ligeramente la cabeza y me mira todavía tumbada sobre mi pecho—. Sabes que tenemos que hablar de esto, ¿verdad?

—¿De qué?

—De lo que acaba de pasar. De lo que te he dicho justo antes de quitarte toda la ropa. De... nosotros.

Se aleja de mi pecho mientras coge todo el aire que sus pulmones son capaces de albergar. Se incorpora en la cama y yo imito sus movimientos. Acabamos los dos apoyados en la pared, donde debería haber un cabecero que nunca me dio la gana de comprar.

—A ver... ¿Qué pasa?

Cruza las manos en su regazo tras cubrirse con el edredón. Como si de verdad no tuviésemos que hablar sobre nada. Cosa que me indigna un poco.

—Pues eso me pregunto yo. ¿Qué pasa ahora? Entre tú y yo, con lo nuestro, con nuestro odio convertido en... lo que sea que es esto.

Martina me mira como si se me estuviese yendo la pinza. No sé qué demonios está pasando por su mente, pero no me está gustando ni un pelo lo que me estoy imaginando. Algo nada bueno.

La sorpresa me la llevo cuando sus facciones se aflojan, deja caer los hombros y todo su cuerpo se relaja junto al mío. Cuando levanta la mirada de sus dedos hacia mi cara, solo puedo ver a la Martina niña, a la desnuda por dentro, a la que le brillan los ojos cuando algo le ilusiona. Porque tiene los ojos más brillantes que nunca.

—Creo que está claro lo que siento por ti. Me quedé sin decírtelo la última vez que te sinceraste conmigo. No voy a perder la oportunidad ahora. Porque, si lo hago, sé que me arrepentiré el resto de mi vida.

No soy capaz ni de asentir. Me quedo callado, escuchándola atentamente. A ella y los latidos desorbitados de mi corazón, que está golpeando con fuerza contra mi pecho. Después de follar con ella y de que me haya visto cada centímetro de piel al desnudo, lo único que me queda es que me vea también desnudo al completo por dentro.

—No sé qué me pasa o si es que me has hecho algún tipo de hechizo de amarre, pero no puedo dejar de pensar en ti —dice.

—Perdona, pero aquí, si alguien le ha hecho un hechizo de amarre a alguien, esa eres tú, reina. Y me lo has hecho a mí.

Ambos nos reímos. Nos miramos a los ojos cuando la risa se nos acaba y nos quedamos así un buen rato, contemplándonos sin decir nada en absoluto. Hasta que Martina coge aire.

—Es que… creo que estoy enamorada de ti, Víctor.

Los huesos me chirrían. Los músculos se me contraen. El corazón se me desborda. Mi piel se me eriza.

—Yo no lo creo. Yo sé que lo estoy.

44

MARTINA

Solo han pasado unos cuantos días desde que Víctor y yo nos confesamos mutuamente lo que sentíamos el uno por el otro. Y, para la sorpresa de nadie, ya no nos quedan ni estancias ni muebles donde no habérnoslo demostrado.

Desde que dejé atrás mi odio y mi rencor hacia Víctor, la vida me parece incluso más bonita. No voy a mentir, cuando le dije que creía que estaba enamorada de él, sentí miedo. De hecho, sigo sintiéndolo ahora, días después, incluso tras haber comprobado que esto no era otra broma absurda y que en cualquier momento saldrían los amigos de Víctor de detrás de vete tú a saber qué riéndose de mí. Me da miedo que hayan pillado tráfico y estén tardando más de la cuenta. De todas formas, no me queda otra opción que confiar en Víctor. Me he metido de lleno en esto porque he querido.

Mientras escucho los latidos de su corazón, con mi cabeza sobre su pecho después de haberlo hecho en su cama, pienso en de qué forma tan radical ha cambiado nuestra convivencia en tan solo unos días. ¿Así de fácil era? De haberlo sabido antes, hubiese tomado esta decisión hace tiempo.

Revivo momentos de estos últimos días, como cuando se lo conté a Gala mientras comíamos en el Five Guys y tuve que darle un par de palmaditas en la espalda al atragantarse con la bebida de frambuesa. Como no podía ser de otra manera, no se lo podía creer. Me pidió que le explicase todo lo que había pasado con todo lujo de detalles; literalmente, todo.

En el trabajo lo tuve fácil. Quiero decir, todo el mundo se pensaba que estábamos juntos, así que simplemente… no tuve que hacer nada. Solo que la gente me veía más contenta, más feliz, más radiante. Lo achaqué todo a mi nueva rutina de cuidado facial. Lo mismo con los padres de Víctor. No era nada nuevo para ellos… Nuestra historia, para ellos, comenzó un poco antes que para nosotros, pero al fin y al cabo es lo mismo.

Pensar en sus padres me lleva a pensar en la cena que organizó Lía con sus padres y los de Víctor, y, de repente, me doy cuenta de que ese día es ni más ni menos que hoy.

—¡Mierda, es hoy!

Víctor levanta la cabeza y me mira desde arriba con el ceño fruncido sin entender nada de lo que está pasando.

—¿Qué pasa hoy?

—¡La cena con tus padres y los de Lía!

Me levanto de golpe sin importar que no lleve ni una sola prenda de ropa. A estas alturas, el hecho de que Víctor me vea desnuda es la última de mis preocupaciones. En pocos días me ha visto hasta el último centímetro de piel.

Lo que no me espero es lo que suelta por la boca ante mi estado de nervios recogiendo las prendas de ropa que me pertenecen y que están desperdigadas por el suelo.

—Reina, creo que en la vida dejaré de ponerme cachondo solo con verte desnuda.

Se levanta de la cama, me sigue y se coloca tras de mí, abrazándome y dejándome notarle al completo. Enterito.

Llevo mi cuerpo hacia delante, tratando de alejarme del suyo todo lo que puedo. La cena es hoy, a mí se me había olvidado por completo y tengo muchas cosas que hacer antes de ponernos rumbo hacia allí. Aquí una no se arregla por arte de magia.

—Víctor… Me tengo que arreglar. Y es bastante tarde. No podemos…

Comienza a acariciarme un muslo y, a medida que va subiendo de la forma más lenta que es capaz de mover los dedos, estoy tentada de mandarlo todo a la mierda y volverme a la cama con él. Ahora mismo apoyaría las rodillas en el colchón y la cabeza en la almohada para proporcionarle unas vistas de mi cuerpo en las que pudiera recrearse antes de hundir su boca en mí.

Pero no. Enfrío mi mente y me obligo a centrarme.

—¿Sigue en pie la cena? Quizá les ha surgido algo y no pueden ir...

Besos en el cuello. Gemidos en mis labios.

—Lía no me ha dicho nada de eso, así que... —Por un segundo me dejo llevar, pero al segundo siguiente vuelvo a obligarme a volver a la vida real y me alejo completamente de él, dejándolo con una frustración de mil demonios—. Tenemos que ir.

—¿Seguro?

En otro momento hubiera asentido con la cabeza y me hubiese largado a mi habitación. Sobre todo, teniendo en cuenta que sigo estando desnuda delante de Víctor. Pero ahora mismo lo único que mi cabeza es capaz de ordenar a mi cuerpo es que me acerque a él y le pase los brazos por los hombros para rodearle el cuello y mirarlo de la forma más seductora que sé mientras le digo:

—¿No te apetece ir a una cena en la que, al fin, podemos ser nosotros dos sin necesidad de fingir?

—Preferiría montármela contigo aquí y hacer otra cosa en la que tampoco tenemos necesidad de fingir.

Me guiña un ojo, sonríe y me planta un beso que hace que me tiemblen las piernas.

Cuando consigo convencerme de que no podemos seguir así, que tenemos que comenzar a arreglarnos e irnos, me alejo de él y huyo hacia el baño, donde me encierro. No es hasta que noto el corazón acelerado y escucho la risa de Víctor al otro lado de la puerta que me doy cuenta de que estoy viviendo mi mejor sueño y que no quiero despertarme. Nunca. Pase lo que pase.

—¡Ponte guapo!

—No más que tú, reina.

Me doy la vuelta, alejándome de la puerta. Miro mi propio reflejo en el espejo y sonrío tanto que creo que me voy a resquebrajar los labios.

Si hace unos meses me hubiesen dicho que Víctor y yo acabaríamos así… Llamarlos «locos» se hubiese quedado corto.

Nunca me ha costado tanto elegir un conjunto para una cena. Y, cuando digo nunca, es nunca. La cama está llena de vestidos o conjuntos que he descartado porque son «demasiado veraniegos», «demasiado informales», «demasiado formales», «no me gusta cómo me queda» o «me ha quedado pequeño». Así que las opciones que han quedado han sido realmente pocas.

Respiro, tranquila, cuando doy con un vestido negro, largo, de tirantes cruzados y mangas opacas, con una abertura en la pierna que me llega hasta la cadera. Es el vestido que tengo y quiero llevar.

Me lo pongo con miedo a verme espantosa frente al espejo, pero cuando mi mirada se encuentra con mis ojos en el espejo que hay en mi habitación, el corazón se me acelera. Estoy realmente preciosa.

Lo siguiente que hago es recogerme el pelo con una mano para ver si una coleta alta es lo más adecuado. Me miro desde todos los ángulos posibles y me veo tan guapa que estoy a punto de echarme a llorar. ¿Cuándo ha sido la última vez que me he visto tan guapa?

Mientras me hago la coleta, dejando sueltos un par de mechones para darle un toque más informal, noto que el corazón me late demasiado rápido. Me imagino a Víctor en la otra habitación arreglándose y pensando lo mismo que yo, y no puedo hacer otra cosa que no sea sonreír.

¿En qué momento he pasado de odiarlo a volver a sentirme así, como cuando era una adolescente? Nunca pensé que pudiese sentir algo como lo que estoy sintiendo ahora mismo por Víctor. ¿Por cualquier otro chico? Desde luego. Sin dudarlo. Pero ¿por Víctor? ¿El mismo que me la jugó y se rio de mí con sus amigos? No sé si fue cuando vi que había cocinado para mí, sabiendo lo mucho que detesta cocinar, o cuando me di cuenta de cómo me miraba… Sin duda, algo fue lo que le hizo hacer clic a esa parte de mí que se esforzaba en decirme lo mucho que debía odiarlo. Porque mírame ahora: me siento la persona más bella del mundo por la serotonina que está generando mi cuerpo.

Salgo de la habitación lista para marcharnos. Lo que no me espero es encontrarme con Víctor apoyado en el marco de la puerta de la cocina más guapo que nunca. Mirándome. Sonriéndome. Devorándome con la mirada.

Me acerco a él poco a poco, moviéndome lentamente para que pueda observar cada uno de mis gestos. Llego a su altura, le rodeo el cuello con los brazos y noto cómo bufa con la cabeza inclinada hacia atrás.

—Me vas a matar, reina.

—Dime cómo quieres morir y haré tu sueño realidad.

Vuelve a mirarme con las pupilas más dilatadas que nunca y suelta:

—Entre tus piernas.

Mando a la mierda la poca distancia que nos queda y lo beso con toda la pasión que llevo guardada en mi interior.

Sus manos se instalan al momento en mi cintura, atrayéndome hacia él y apretándome con fuerza. Mis caderas chocan con las suyas. De mi boca sale un gemido entre beso y lametón en los morros. Sus manos viajan por toda mi espalda, hacia arriba y hacia abajo. Para en cuanto llega a mi culo y mis manos se han trasladado a su pecho, jugueteando con los botones de su camisa.

—Creo que será mejor que nos marchemos antes de que nos montemos la fiesta aquí tú y yo.

Me río. Suelto la carcajada del siglo porque no sé cómo ha sido capaz de formular esa frase y lograr que haya tenido sentido cuando, probablemente, toda su sangre esté concentrada en un lugar mucho más bajo que donde se encuentra su cerebro.

—Vámonos, pues…

Me doy la vuelta justo después de darle el último beso, dejándole los labios mojados. Camino en dirección a la puerta contoneando mis caderas, sabiendo perfectamente que sus ojos están puestos sobre mí.

Tras coger el bolso y mirarme por última vez en el espejo que hay junto a la puerta, observo a Víctor en el reflejo. Lo veo mirándome como nunca nadie lo ha hecho antes mientras se me acerca. Únicamente le han hecho falta cinco pasos para situarse detrás de mí y pegar su boca a mi cuello

—Abre la puerta de una puta vez porque estoy a un segundo de arrancarte el vestido —susurra contra mi piel.

45

VÍCTOR

Podría pasarme la vida contemplándola sentada en el asiento de copiloto de mi coche. Observando cómo mira por la ventanilla, cómo mueve la pierna al son de la música, cómo me mira de reojo, cómo sonríe cuando nuestras miradas se cruzan.

No sabía que iba a llegar el momento en el que su compañía supondría algo bueno. Entiendo que, tras burlarme de ella, me pusiese la vida un poco complicada, pero Martina se pasó. Se volvió la tía más insoportable de la faz de la tierra. O al menos eso es lo que yo me obligué a creer. Porque es más fácil alejarte de una persona que es insoportable que de una que es extremadamente necesaria en tu vida.

No sé cuándo fue el momento en el que abandoné mis miedos y me enfrenté al Víctor Pardo del pasado, ese que prefería centrarse en sí mismo porque así nunca se sentiría solo. Lo único que sé es que, desde que Martina puso un pie en el piso que llevamos compartiendo tanto tiempo, jamás me he sentido solo. Porque, realmente, Martina nunca ha sido insoportable. Martina siempre ha sido la niña dulce y callada que escribía en un cuaderno, tumbada sobre la arena de la playa mientras su piel se tostaba al sol, la que siempre me estaba mirando, fijándose en cada detalle de cualquier cosa que hiciéramos. La única persona que me ha hecho sentir bien simplemente por ser ella y la única que nunca me ha juzgado por cosas como no seguir el legado familiar. Y creo que por todo eso y mil cosas más que, unidas, constituyen a Martina, me enamoré de ella y no podré enamorarme de nadie más en toda mi vida.

Llegamos al hotel The Principal más pronto que tarde. Tras dejar el coche en el aparcamiento, subimos en ascensor al ático. Mis padres, los padres de Lía y Lía ya nos están esperando entre cócteles.

La puerta del ascensor se abre y Martina es la primera en salir para ir hacia la terraza, cubierta con una cristalera de punta a punta, que nos deja ver el atardecer sobre Gran Vía.

Es entonces cuando descubro que delante tengo todo lo que siempre he querido. Con la luz anaranjada contorneando su cuerpo, me he dado cuenta de algo. Algo que no estoy dispuesto a seguir callando a pesar de saber que corro el riesgo de que, lo que yo sé, ella simplemente lo crea.

—Martina.

Se detiene, girando la cabeza para lanzarme una mirada brillante.

—Dime, Víctor.

—Estoy enamorado de ti. Y sé que lo estaré hasta que me digas basta. Así que, si tienes previsto decirme basta…

—No lo haré —dice, interrumpiéndome y acercándose a mí—. No quiero decirte basta. Lo único que quiero es que me mires como lo estás haciendo ahora cada día de nuestra vida hasta que se nos acabe el amor.

Noto una punzada de dolor en el estómago al pensar que de verdad se nos puede terminar el amor. Porque es cierto, algo así puede pasar… Pero, ahora que he descubierto lo que es el amor y lo que siento por Martina, solo pensarlo me pone enfermo.

—¿Crees que se nos puede acabar el amor a nosotros?

—Espero que no. Pero es menos cursi que decir «hasta que la muerte nos separe». —Nunca una frase me ha aliviado tanto y me ha hecho tanta gracia a la vez.

—Tranquila, que esa frase me la guardo para el día que nos casemos.

—¿Habrá boda? —Sus ojos se iluminan todavía más.

—El verdadero deseo que tengo es verte vestida de blanco.

Nos fundimos en un intenso y lento beso, y un cúmulo de aplausos y vítores nos obligan a separarnos, como si en realidad estuviésemos haciendo algo malo. Nos reímos en cuanto vemos a Lía, sus padres y los míos mirándonos como si fuésemos los reyes de la sala.

—¡Qué bonito es el amor! —grita mi madre, captando alguna que otra mirada de los curiosos comensales del restaurante.

—¿Crees que se nota que no estamos fingiendo? —le susurro al oído a Martina.

—Creo que nunca se han creído tanto como hoy que estamos enamorados.

La cojo por la cintura, pegándola a mi cuerpo, y es entonces cuando me doy cuenta de que fingir es algo demasiado cansado como para hacerlo toda la vida. Y también tengo la certeza de que esta noche va a ser inolvidable.

46

MARTINA

La cena con la familia de Lía y la de Víctor no ha podido ir mejor. No sé en qué estaba pensando Lía cuando la organizó, pero, si su plan era acercarse a Víctor y desbancarme, le ha salido el tiro por la culata. Aunque me parece que en realidad su intención era demostrar que Víctor y yo no estábamos juntos. Lía tiene pinta de tía lista. Estoy segura de que tenía la mosca detrás de la oreja desde el día uno. Solo que nosotros hemos sido más rápidos y nos hemos enamorado antes de que ella descubriese nuestra farsa. Y, mira, ya de paso hemos cenado gratis.

Mientras Víctor conduce de camino de vuelta a casa, con un cigarrillo entre los dedos, no soy capaz de apartar la vista de él; me resulta imposible mirar otra cosa. Veo en la pantalla del coche que está sonando «Bombón», de 3AM. Me río al percatarme de lo veraniega que es la canción y del frío que hace en la calle. Cierro los ojos y me teletransporto a la playa, a Mallorca, a cala Bóta. Dejo atrás Madrid y la cena que acabamos de disfrutar. Respiro hondo y podría jurar que huelo la arena y la sal. Me veo a mí misma, a la Martina de la actualidad, en bañador, en ese naranja que Gala dice que me queda tan bien. Y, por primera vez, me imagino con Víctor a mi lado, tumbado en la toalla boca arriba, con los codos apoyados en la arena y mirándome a través de sus gafas de sol. Ahora no juega a las palas con los mayores, ni me observa fijamente mientras yo escribo en mi cuaderno. Ahora descansa a mi lado, acompasando su respiración con la mía.

—¿De qué te ríes? —pregunta Víctor, sacándome de las que ahora serían mis vacaciones ideales.

Abro los ojos y me lo encuentro mirándome con una sonrisa, cada vez más amplia. Me quedo callada, no porque no sepa qué responder, sino porque en mi cabeza aparece otro pensamiento.

—¿En qué momento todo ha cambiado tanto? —Víctor frunce el ceño en cuanto termino de pronunciar la pregunta—. Esta canción me ha llevado al verano. A las vacaciones de verano. Y por primera vez te he imaginado junto a mí en cala Bóta. ¿Te acuerdas de cala Bóta?

—Sí. Fue la primera vez que me fijé en tus tetas.

Abro mucho los ojos y alzo todavía más las cejas, tanto que desaparecen bajo el flequillo. Víctor no hace otra cosa que reír y ponerme una mano sobre la pierna, justo encima de la rodilla. Su suave y cálido tacto me produce un escalofrío.

—¿Te acabo de decir que te imagino junto a mí en la cala más bonita del mundo y tú solo piensas en mis tetas, Pardo? ¿Me estás jodiendo?

Víctor suelta una carcajada y me aprieta la pierna. Una llama de fuego me recorre todo el cuerpo.

—Ojalá estuviese jodiéndote ahora mismo, Martina.

—Eso no vale...

—Sí vale. Porque llevo pensando en ello toda la cena. De hecho, no he podido quitarme esa idea de la cabeza desde que te he visto con el vestido que llevas. —Me observa fijamente, aprovechando que el semáforo al que acabamos de llegar está en rojo. Como su mano derecha está todavía apretándome la pierna, subiendo cada vez más, poco a poco, y pone el coche en punto muerto con la mano izquierda. Todo esto sin dejar de mirarme a los ojos. Es entonces cuando noto que mi tanga se carboniza—. No ha habido ni un momento en el que no estuviese deseando quitártelo.

—Víctor...

Me muevo en el asiento y aprieto las piernas. Todo el fuego que tenía dispersado por el cuerpo ahora lo tengo concentrado en mi entrepierna. Y Víctor lo nota, claro. Por eso, aparte de ensanchar su sonrisa, sube más los dedos por mi muslo. No es hasta que me roza la ropa interior completamente húmeda con la yema de los dedos que suelto un gemido incontrolable. Abro las piernas, pidiéndole con la mirada que aparte la tela y me toque. Y está a punto de hacerlo. Lo noto entre mis piernas jugueteando con el borde de mi tanga de encaje negro que me he puesto con la intención de que me lo quitase en algún momento de la noche. Pero el puto semáforo se pone en verde y nos sobresalta un montón de cláxones de los coches que hay detrás; parecen tener demasiada prisa por continuar con su camino. Víctor pone primera, todavía con la mano izquierda, y da un acelerón, dejándome con un gemido ahogado en la garganta y con las pupilas completamente dilatadas de placer.

—Te odio, Pardo.

—Eso dímelo dentro de un rato, reina.

Aprieta todavía más el acelerador y yo creo que se me van a salir por la boca el corazón, los pulmones y el estómago.

Víctor conduce rápido por las calles de Madrid hasta llegar a casa. Cuando termina de aparcar y apaga el motor, me mira con los labios apretados. Nunca un camino de vuelta a casa se me había hecho tan largo. Me coge la mano que tengo sobre las piernas y se la lleva a su entrepierna, notoriamente abultada. Nada más notarlo y escuchar el gemido que suelta, me comen los nervios por dentro. Cierro los ojos y apoyo la cabeza en el respaldo.

—Madre mía, Víctor…

—Necesito una explicación de por qué me pones tan putamente enfermo.

No sé qué responderle, así que me limito a sonreírle y a mostrarle esos ojitos que tanto le gusta.

Nos bajamos del coche y caminamos hasta nuestro edificio devorándonos con la mirada. Nunca había tenido más ganas como ahora de que me quite el vestido y me acorrale contra la pared. De hecho, nada más cruzar la puerta del rellano, estoy a punto de pedírselo. Estoy a nada de rogarle que me baje el tanga de una vez, me lo aparte o haga lo que quiera con él. Porque se ha convertido en una necesidad notar sus dedos dentro de mí.

—Víctor, por favor… —Me pego a él en el ascensor y comienzo a lamerle el cuello—. No aguanto más.

—Sí aguantas.

—No puedo…

—Claro que puedes. —Me aleja de él y me mira a los ojos—. Hoy no voy a follarte.

¡¡¡¿Qué?!!! Creo que me estoy mareando.

—¿Qué has dicho?

—Que esta noche no voy a follarte. —Me coge la cara con ambas manos sin apartar un segundo la mirada de mí—. No voy a follarte como un animal. Esta noche voy a hacerte el amor como nunca nadie te lo ha hecho antes.

Es entonces cuando, sin remediarlo, me derrito en el suelo del ascensor.

Me besa sin soltarme la cara y noto que nunca lo ha hecho con más suavidad y cariño. Le correspondo al beso y, cuando creo que se me va a detener el corazón, las puertas del ascensor se abren y Víctor tira de mí hacia fuera.

Caminamos a trompicones hasta la puerta de nuestro apartamento. Víctor abre con dedos temblorosos. Nunca pensé que lo vería temblar antes de haberse corrido, por eso lo miro sorprendida y con el pecho acelerado.

—¿Estás temblando? —pregunto justo cuando la puerta se abre y él clava su mirada en mí—. Tú nunca tiemblas.

—También pensé que nunca me enamoraría. Y mírame ahora.

Lo miro. Lo miro mucho. Lo miro como nunca lo he mirado ni a él ni a nadie. La sonrisa se me ensancha hasta que tengo miedo de que me peten las comisuras de los labios y el corazón me duele de lo lleno que lo siento.

—Ven.

Me coge del brazo y tira de mí hacia él. Cierro la puerta como puedo, porque tengo los brazos enredados en su cuello y las piernas a punto de enlazarse en su cintura.

Pero ni mis piernas se enredan en su cintura ni mis manos comienzan a viajar por todo su cuerpo. Lo único que pasa es que mi teléfono comienza a sonar dentro del bolso que todavía cuelga de mi hombro. Lo ignoro. Ya se puede estar terminando el mundo, ahora mismo me da igual.

—Deberías… —dice entre besos— coger… esa llamada.

Me niego a separarme de él ni un segundo. No quiero que su cuerpo se aleje del mío. Pero siento que algo va mal. Si no, ¿por qué me llaman? A mí nunca me llama nadie.

Saco el móvil del bolso y veo el nombre de Gala en la pantalla. ¿Le habrá pasado algo…? Entro en pánico y contesto lo más rápido que puedo, teniendo en cuenta el nivel de agitación que siento en el cuerpo.

—¿Gala?

—¡Martina! Hola. Estaba a punto de colgar, pensé que estarías ocupada. —Alzo las cejas aprovechando que no la tengo delante al notar que, por su tono de voz, no creo que esté en peligro. Un pelín ocupada sí que estaba—. Necesito tu ayuda. ¡Urgente! Aunque, ahora que caigo…, no estarás liada, ¿no?

—Eh… Bueno… —Me rasco la nuca, nerviosa al tener la mirada de Víctor encima—. ¿Pasa algo? ¿Estás bien?

—Sí, sí. Estoy bien. ¡Estoy más que bien! Verás, es por Cristo.

Abro los ojos como platos. No puedo alegrarme más de haber cogido la llamada. ¿Qué hay más emocionante que el sexo con Víctor Pardo? Nuevas noticias de mi mejor amiga con su mejor amigo. Así que, rápidamente, pongo el manos libres y le digo a Víctor que escuche.

—¿Ha pasado algo?

—Puede. —Oigo la risita de mi amiga al otro lado de la línea telefónica. La adrenalina corre por mis venas—. Me acaba de enviar un mensaje diciéndome si quiero quedar mañana con él para cenar.

Víctor y yo nos miramos con los ojos como platos y con nuestras respectivas mandíbulas a punto de llegar al suelo.

—¡¿Y qué le has dicho?!

—¡Que sí!

Nunca había visto a mi amiga tan emocionada. Ni siquiera en las celebraciones de su aniversario de pareja. Y ahora que pienso… ¿Y su novio?

—Oye… ¿Y Alessandro? ¿Con él todo bien…?

—Con él todo mal, Martina. Creo que lo mío con Ale hace tiempo que se acabó. Me estoy planteando dejarlo.

Me quedo ojiplática.

—¿Por Cristo?

Víctor me mira frunciendo el ceño, como si lo que acabo de preguntar fuese algo terriblemente malo. Sacudo la cabeza para que sepa que no voy por ahí. Me gustaría explicarle que no lo digo con una connotación negativa, pero no puedo, tengo el manos libres.

—Por mí. Hace tiempo que no soy feliz con Ale. Sé que debería haberme hecho este planteamiento hace tiempo, pero no he sido valiente hasta ahora. Cristo me ha ayudado mucho estos días. Desde el día de la peli que no hemos dejado de hablar por WhatsApp. —Veo que Víctor boquea un «será cabrón» que me hace sonreír—. No sé si acabará pasando algo entre los dos o si quizá solo estamos destinados a ser amigos. Lo único que sé es que quiero averiguarlo. Soy muy feliz cuando estoy con él. Puedo ser yo al cien por cien.

—Amiga, no sabes cuánto me alegro por ti. Si quieres, le digo yo a Ale de tu parte que se vaya al carajo. No sabes desde cuándo tengo ganas de hacerlo.

Gala se desternilla de risa al otro lado del teléfono.

No puedo ser más feliz en estos momentos. No hay placer más grande en la vida que ver a tu mejor amiga así de contenta y de viva.

—Ya lo haré yo, no te preocupes —dice riéndose.

—Gala, si no te importa, mañana hablamos. En realidad, me habías pillado un pelín liada…

No hace falta ser demasiado inteligente como para saber a qué me refiero con «un pelín liada». Al menos no para ella, que me conoce bien.

—¡Tía! ¡Haberme dicho que estabas a punto de meterte en los pantalones de Víctor y te hubiese dejado en paz! —Ahora es Víctor quien me mira con la sonrisa más pícara posible en la cara—. Te dejo, te dejo. Disfruta de la noche. Y del amanecer. Y de lo que surja.

Puedo imaginarla guiñándome un ojo.

Qué suerte he tenido de encontrarla.

Cuelgo tras despedirme de ella. Todavía con el móvil en la mano, a punto de guardarlo en el bolso, Víctor me atrae hacia él por la cintura y me pega a su cuerpo.

—Así que a punto de colarte en mis pantalones… —murmura con la voz más sexy del mundo—. Nunca un plan me ha parecido mejor.

Lo beso como si la vida me fuese en ello.

Mientras nuestros labios están entrelazados, comienza a bajarme el vestido tan lentamente que podría jurar que se lleva mi piel también. Todo lo que no sea su piel me molesta sobre la mía. Nunca había necesitado tanto un contacto físico.

La tela sedosa cae al suelo y yo no tardo ni medio segundo en apartar el vestido de en medio, todavía subida en mis tacones.

Cuando alzo la mirada para encontrarme con la de Víctor, me percato de que está absorto contemplándome prácticamente desnuda. Lo único que llevo es el tanga de encaje negro que he estrenado esta noche con el propósito de que me lo quite, y los tacones que me hacen estar a su altura. Nada más.

—Madre mía, Martina…

—¿Qué pasa? —pregunto con la intención de excitarlo aún más. Sé muy bien lo que ocurre. Lo sé perfectamente. Solo me hace falta bajar la mirada hacia su entrepierna para confirmarlo.

—Que no sé cómo es posible que me pongas tanto.

Sonrío, deshaciéndome en cada una de sus palabras y notando cómo me mojo más y más a medida que los segundos van pasando. Aprieto las piernas para proporcionarme algún alivio en el punto donde se está creando una bola de fuego.

Por suerte, Víctor me abre las piernas lentamente con sus dedos y, cuando ya están lo suficiente separadas, comienza a bajar por ellas la única prenda que llevo encima, hasta que cae al suelo.

—Por Dios…

Echa la cabeza hacia atrás al ver lo mojado que está mi sexo.

—No es justo que esté completamente desnuda mientras que tú llevas todavía toda la ropa puesta.

Nos miramos desafiantes. Estoy a punto de engancharme a su cuerpo y comenzar una batalla campal. Por suerte, Víctor decide actuar primero y comienza a quitarse una a una cada una de las prendas que le cubren el cuerpo. Lo hace poco a poco. Tan lentamente que creo que me va a volver loca.

—Víctor… Necesito que te des prisa.

Sonríe sin dejar de mirarme de arriba abajo, sin nada más que mi piel desnuda, erizada, esperando a ser tocada por sus dedos.

—Yo he necesitado verte así muchas veces a lo largo de mi vida. Déjame disfrutar un poco.

La bola de fuego que se estaba formando dentro de mí acaba de explotar y ya no puedo seguir quieta delante de él mientras se desprende de la ropa. Así que me acerco y termino de quitarle la camisa mucho más rápido de lo que él lo hubiese hecho.

—Tranquila, fiera… Quién diría que tienes prisa.

—Es que la tengo, Pardo.

Aparto la vista de los botones de su camisa, que se me comienzan a resistir, y lo beso con fuerza. Sus manos, que hasta ahora han estado suficientemente alejadas de mi cuerpo, se aferran a él como si fuese lo único que le queda en el mundo. Gimo en su boca cuando sus dedos se clavan en mi cintura, pegándome a él y al considerable bulto que hay en su entrepierna y que estoy deseando ver. Vuelvo a gemir cuando lleva los dedos que se clavaban en mi cintura hacia mi pezón y lo retuerce con fuerza.

—Como sigas gimiendo así, no sé si seré capaz siquiera de metértela.

—No me hagas cosas que me gustan tanto si me quieres calladita.

—O te las puedo hacer mientras tienes la boca ocupada —susurra, como si fuese un secreto entre él y yo.

Me pone ambas manos sobre los hombros y me empuja levemente hacia abajo. Yo obedezco sin rechistar y me pongo de rodillas delante de él. No tarda mucho en desabrocharse el botón de los pantalones y bajar la cremallera de bragueta. Rápidamente, tiro de sus pantalones y de su ropa interior y libero su polla de la tela.

Miro a Víctor desde abajo, de rodillas, en el salón de su piso, con unas ganas infernales de lamerlo entero. Me paso la lengua por los labios, provocando que eche la cabeza hacia atrás para dejar ir todo el aire que tenía en los pulmones, y acto seguido suelta un gruñido, me agarra de la cabeza y me obliga a metérmela entera en la boca. Saco la lengua y dejo que me folle la boca tal como quiere. Tal como le gusta. Tal como me gusta. Noto que me mojo más y más mientras él aumenta la intensidad de sus embestidas en mi boca. Me sujeto a sus piernas y dejo que me agarre de la cabeza mientras me deleito en cada uno de los sonidos que salen de su garganta.

Cuando me suelta la cabeza, cojo yo el ritmo. Pero no durante mucho tiempo porque, en el momento en que voy a lamerla por segunda vez de arriba abajo, me detiene poniéndome una mano en la frente.

—Para... Para o me voy a correr en tu boca.

—Hazlo.

—¿Quieres que lo haga? —le pregunto mientras sigo de rodillas—. Vale. Pero que dure un poco más, por favor.

Sonrío y asiento lentamente mientras me pongo de pie. Una vez a su altura, aunque por unos centímetros por debajo porque no llevo ya los tacones puestos, me doy la vuelta y comienzo a caminar hacia la habitación. Miro por encima de mi hombro para asegurarme de que Víctor me sigue. Así es. Camina detrás de mí, mirándome como se contemplan las obras de arte.

Llegamos a mi habitación, Víctor no cierra la puerta detrás de él, porque ¿para qué?, y en mi mente empieza a sonar «Diferente», de Paula Cendejas y Piso 21.

Rodeo el cuello de Víctor con los brazos y me acerco todo lo que puedo a él. Quizá no sea el hombre de mi vida, pero sí que es el hombre de mi presente. No quiero nada que no sea de él. Ahora mismo... Ahora mismo lo quiero todo con él. Y quiero tenerlo hasta que los dos digamos basta.

—No me digas nunca basta, por favor —murmuro contra su cuello mientras dejo besos húmedos sobre su piel.

—Descuida, princesa, no entra en mis planes. —Se separa ligeramente de mí y acuna mis mejillas entre sus manos—. El único plan que tengo es hacerte el amor esta noche y todas las que quedan por venir.

Sonrío como nunca lo he hecho. ¿Acaso es esto el cielo?

—Y eso que pensaba que tú solo follabas duro —digo, decidiendo romper un poco el hielo. De su garganta brota una carcajada.

—Eso es de tener la masculinidad muy frágil. Y yo no tengo nada frágil.

Víctor me guiña un ojo. A partir de aquí, todo es historia.

47

VÍCTOR

Cuando me despierto no sé si es de día o de noche; si ha pasado un día o cinco. Lo único que sé es que los dos estamos en su cama, que tengo el cuerpo dolorido y que Martina está pegada a mí, durmiendo. Si no fuera por la pesadez que siento, juraría que estoy soñando. Me lo llegan a decir meses atrás, y me habría reído en la cara del gracioso que hubiese tenido la ocurrencia de soltar semejante barbaridad.

Pero no, no es un sueño. Esto es real: estoy liado con mi compañera de piso, esa de la que me pillé en mi adolescencia, de la que me burlé meses después solo para que mis amigos me considerasen un tío guay, a la que me obligué a dejar de ver como la única persona que me había despertado algo en mi interior, con la que he convivido a duras penas compitiendo para ver quién de los dos le hacía más imposible la vida al otro, y la que, a pesar de todo eso, ha sido la única persona que me ha querido tal como soy desde el primer momento.

Sin saber por qué, pensar en nosotros me agobia. Pensar en si yo estaré a la altura me agobia. Noto una presión en el pecho que no he sentido nunca y tengo la necesidad de levantarme de la cama y alejarme de Martina.

Me pongo una camiseta y voy a la cocina. Allí abro la nevera, saco la botella de zumo de naranja y le pego un trago sin molestarme en coger un vaso. Si Martina me viese hacer esto, me echaría la bronca del siglo. Sonrío y al momento noto cómo el corazón se me acelera.

Pensar en ella es lo que me pone nervioso, lo que hace que me vuelva taquicárdico. Cojo aire y lo expulso lentamente. O esa es al menos mi intención. Porque me sorprendo expulsándolo lo más rápido que sé. Voy hacia el cajón donde guardo el tabaco y me lío un cigarrillo como buenamente puedo. Nunca me han temblado tanto las manos como ahora.

Estoy dándole la tercera calada, apoyado en la misma encimera donde la he follado hace unas horas, cuando oigo unos pasos acercarse.

—¿Víctor? —Es Martina, claro. Está despeinada, tiene los ojos entrecerrados y el pijama descolocado—. ¿Qué haces aquí? ¿Qué hora es?

—No tengo ni idea. No podía dormir.

—¿Tú sin poder dormir? Eso sí que es extraño.

Sonrío mientras inhalo otra bocanada de humo.

Martina se acerca a mí sin previo aviso. Cuando llega a mi altura, me acaricia el pecho y me da un beso en el cuello, que queda exactamente a su altura.

—¿Qué pasa, Víctor?

—Nada.

—Ya, claro. A mí no me engañas. —Me busca la mirada y yo la esquivo, girando mi cabeza hacia el otro lado—. ¿Puedes mirarme?

—Es para que no te vaya el humo a la cara.

Suelto una bocanada de humo.

Martina se ríe, pero no le hace ni pizca de gracia. Se ríe irónicamente.

—Espero que esa sea la última mentira que salga de tu boca.

—No es mentira.

—Y tampoco la verdad que estoy buscando.

Apago el cigarro en el cenicero y la miro.

—¿En qué punto nos encontramos, Martina?

Ahora es ella la que se queda petrificada.

No sé cómo tomarme su silencio. Mi corazón opta por acelerarse. Me arrepiento al momento de haberle hecho esa pregunta. Dicen que es mejor no preguntar si no se quiere saber la respuesta, ¿no? Pues quizá es algo que debería tener más en cuenta, porque el silencio que se ha instalado entre los dos parece hablar por sí solo.

—No creo que yo tenga el poder de decidir eso, Víctor.

—¿Y quién lo tiene? —Miro a sus ojos alternándolos, queriendo, ahora sí y más que nunca, una respuesta.

—Ambos. Esto es cosa de los dos.

Martina sonríe. No es hasta ahora que noto lo tensa que estaba ella también. Tensa, nerviosa, ansiosa. Al igual que lo estoy yo. O lo estaba. Porque la sonrisa que tiene ahora en la cara es suficiente para calmar todos los miedos que se habían instalado dentro de mí.

—Creo que hace tiempo que hemos dejado ese juego atrás.

—¿Cuál exactamente? —pregunta Martina, acercándose a mí todavía más, acortando cualquier tipo de distancia que pudiese haber entre nosotros y enredando sus brazos alrededor de mi cuello.

—El de fingir que no nos soportamos.

—¿Y ahora a qué jugamos?

—A querernos de verdad.

Martina me sonríe con cada centímetro de su cuerpo y no puedo hacer otra cosa que besarla. La beso como si no hubiera un mañana. Como si la vida hubiese dejado de transcurrir. Como si fuese lo único que existe en el mundo. Como se besan los protagonistas de una película romántica justo antes de que salgan los créditos finales. La beso como si nunca hubiese sabido que quería besarla, aunque es lo que quiero hacer cada día de mi vida a partir de este preciso momento.

La beso porque estoy enamorado de ella.

Epílogo

MARTINA

Nos sentamos a comer en casa de los padres de Víctor más nerviosos de lo que lo hemos estado nunca. Pero es que, claro, no hay forma fácil de explicarles que estábamos fingiendo porque nuestra relación era una farsa. Así que, cuando les hemos dicho que teníamos una noticia que darles, su casa se puso patas arriba.

Lo primero que Verónica ha hecho nada más verme, ha sido clavar la mirada en mi tripa y analizarla durante un buen rato. Yo he decidido pasar ese pequeño detalle por alto, aunque sí que he pensado: «No mires tanto, no vaya a ser que atraigas a la mala suerte».

Nos sentamos a comer en cuanto nos quitamos los abrigos.

—Bueno, vosotros diréis, chicos —dice Jesús mientras sirve vino en las cuatro copas que hay en la mesa.

Víctor y yo nos miramos, y Jesús y Verónica hacen lo mismo. No sé cuál de los cuatro está más nervioso. Apostaría que Víctor, quien está a punto de echar el hígado por la boca.

—Pues veréis, papá, mamá…

Se lo explicamos todo, desde el principio: desde que me mudé al piso de Víctor hasta esta misma mañana. Por supuesto, sin entrar en detalles como que follamos en la casa de la montaña, teniéndolos a ellos en la habitación de al lado, o que su hijo me ha follado a cuatro patas en la cocina de su piso con las manos en la nevera. Pequeños detalles sin importancia que sus padres —y ahora mis suegros— no tienen por qué saber.

Cuando terminamos, los canelones ya están fríos y la botella de vino vacía.

—Así que… ¿todo este tiempo habéis estado fingiendo que estabais juntos, pero en realidad no era así? —pregunta su padre, todavía con el tenedor pinchado en el primer trozo de canelón.

—Jesús, no es que solo hayan fingido que estaban juntos, es que en realidad no se soportaban.

También hemos dejado a un lado el motivo por el cual no podía ni verle. Eso fue idea mía, cuando Víctor y yo hablamos de cómo contárselo y qué decirles exactamente. Él prefería ser franco con ellos, pero yo no quería que Verónica y Jesús se enterasen de eso. No quería que se quedasen con ese recuerdo y que pensasen que no eran lo suficiente para mí como para yo habérselo contado.

—Así es —digo, a punto de sufrir un ataque de risa mientras miro a Víctor y veo que está exactamente igual que yo.

—Pero ¿ahora sí que estáis juntos?

—Eso parece —responde Víctor, mirándome fijamente a los ojos.

—¿De verdad? ¿O es otra farsa de las vuestras?

—De verdad, mamá. Ahora es de verdad. —Me mira y solo percibo sinceridad en su mirada—. Es la mayor verdad que he sentido nunca.

Me da un beso, sorprendiéndome, y entonces Jesús se levanta de la mesa con energía.

—¡Bueno, pues voy a por la segunda botella! Esta, sin duda, para celebrarlo.

Todos nos reímos y nos relajamos de golpe.

Qué bien sienta decir la verdad.

Qué bien sienta estar enamorada.

Qué bien sienta formar parte de la familia Pardo.

Qué bien sienta tener al lado a Víctor Pardo, el mismo que llevo mucho tiempo pensando que era mi archienemigo, pero que, en realidad, no es ni más ni menos que el chico del que siempre he estado enamorada, por más que haya puesto todas mis fuerzas en querer evitarlo.

Agradecimientos

Siempre digo que los agradecimientos son mi parte favorita de los libros. Pero, también, que siempre será lo más difícil de escribir. Porque hay tantas cosas que agradecer, tanta gente a la que quiero abrazar tras acabar este proceso tan largo y bonito, que nunca sé por dónde empezar. Así que perdonadme si no lo hago demasiado bien. Estoy un poco nerviosa. Bueno, no; mucho.

Lo primero de todo, gracias a ti, pequeña Mia Mallen. Gracias a ti, la de seis años, por empezar a escribir esa historia sobre un lápiz mágico. Gracias a ti, la de trece, por seguir escribiendo. Esta vez en folios blancos en clase de Matemáticas o Ciencias Naturales. Lo siento, mamá y papá, es que para mí las ciencias… nunca han sido demasiado «lo mío». Gracias a ti, la de dieciséis, que se levantaba antes de ir a clase para subir un capítulo a Wattpad. Gracias a ti, la de dieciocho, por no dejar de inventarse historias nunca. A ti, la de veintipocos, por atreverse a comenzar a mover su manuscrito y conseguir entrar en una agencia. Y, sobre todo, a ti, la de veintitantos, por no rendirte cuando pensabas que no merecías esto. Gracias a ti, estás a punto de lograr su mayor sueño. Que nunca te digan que no vales, que no lo conseguirás o que no lo mereces. O sí. Que te lo digan. Que te digan lo que quieran. Pero, por favor, sé consciente de todo lo que has conseguido. Porque lo has hecho. Lo tienes. Has logrado hacer realidad tu mayor sueño. Disfrútalo al máximo.

Gracias, Oliver, amor mío. Lo nuestro comenzó escribiéndonos notitas y siempre que te vuelvo a escribir siento una especie de magia en mi interior que no quiero que nunca se acabe. Gracias por ser el amor de mi vida. Gracias por aparecer en mi camino y por enseñarme el verdadero sentido de la palabra «amar». Gracias por inspirarme. Gracias por ser el Víctor de mi Martina. Gracias por creer en mí cuando ni siquiera yo lo hacía. Gracias por celebrar mis logros como si fueran tuyos. Gracias por ser mi puente cuando a mi alrededor está diluviando. Te amo.

Gracias a mi madre y a mi padre por ser los mejores padres del mundo. Gracias por darme la vida y hacerme la niña más feliz del planeta. Nunca tendré palabras suficientes para agradeceros todo lo que habéis hecho y seguís haciendo por mí. Os quiero.

Gracias a mi abuela, quien me contaba cuentos de pequeña. Gracias por ser mi segunda madre. Y también gracias a ti, abuelo. No me olvido de ti. Nunca lo haré. Gracias por empujarme y darme fuerzas. Sé que sigues conmigo.

Gracias a mi otra mitad al otro lado del Mediterráneo. Silvia. Aunque para mí eres Sil. Gracias por estar siempre, a pesar de que la vida no nos lo ponga fácil para vernos tanto como quisiéramos.

Gracias, Irene. La vida nos ha juntado en el momento que más nos necesitábamos la una a la otra. Y ahora que te he encontrado…, ay, amiga, cómo te va a costar deshacerte de mí. Gracias por toda la fuerza que me transmites cada día.

Gracias a todo el equipo de Penguin Random House y más concretamente a las chicas y los chicos de Montena, gracias por ser tan maravillosos y tratarme tan bien. Gracias por hacerme sentir escuchada y por valorarme tanto.

Gracias a mis editoras. Chicas, sois geniales. No he podido tener más suerte en que formarais parte de este proceso conmigo. Quiero hacer especial mención a Alexia. Gracias por la infinita paciencia que has tenido. Aunque no lo reconozcas, sé que has sentido ganas de matarme en varias ocasiones. Desde aquí te pido perdón por mi indecisión. :P

Gracias a IMC por apostar por mí. Isabel, sin ti nada de esto hubiese sido posible. Gracias, gracias y gracias.

Y, por último, gracias a ti. Gracias por haberle dado una oportunidad a este libro, a Víctor y a Martina, a Cristo y a Gala, a Flusflis (sí, lo reconozco, soy *team* Martina, ¿qué le hago?) y a mí. Espero que te hayan hecho vivir todo tipo de sensaciones. Si has sonreído al menos una vez leyendo el libro, ya me doy más que por satisfecha. Gracias. De corazón.

Gracias y… hasta la próxima.

Nos leemos pronto.